Wer mit Wölfen spielt

# Danke

Thomas, Laura, Ihr kennt das schon: Ihr setzt Euch mit meinen Romanfiguren auseinander, als wären es Eure eigenen Geschöpfe – und dann gibt es einen warmen Händedruck. Um den wenigstens publik zu machen, möchte ich Eurem unermüdlichen Engagement an dieser Stelle meinen herzlichen Dank aussprechen!

Des Weiteren danke ich Dir, liebe Sigrid Urban, für Deine Geduld als Testleserin! Ich weiß, dass Dir meine Nachfragen mitunter merkwürdig vorkamen, doch Du hast sie alle miteinander tapfer beantwortet.

Dir, liebe Julia Langhoff, bin ich sehr dankbar für die praxisnahen Informationen zum Thema Wolfsnachweis! Wer ahnt schon, wie viele Details in einem Verdachtsfall vom Geschädigten vorzulegen sind ...

Eure Karla

KARLA LETTERMAN

# Wer mit Wölfen spielt

HARZKRIMI

**Bibliografische Information der Deutschen Nationalbibliothek**
Die Deutsche Nationalbibliothek verzeichnet diese Publikation in der Deutschen Nationalbibliografie; detaillierte bibliografische Daten sind im Internet über **http://dnb.d-nb.de** abrufbar.

Wer mit Wölfen spielt

ISBN 978-3-96901-000-6

1. Aufl. 09/2020

Dieser Titel ist auch als eBook erhältlich
in den Formaten ePub und MobiPocket (Kindle).



Abbildungsnachweise:
Umschlag (Front) © crop_ | #26783545 | depositphotos.com
Porträt der Autorin © Thomas Schmitt-Schech | lichtblick-fotokompass.de

Lektorat & DTP:
Sascha Exner

Druck:
WIRmachenDRUCK GmbH, Backnang

Verlag:
EPV Elektronik-Praktiker-Verlagsgesellschaft mbH
Postfach 1163 · 37104 Duderstadt · Deutschland
Fon: +49 (0)5527/8405-0 · Fax: +49 (0)5527/8405-21
Web: harzkrimis.de · E-Mail: mail@harzkrimis.de

# Prolog

Dieses anschwellende Krächzen, Raunen und Wispern!
Es macht ihm keine Angst, wenn der Wald die rauschenden Nächte ankündigt. Wenn er von Geistern und Wesen flüstert, die heimlichtuerisch über Lichtungen huschen. Von reißenden Zähnen und gierigen Kehlen. Von irrlichternd flackernden Augen. Er ist seit immer hier, er wird bis immer hier sein. Kind der Wildheit. Das Reißen der Blätter im Sturm ist ihm Singspiel. Rauschen und Raunen und Peitschen, Tuscheln und Huschen im Wald beruhigen ihn. Er weiß dann, dass alles seine Richtigkeit hat.

Diese Figuren da unten im Ort, die fürchten sich vor Ungezähmtem. Sie mögen Buchen im Mai, lieblich-grünen Hintergrund für sonnige Picknicks. Sie mögen Waldmeister, duftende Kiefernzapfen, Rehkitze und helle Lichtungen.

Der wahre Wald aber ist ihnen unheimlich. Sie halten der Kraft nicht stand, mit der er selbst dem Wind seine wüsten Erzählungen aufdrängt. Natur ist ungebändigt und schroff. Wer das nicht begreift, kann sie nicht lieben.

# — Mittwoch —

## Störenfriede

Die Art, wie Alois Aisner mit den Händen durch sein dichtes Kopfhaar fuhr, wirkte auf seinen Kollegen Norbert Kellner schicksalsergeben. Kellner folgte Alois' Blick aus dem Fenster und wusste Bescheid. Er raffte seine Unterlagen zusammen, dann wandte er sich zum Gehen.

Aisner jedoch musste ausharren, denn er war zum Protokolldienst eingeteilt. »Quod licet Iovi non licet bovi«, ließ er sich tief seufzend vernehmen. »Ich wünschte, ich wär' auch Hauptkommissar.«

»Lateinische Sprüche allein reichen leider nicht als Qualifikation«, nahm Kellner seinen Freund und Kollegen auf die Schippe. »Was hieß das jetzt übrigens wieder?«

»Was Jupiter erlaubt ist, darf ein Ochse noch lange nicht.«

»Wohl wahr, Alois«, lachte Kellner bestens gelaunt. »Deshalb darf ich jetzt in die Mittagspause gehen und du nicht. Doch mit deinem Stiernacken hältst du jeder Herausforderung stand. Bis später!«

Aisner seufzte erneut. Noch einmal spähte er aus dem Fenster. Leider hatte er sich nicht getäuscht: Der ›Krieger‹ war im Anmarsch.

»Jetz' müssense aber ma' tätig werden, Herr Oberstleutnant! Die ha'm echte Mützen auf un' sind auffem Parkplatz zugange. Amtsanmaßung is' das, das kann ma' wohl sagen!«

»Guten Morgen, Herr Lengis,« gab Aisner zurück und merkte selbst, wie freudlos seine Stimme klang. Er wusste, was folgen würde: ein langes Lamento über diesen oder jenen Mitbürger, der gegen ein Parkverbot oder eine Platzordnung verstoßen hatte. Lengis' Bericht würde wie immer auf wundersame Weise in Stalingrad enden.

Sein hoch dekorierter Großvater hatte, soweit Aisner wusste, in einem der eingekesselten Grenadierregimenter gedient und seiner Familie nicht viel mehr als die kläglichen Überreste der Uniform hinterlassen. Sein Enkel Arno trug sommers wie winters den graugrünen Wehrmachtsmantel, auf dem Kopf ein Schiffchen und wechselnde Fußbekleidung. Er hielt sich womöglich für den Wiedergänger des tapferen Soldaten. Doch den Spitznamen ›Krieger‹ hatte er sich auch durch seine Petzerei eingehandelt: Arno Lengis gegen den Rest der Welt, so schien es. Allerdings wollten die Kneippsandalen, die er an diesem sonnigen Tag ausgewählt hatte, nicht recht ins kämpferische Bild passen.

Aisner tippte beflissen auf die Tastatur ein. »So, Parkplatz sagen Sie. Welcher Parkplatz?«

»Na, welcher wohl, Herr Hauptmann? Wo führt mich denn der Weg in die ewige Schlacht immer vorbei?«

Der Kommissar sah seinem Gegenüber ins Gesicht. Ruhig, ganz ruhig. »Wir sind hier nicht beim Kriegsquiz, Herr Lengis. Entweder Sie geben jetzt eine ernstzunehmende Aussage zu Protokoll, oder Sie werden sich wundern, wie lange ›ewig‹ sein kann!«

»Jaja, Herr Leutnant, ewig währt am längsten, nicht wahr, haha!«

Aisner ließ den Mann von seinem angeblichen Parkplatzerlebnis reden, unterbrach ihn nur hin und wieder für Nachfragen, deren Sarkasmus er hoffte vor Lengis verbergen zu können. »Statur der beiden Verdächtigen? Sicher mittelgroß, mitteldick und mittelbreit?«

»Nu' geben S'e sich ma' 'n bisschen mehr Mühe, Herr Stabsfeldwebel!«, beschwerte sich sein Besucher. »Nur noch die nächste halbe Stunde habense die Möglichkeit, was

Genaues zu erfahr'n. Dann muss ich mich auf'n Weg machen. Und weiß nich', wann ich zurück kehr'n tu.«

»Was denn, geht's an die Ostfront? Himmelfahrtskommando?«

»Nein, zum Cousin nach Köln«, murmelte Lengis beleidigt in Aisners Tastensymphonie hinein. »Herr Gefreiter.«

Alois nahm mit halbem Ohr die wie immer blumenreich ausgeschmückte Erzählung des Arno Lengis zur Kenntnis. Diesmal wollte er Reifenstecher auf dem Parkplatz der Kooperativen Gesamtschule beobachtet haben. Zwei junge Männer mit Uniformmützen, die einen Zettel hinter die Windschutzscheibe des zuvor malträtierten tannengrünen Renault Mégane geschoben hatten und schließlich, nach allen Seiten Ausschau haltend, Richtung Schachtstraße geflohen waren.

»Danke, Herr Lengis«, beendete Aisner die Aufnahme der Zeugenaussage und haderte mit seinem Schicksal als Kriminaloberkommissar in Bad Lauterberg, Niedersachsen, Deutschland. In Rohrbach, seinem Geburtsort in Oberösterreich im Mühlviertel, hätte er mehr Respekt erfahren. Doch seine Liebe hatte er hier gefunden, in diesem verschlafenen Städtchen im Südharz.

»Käffchen, Alois?« Norbert Kellner lugte um die Ecke. »Oder was Stärkeres?«

»Gern was Stärkeres. Doch aan Wachauer Marillenbrand habt's ihr net, wie ich euch kenn'. Also nehm' i aan Sturm im Wasserglas!«

Kellner lächelte erleichtert. »Ah, zum Glück schon wieder zu Scherzen aufgelegt! Hast den Krieger nun ja auch überstanden. Der kommt heute nicht nochmal.« Er warf über Aisners Schulter einen Blick auf den Bildschirm. »Na, das ist ja ein schönes Protokoll.« Statt einer Zeugenaussage las Kellner die Details in der Online-Umfrage für das große Polizei-Sommerfest. »Was, eine Führung durch die Grube Samson hat einer vorgeschlagen? Und hier: gemeinsam kochen. Geht's noch?!

Was ist schlecht am Kegeln?« Kopfschüttelnd verließ Kellner das Büro.

»Consuetudo altera natura«, murmelte Aisner, »die lieben Gewohnheiten – unsere zweite Natur.«

Nur 350 Meter vom Polizeikommissariat Bad Lauterberg entfernt saß Eagle-Eye Bokelmann, der 13-jährige Sohn von Alois' Lebensgefährtin Larissa, im Klassenraum der 7b und formulierte seine Frage.

»Und was, wenn ich doch einen Wolf sehe?«, wollte Eagle-Eye wissen. »Der soll ja denken, ich habe keine Angst. Wie mache ich das?«

Dies war die spannendste Stunde während der ganzen Projektwoche. Interessiertes Raunen ging durch die Reihen der Mitschüler. Drei von ihnen, Marvin, Zbigniew und Leon, dachten ebenso wie Eagle-Eye an ihren geheimen Treffpunkt auf dem Scholben, dem Bergrücken, der Bad Lauterbergs Kurpark begrenzte. Dort, im dichten Buchenwald, war ihnen spätnachmittags, wenn die Sonne vor der Blauen Stunde verblasste, schon manches Mal auch ohne Wolfsgedanken unheimlich gewesen.

Der Referent Wolfram Schreiber, Mitglied der Umweltorganisation ›Hearts4Nature Niedersachsen‹, richtete sich auf und hob zu einer längeren Antwort an, denn dies war sein Lieblingsthema. Während er noch Luft holte, krähte jedoch eine helle Stimme von hinten links: »Vor allem, wenn ich einen Fresskorb dabei habe und meine Oma besuchen will?«

»Ruhe, bitte«, beschwichtigte die Klassenlehrerin, »und meldet euch, wenn ...«

»Sie mit Ihrer roten Boshi müssen auch aufpassen!«, unterbrach der vorlaute Marvin, und da war es auch bei den Ruhigeren mit der Zurückhaltung vorbei. Es johlte, prustete und kicherte aus allen Reihen.

Die Lehrerin lachte mit. »Recht hast du, Marvin, ich werde mir weiße Tupfen auf die Mütze nähen, dann hält mich der Wolf für einen Fliegenpilz und lässt mich in Ruhe.«

Ihr Kalkül ging auf: Eine Runde gemeinsames, herzhaftes Lachen, dann war es wieder still, und sie gab Schreiber ein Signal.

»Ja, also«, räusperte er sich. »Begegnet man einem Wolf, sollte man keinesfalls weglaufen. Bleibt stehen und beobachtet ihn. Wölfe sind nämlich scheue Tiere«, fuhr er fort, »sie zeigen sich dem Menschen sehr selten. Passiert einem dieses Wunder doch einmal, sollte man den Moment genießen!«

Marvin meldete sich artig in das ungläubige Schweigen hinein und sprach erst nach Aufforderung: »Ist das bei Bären auch so? Ich fahre im Sommer mit meinem Kumpel und seiner Mutter nach Polen, und da gibt es ja welche ...«

»Bären sind nicht unser Thema«, wies Schreiber die Frage unwirsch ab und überhörte geflissentlich den Zwischenruf »Und Tiger?«.

»Was mache ich denn, wenn ich mit einem Hund Gassi gehe und plötzlich ein Wolf vor uns steht?«, wollte die tierliebe Sophie wissen.

»Oh«, machte Schreiber und wirkte ein wenig bestürzt. »Frei laufende Hunde könnten von Wölfen als Reviereindringling angesehen werden. Das empfehle ich nicht. Also: deinen Liebling immer schön an die Leine nehmen, ja? Wenn der Hund nah beim Menschen bleibt, überträgt sich der von ihm ausgehende Schutz automatisch auf den Hund.«

Sophie wurde blass. Eigentlich hatte sie gehofft, der Hund würde sie im Zweifelsfall beschützen. Stattdessen sollte sie das für ihn tun? Ob sie Bello und Moppel, die Collies ihrer Nachbarn, wirklich weiterhin spazieren führen sollte?

Wolfram Schreiber atmete tief durch, als die Pausenglocke ertönte. Es war die letzte von fünf Klassen gewesen, denen er während der Projektwoche an der Bad Lauterberger KGS das Wolfsthema hatte nahebringen sollen. Nun noch kurz zur

Nachbesprechung ins Lehrerzimmer, dann wäre sein Einsatz für heute vorbei! Er freute sich schon auf die deftige Erbsensuppe, die seine im Nachbarort Scharzfeld wohnende Tante ihm versprochen hatte. Morgen stand zum Abschluss der Projektwoche noch eine Präsentation an, die jedoch längst vorbereitet war.

Die Besprechung verlief ruhig und zügig. Für die Nachbereitung würde er noch einige Internetlinks zusammenstellen. Seine Mission, den Einheimischen die Angst vor der Rückkehr der Wölfe zu nehmen, war auf gutem Weg, fand er. Pfeifend überquerte er den Parkplatz.

Schreiber sah den zusammengefalteten Zettel hinter dem linken Scheibenwischer, noch bevor er die beiden platten Reifen bemerkte. »Öko-Teroristen raus!«, stand in großen Lettern auf dem weißen Papier. Halb unbewusst registrierte er die falsche Schreibweise bei »Terroristen«, bevor er weiterlas: »Bleibt weg aus dem Harz sonst machen wir euch zu Grünabfall. Horrido!«

*Pubertierende Teenager,* dachte der Umweltschützer genervt und warf den Zettel in den nächsten Papierkorb. Er beschloss, mit dem Schulbus in den Nachbarort zur Tante zu fahren und sich später um seinen Wagen zu kümmern.

»Ich bin hungrig wie ein Wolf!« Alois warf seine Lederjacke schwungvoll über den Garderobenhaken.

Larissa lugte durch die Wohnzimmertür. »Ich auch. Doch der junge Herr Bokelmann, der auf dem Heimweg Brot mitbringen soll, hat sich noch nicht die Ehre gegeben.«

»Wie das? Haben wir uns nicht seinetwegen auf feste Essenszeiten geeinigt? Nach dieser Endlosdiskussion neulich?«

Larissa seufzte. »Ich habe schon überlegt, ob sein ewiges Geschwafel mit der Pubertät zusammenhängt. Normal ist das nicht. Gestern diskutieren wir Essenszeiten, vorgestern waren es Sportarten, die man unbedingt machen muss, und heute beim Frühstück war mal wieder die Taschengeldfrage fällig. Wer weiß, was er sich zum Abendessen überlegt.«

»Du meinst, er braucht noch a bisserl für den Weg, weil er noch kein Thema gefunden hat?« Alois machte einen Schritt auf sie zu, strich ihr über den Nacken. »Dann hätten wir noch Zeit für was anderes ...?« Er trat dicht an sie heran, schob sie ins Wohnzimmer zurück in Richtung Sofa.

Larissa lächelte. »Und dein Wolfshunger ...?«

»Wer sagt denn, dass der nur für Brot und Käse gilt?«

Larissa streifte die dünne Strickjacke von den Schultern und ließ sie achtlos zu Boden gleiten. Sie öffnete die oberen Knöpfe seines Poloshirts aufreizend langsam, verfing sich mit dem Blick in seinen Augen. Er beugte sich zu ihr, streifte mit den Lippen das linke Ohrläppchen.

Sie zuckte erschrocken zurück. Alois stolperte und riss Larissa mit sich, die unsanft auf der hart gepolsterten Sofalehne landete. »Verdammt!«

Jemand läutete Sturm und klopfte gleichzeitig unablässig gegen die Haustür.

Larissa strich im Aufstehen hastig die Haare hinters Ohr, Alois reichte ihr grummelnd die Strickjacke. »Ja doch, ich komme!«, rief sie schrill gegen den Lärm an.

Was sie als Erstes sah, als sie die Tür öffnete, war der dicke Hals. Vor ihr stand eine Matrone von Frau, groß, füllig, in pastellfarben getupftem Gewand mit rücksichtslos tiefem Ausschnitt, den mehrere Goldkettchen und Perlenklimbim dekorierten. Larissa sah Gesine Schindler, die neue Vorsitzende der Freien Wählergemeinschaft FWG, zum ersten Mal aus der Nähe. Neben der Frau drückte sich Eagle-Eye schmal wie ein Aal in die Ecke des Vestibüls. Die Brottüte in seiner Hand wirkte wie ein geschrumpfter Schutzschild.

»Am liebsten hätte ich diesen Bengel am Schlafittchen gepackt und über die Straße hierhergeschleift!« Die Matrone hatte eine donnernde, tiefe Stimme, die zu ihrem Äußeren passte. Larissa dachte flüchtig an eine Opernsängerin. Die

Frau fuhr fort: »Doch dann wäre ich in Teufels Küche gekommen, so ist das ja heute.«

»Ja. Und das ist gut so.« Larissa hatte eine Atemholpause genutzt, um das zu erwartende weitere Lamento zu unterbrechen. Sie bahnte Eagle-Eye einen Weg an ihr vorbei ins Wohnungsinnere. Dann richtete sie sich auf und sah der Frau ins Gesicht. »Werfen Sie meinem Sohn etwas vor?«

Gesine Schindler versuchte, in die Wohnung zu spähen. »Das kann man wohl sagen. Ihr Sohn, Frau Bokelmann, ist ein Chaot«, brüllte sie.

Larissa war klar, dass die Lautstärke eine Strategie war, um hereingebeten zu werden. Sie hingegen verspürte das dringende Bedürfnis, ihre Privatsphäre vor dieser Urgewalt zu schützen. »Ihr Benehmen ist auch nicht gerade preisverdächtig, gute Frau«, erwiderte sie ruhig. »Ich fände es angebracht, wenn Sie sich vorstellen würden, damit ich wenigstens weiß, wer mich anschreit.«

»Also ... also wirklich«, sagte ihr Gegenüber lahm, doch die Stimme zitterte vor Entrüstung. »Normalerweise kennt man mich hier. So wie ich mich für das Viertel, unser Kurviertel, einsetze ...«

Larissa sah sie weiter erwartungsvoll an.

»Frau Schindler ist mein Name, Gesine Schindler. Ich bin die Nachfolgerin von Gregor Lautenbach bei der FWG, der Freien Wählergemeinschaft. Davon haben Sie aber schon gehört, oder etwa auch nicht?«

»Kaum zu übersehen, Ihre Partei, jetzt im Wahlkampf.«

»Na, Frau Bokelmann, da sind wir ja gleich beim Thema.« Die Matrone räusperte sich, als hole sie zum Schlag aus. »Ihr Sohn, Frau Bokelmann«, sie hatte erneut die Stimme erhoben, »beschädigt mei... äh unsere Wahlplakate. Sachbeschädigung ist – wie Sie sicher wissen – strafbar! Mit einem Polizisten im Haus sollte man doch meinen, dass Sie Ihr Söhnchen besser im Griff haben.«

Larissa merkte, wie sie unruhig wurde. »Beschädigt – was heißt das genau?«

»Na, er beschmiert sie! Ich habe ihn in flagranti erwischt! Ausgerechnet in der Promenade am Kurpark, wo man sie am besten sieht!«

Larissa schoss durch den Kopf, worüber Eagle-Eye mit ihr lange nicht mehr diskutiert hatte – über Politik. »Das lassen wir ihm natürlich nicht durchgehen«, versuchte sie die Frau zu beruhigen. »Mein Lebensgefährte, Herr Kriminaloberkommissar Aisner, und ich werden uns die Sache selbst ansehen. Und dann ... dann ahnden wir das natürlich auch.«

»Ha! Ahnden!« Gesine Schindler spuckte die Worte aus. »Ich will gar nicht wissen, was Sie darunter verstehen. Sie gehören doch zu dieser Hutzi-Butzi-Generation, die ihren Kindern immer recht gibt! Die Strafe besteht dann darin, dass der liebe Kleine eine Stunde weniger fernsehen darf. Im Monat. Oder im Jahr. Nein, nein, liebe Frau Bokelmann, ich zeige diesen Straftatbestand selbstverständlich an! So einfach kommt mir der Übeltäter nicht davon.« Mit den letzten Worten hatte sie sich schon umgewandt und stapfte nun die drei Treppen zum Gehweg hinunter.

Larissa stand noch immer in der halb geöffneten Haustür und starrte ihr nach. Was für eine verzichtbare Einlage! Hoffentlich stand ihr dergleichen jetzt nicht öfter bevor. Was dachte sich Eagy nur dabei, als Beinah-Sohn eines Polizisten in aller Öffentlichkeit Dinge zu demolieren? Würde sie strenger sein müssen, oder halfen hier nur grenzenlose Debatten? Auf so banale Alltagsfragen fühlte sie sich durch ihr Psychologiestudium nicht vorbereitet.

Alois legte ihr von hinten eine beruhigende Hand auf die Schulter. »Komm rein, Schatzerl. Wir besprechen das nach dem Essen.«

Eagle-Eye hatte das Brot auf die Fensterbank gelegt, doch statt ein paar Scheiben davon abzuschneiden, hatte er einfach Brett und Sägemesser daneben gestellt. Wurstaufschnitt und

Käsescheiben lagen eingepackt auf einem abgestoßenen Plastikbrett. Als Larissa die Küche betrat, knallte der Junge gerade drei Frühstücksteller auf den Küchentisch. »Gurke und so könnt ihr euch selbst aus dem Kühlschrank nehmen. Ich will jedenfalls nichts davon.«

Gegen ihren Willen musste Larissa auflachen. »Du benimmst dich gerade wie ein Muster-Pubertier. Gibt's hier irgendwo eine versteckte Kamera?« Sie wollte ihren Sohn von hinten umarmen, doch er wehrte brüsk die Berührung ab.

Alois betrat die Küche, warf einen Blick auf den Tisch, wusch ohne ein Wort Tomaten ab, schälte und zerschnitt eine halbe Salatgurke und drapierte das Gemüse auf einem flachen Teller. Alle drei nahmen Platz.

»So, Sohnemann, dann erzähl mal«, forderte Larissa.

»Was denn?«

»Was denn?! Übertreib es nicht, rate ich dir! Du bist uns ja wohl eine Erklärung schuldig.«

»Ich erklär gar nichts. Könnt es euch ja selbst angucken, dann wisst ihr Bescheid.«

Larissa hielt den Wurstteller fest, nach dem Eagle-Eye gegriffen hatte. »Bursche, ich warne dich! Ich lasse mich ja auf jede Menge Debatten ein und höre viel zu. Aber das heißt nicht, dass du dir alles erlauben kannst!«

Der Junge warf seiner Mutter einen feurigen Blick zu, klappte die mit Butter beschmierte Brotscheibe in der Mitte zusammen, griff sie und stürmte aus der Küche. Die Tür ließ er offen stehen.

»Verdammt! Das kann doch alles nicht wahr sein.« Larissa rieb sich über die Schläfen. Dann sah sie zu Alois herüber, der konzentriert kaute. »Stubenarrest, oder was meinst du?«

»Ich weiß noch nicht. Lass es uns wirklich einmal anschauen, dann entscheiden wir. I fänd a' Lösung besser, die was mit dem zu tun hat, was er angestellt hat. Der FWG beim Plakatekleben helfen oder so.«

Sie machte eine schnelle, abwehrende Handbewegung. »Denen muss er nicht gerade helfen. Aber sonst gefällt mir die Idee. Du hast recht, wir sehen uns das Schlamassel mal an.«

Auf dem Weg zur Sebastian-Kneipp-Promenade, der durch die Ahnstraße führte, sahen sich Larissa und Alois mit Plakatkonterfeis aller derzeitigen FWG-Ratsmitglieder konfrontiert, die ihren Spaziergang aufmerksam zu überwachen schienen. »Mei, das sind wohl die Eifrigsten beim Plakatieren. Machen die auf Umweltschutz, oder was?«, sagte Alois, halb zu sich selbst, halb zu seiner Partnerin.

»Na, ich weiß nicht.« Larissa lachte und deutete auf das Poster des ehemaligen Vorsitzenden Gregor Lautenbach. ›*Einhorn statt Löwe!*‹ lautete der Slogan. »Der macht hier Werbung für seinen ›Club de la Licorne‹, den Einhornclub. Den hat er ja als Konkurrenz zum ›Lions Club‹ hochgezogen.«

»Ach ... deshalb ›statt Löwe‹.« Alois schüttelte ungläubig den Kopf.

Einige Schritte weiter zupfte Larissa ihn am Ärmel. »Der gefällt mir! ›*Echte Wolken jagen, statt nur in der Cloud surfen*‹ – ganz gutes Wortspiel.«

»Ist das nicht die Tante von vorhin?« Alois wies auf ein Plakat, das in 50 Metern Entfernung an einem Laternenmast befestigt war. Gesine Schindler hatte für den Fototermin pinken Lippenstift aufgelegt und trug eine lindgrüne Tunika mit cremefarbener Spitzenborte um den Ausschnitt. ›*Der Wolf – mein Krafttier*‹, stand unter dem Porträt.

»Ach du meine Güte, sie ist so eine Wolfs-Verniedlicherin. Auch das noch! Und mir wirft sie vor, ich wäre zu Kindern ›hutzi-butzi‹.«

»Was bist'?« Alois lachte herzhaft. »Hutzi-butzi? Ausgerechnet du?! Na, hat die eine Menschenkenntnis!«

»Was meinst du damit? Hältst du mich etwa für streng?« Larissa war stehengeblieben und sah ihn überrascht an.

»Naa.« Alois drückte ihr einen Kuss auf die Wange, dass es schmatzte. »Du bist genau richtig. Nicht zu streng und nicht zu lasch. Diese Allesversteher-Muttis sind mir aan Graus.«

Sie waren in der Promenade angekommen, und Larissa sah es sofort. »Guck, da, am Baum. An der Eiche da vorn.«

Gesine Schindler lächelte sie weise an, ein mit schnellen, sicheren Strichen gezeichnetes Glas in der ursprünglich mahnenden Hand. Alois versuchte sich das Lachen zu verkneifen, doch es gelang ihm nicht angesichts einer Larissa, die sich prustend den Mund zuhielt. Der Slogan war abgeändert zu *›Wolfsmilch – mein Kraftbier‹*.

## — Freitag, zwei Tage später —

### Wolffs und Wölfe

Beate Wolff-Lutter tapste vorsichtig an der stattlichen Ligusterhecke entlang, die ihr Grundstück vom Nachbarn abgrenzte. Gut, dass sie die undurchdringliche Blätterwand in der Höhe gestutzt hatten, sonst hätte sie keine Chance, einen Blick auf das Geschehen drüben zu erhaschen.

»Oh nein!« Sie verkniff sich einen Fluch, obwohl sie sich mächtig über den gezogenen Faden am Ärmel ihrer nagelneuen englischen Outdoorjacke ärgerte. Die Äste dieser historischen Rose – wie hieß sie noch? – ragten viel zu dicht an die Hecke heran. Als wenn sie keinen Platz auf dem Grundstück hätten! Mit einer ungeduldigen Bewegung ließ sie die Backen der Rosenschere um den störenden Zweig schnappen. Nun, vielleicht konnten sie auf den Strauch auch ganz verzichten, diese alten Sorten blühten sowieso nur einmal im Jahr.

Das Klappen einer Autotür ließ sie hinüberspähen. Was war das denn? Diese Bokelmann, ihre Putzfrau, schleppte einen Umzugskarton die Eingangstreppe hinauf. Wie viele weitere Jobs hatte die denn noch? Wehe, wenn sie morgen Rückenprobleme hätte! Sie würde sie im Laufe des Vormittags mehrmals kontrollieren, soviel war klar.

Doch nun wollte sie endlich einen Blick auf die neuen Eigentümer erhaschen! Die alten Nachbarn, denen das Haus und der 2000-Quadratmeter-Garten zu groß geworden waren und die deshalb beschlossen hatten, ihr Anwesen gegen eine Eigentumswohnung einzutauschen, hatten zu ihrem Verdruss ein großes Geheimnis daraus gemacht, an wen sie die

Immobilie verkauften. Da die neuen Nachbarn offenbar dieselbe Putzfrau hatten, eröffnete sich ihr nun, so hoffte sie, eine gute Informationsquelle. *Ha, und noch etwas!* Vielleicht könnte man den Stundenlohn der Bokelmann herunterhandeln, schließlich gab es Synergieeffekte beim Arbeitsweg. »Beate-Schatz?«, hörte sie Horst rufen. »Bist du im Garten?«

»Ja doch, hier«, antwortete sie hastig, ehe er die gesamte Nachbarschaft zusammenschrie.

»Ach, du schneidest Rosen? Lass das doch den Gärtner machen, wie sonst auch. Er kommt am Mittwoch!«

»Pscht!«, befahl sie und ärgerte sich angesichts seines fragenden Blickes über Horsts Begriffsstutzigkeit.

Er trat zu ihr. Bevor er weitere Fragen stellen konnte, presste sie warnend den Zeigefinger auf ihre Lippen. Im selben Moment ertönte eine kernige Stimme von drüben: »Du hast den Küchenkram, Larissa. Stell die Kartons am besten ins kleine Zimmer links!«

Aha, die Putzfrau wurde geduzt. Ungewöhnlich, aber nun gut. Hauptsache, man ließ sie nicht während der Arbeitszeit Kaffee trinken. Oder verdarb die Preise, indem man unangemessene Stundensätze zahlte ... Sie würde den neuen Nachbarn so schnell wie möglich die Gepflogenheiten der Gegend nahebringen.

»Wann erwarten wir eigentlich unsere Tochter?«, fragte Horst, offenbar gelangweilt vom Geschehen nebenan.

»Pscht!«, machte die Gelegenheitsgärtnerin zum zweiten Mal. Jetzt trat drüben jemand aus dem Schatten einer großen Eibe.

»Oh!«, entfuhr es beiden Wolff-Lutters unisono erfreut. Nebenan erblickten sie einen Bekannten, ihren Hausarzt Dr. Michael Hartmann.

»Was für eine nette Überraschung!«, flötete Beate Wolff-Lutter und ließ die in Grantown-on-Spey erworbene, original englische Rosenschere achtlos fallen. Sie streckte ihren rechten

Arm über die Hecke und zeigte dem verblüfften Mann ein von Ligusterzweigen halb verdecktes reklamereifes Lächeln.

»Wussten Sie nicht, dass wir Nachbarn werden?«, fragte Hartmann überrascht. Sein zurückhaltendes Lächeln verzeichnete Beate Wolff-Lutter als bezauberndes Understatement. Dr. Hartmann mochte im Ort als ein wenig zu liberal gelten. Doch einen erfolgreichen Nachbarn zu bekommen – Akademiker noch dazu! – etwas Besseres hätte ihnen kaum passieren können! Eine hochgewachsene, zart gebaute Frau im geblümten Kleid trat neben ihn. »Elke Reich-Hartmann«, stellte sie sich vor.

»Entschuldigung ...«, Horst Wolff-Lutter kicherte verhalten. »Heißen Sie wirklich Weich-Hartmann? Was für ein ... origineller Doppelname! Das wäre ja so, als wenn ich Wolff-Schafmann hieße!« Er lachte gurgelnd über den eigenen Witz, nicht ahnend, dass die Frau ihm gegenüber ihn fortan unter ›Wolf-Schafskopf‹ laufen lassen würde. Sie korrigierte ihren Nachnamen und deutete dann schräg hinter sich, wo ein nach Surfsport aussehender 18-Jähriger zwei Kartons die Gartentreppe hinaufbalancierte. »Tobias, unser Sohn.«

Beate Wolff-Lutter reagierte blitzschnell: »Wir laden Sie gern zum Abendessen ein, wenn Sie nach dem Umzug ein wenig Luft geholt haben. Am besten ab nächster Woche, da sind Osterferien, und dann ist auch unsere Tochter Nora-Theres zu Hause.«

Zu ihrer Verwunderung schaltete Horst diesmal gleich – und geräuschlos. »Meine Frau ist eine hervorragende Köchin«, warb er für den gemeinsamen Abend. »Und guten Rotwein, zu dem Sie mir ja geraten haben – nicht wahr, deshalb ist Ihr Mann nämlich so erfolgreich« – er zwinkerte Hartmanns Ehefrau verschmitzt zu – »haben wir auch zu bieten.«

Die Hartmanns kamen nicht zu einer Erwiderung, denn eine blonde, gut gekleidete und sorgfältig frisierte Mittvierzigerin rauschte auf den Arzt zu. »Herr Dr. Hartmann – wie schön, Sie gleich anzutreffen! Ich sammele Unterschriften gegen die Ansiedelung des Wolfs. Ich darf doch davon ausgehen, dass Sie unsere Initiative unterstützen?«

Beate Wolff-Lutter maß die Frau mit kritischem Blick. Sie kannte sie vom Sehen, sie wohnte seit vorigem Jahr ein paar Häuser weiter, gesprochen hatten sie allerdings noch nicht miteinander.

Hartmann lachte und schüttelte den Kopf. »Die Ansiedelung des Wolfes? Hier wird kein Wolf angesiedelt.«

»Na hören Sie mal, alle reden von der Rückkehr der Wölfe! In der Schule versuchen sie unsere Kinder zu infiltrieren, dass das alles kein Problem sein soll. Diese Naturfanatiker wollen uns für dumm verkaufen! Aber man weiß ja, wie so was läuft. Wenn wir nicht gleich aufpassen, schleicht Meister Isegrim bald um unsere Häuser!« Sie legte eine erwartungsvolle Pause ein, doch die erhoffte Resonanz blieb aus. Kopfschüttelnd fuhr sie fort: »Wir sind dabei, eine Selbsthilfegruppe zu gründen. Sie verstehen mich doch sicher.« Sie schob Elke Reich-Hartmann ein Klemmbrett mit Kugelschreiber entgegen. Als auch sie ablehnend den Kopf schüttelte, wandte sich die Besucherin wieder an den Arzt.

»Ihr Bruder züchtet Schafe. Hat er denn gar keine Angst, dass ...?«

»Das fragen Sie meinen Bruder am besten selbst«, unterbrach Hartmann und setzte ein professionell-verbindliches Lächeln auf. »Und jetzt entschuldigen Sie uns bitte. Wir möchten unsere Umzugshelfer nicht die ganze Arbeit allein machen lassen.«

»Da war er aber sehr nett«, murmelte Beate Wolff-Lutter ihrem Mann zu. »Er will sich's bestimmt nicht gleich mit der Nachbarschaft verderben.«

Die blonde Frau marschierte jetzt in ihren Garten ein. »Sie sind ja wohl nicht für die Rückkehr der Wölfe, oder?«

»Nein, natürlich nicht«, antwortete die Hausherrin sachlich. Dann hob sie die Stimme und fügte so laut, dass man es auf dem Nachbargrundstück hören konnte, hinzu: »Doch wir unterschreiben nichts an der Tür. Was ist denn das für eine Art!«

Damit wandte sie sich ab und rief zu den Hartmanns hinüber: »Wir erwarten Sie dann nächste Woche Mittwoch zum Abendessen.«

Während Horst Wolff-Lutter in Überlegungen schwelgte, wie er den Doktor im Rotary Club einführen könnte, dachte seine Frau an die Zukunft ihrer schwierigen Tochter und nahm sich vor, das Menü an Tobias Hartmanns Geschmack auszurichten. Sie musste ihn so bald wie möglich fragen, was er mochte. Hoffentlich war Nora inzwischen nicht Vegetarierin oder gar Veganerin geworden! Der junge Mann musste sie ja nicht gleich von einer ihrer komplizierten Seiten kennenlernen.

»... Häschen?« Sie hatte nicht bemerkt, dass Horst sie angesprochen hatte. Als sie aufblickte, wiederholte er seine Frage: »Wann kommt Nora-Theres eigentlich an?«

»Na, heute war letzter Schultag vor den Ferien. Morgen packt sie ihre Sachen. Ich hole sie übermorgen aus Hannover ab. Sie hätte zwar eine Mitfahrgelegenheit nach Göttingen gehabt, aber wer weiß, was das ...«

Ihr Mann schüttelte entschieden den Kopf, was ihr die weitere Ausführung ersparte.

»Sie bringt übrigens eine Freundin mit, eine von Traunberg oder so ähnlich.«

»Eine Adlige?«, fragte Horst erfreut. »Eine Freundin aus dem Internat?«

»Nein, ich glaube, sie kennt sie von dem Reiterhof, wo sie trainiert. Aber adlig – ja«, antwortete Beate, nicht weniger zuversichtlich als Horst, dass mit Nora-Theres noch alles gut werden konnte.

# Angezeigt

Als der Hearts4Nature-Referent Wolfram Schreiber am frühen Nachmittag das Bad Lauterberger Polizeikommissariat in der Scharzfelder Straße betrat, traf er auf einen Beamten mit österreichischem Dialekt. ›Alois Aisner‹ stand auf seinem Namensschild.

»Ich möchte eine Sachbeschädigung anzeigen«, gab Schreiber zu Protokoll und erklärte die Einzelheiten.

»Auf dem Schulparkplatz der KGS?!«, versicherte sich der Kommissar. Seine Stimme klang alarmiert. »Himmiherrgottsakra nu amoi!« Leider hatte er kein einziges Wort aus der Aussage des ›Kriegers‹ notiert, weil er die Story nicht geglaubt hatte. »Haben S' einen Verdacht?«

»Nicht direkt«, erwiderte Schreiber. »Allerdings hatte ich gestern mit einer Schulklasse zu tun, die mir sehr aufmüpfig erschien.«

»Können Sie sich an Namen einzelner Schüler erinnern? Besondere Störenfriede ... Provokateure ...?«

»Die Nachnamen sind mir nicht bekannt. Aber die werden sich leicht rekonstruieren lassen. Die beiden gröbsten Klötze hießen mit Vornamen Marvin und – stellen Sie sich das mal vor! – Eagle-Eye.«

»Domine Deus!«, stieß Aisner hervor.

»Was, das ist sein Nachname?«, fragte staunend der Naturschützer.

»Naa ... nein. Doch das Bürschchen ist mir bekannt, genau wie sein Kumpel. Und Sie sind sicher, dass Sie diesen beiden eine solche Straftat zutrauen?«

Schreiber rang die Hände. »Ich weiß nicht genau. Die hatten, glaube ich, was gegen mich.«

»Das schließen S' woraus?« Aisner begann ungeduldig zu werden. Derlei vage Phrasen halfen ihm nicht weiter.

»Na ja ... Die beiden haben ... sie hatten viel Blödsinn im Kopf. Haben sich über mich lustig gemacht, dauernd versucht, mich zu ärgern.« Wolfram Schreiber sah sich hilfesuchend im Raum um, bis sein Blick an einem Papierstapel auf Alois' Nachbarschreibtisch hängen blieb. »Aber ...«, nach einer Pause wanderte sein Blick zurück, jetzt sah er Aisner an, »... ich glaube, die waren das nicht mit den Reifen. Das im Unterricht war wahrscheinlich stinknormaler Quatsch für dieses Alter.«

Aisner stimmte innerlich zu. Laut fragte er: »Ist so etwas schon mal vorgekommen? Zerstochene Reifen, mein' ich? Vielleicht an anderen Schulen, an denen Sie waren?«

»Bei mir selbst nicht. Aber jetzt, wo Sie das sagen ... einem Kollegen wurde hier ganz in der Nähe der Lack zerkratzt. Die Schrammen liefen quer über das Logo von *Hearts4Nature*, das er neu am Auto hatte. Und eine Unterstützerin hat plötzlich einen Riss im Stoffdach ihres Cabrios.«

Aisner notierte die Einzelheiten, soweit Schreiber sie kannte. Viel war das nicht; er würde sich zusätzlich bei den Polizeikollegen umhören müssen. Während er seine Notizen vervollständigte, begann Schreiber sich unruhig auf dem Stuhl zu bewegen. Aisner sah auf.

»Was sind denn das für Flugblätter? Darf ich mal eines ansehen?« Schreiber wies auf den anderen Schreibtisch.

Alois nahm eine Broschüre, auf deren Titel ein aufgerissenes Wolfsmaul zu sehen war, und reichte sie an Schreiber weiter. »Sie meinen sicher dies?«

»Mein Gott ...« Der Naturschützer las betroffen den Titel-Slogan. »Das Märchen vom lieben Wolf glaubt nicht mal die Großmutter.« Schreiber seufzte tief. »Ich hab's befürchtet. Bei diesem Thema kann man wunderbar diffuse Ängste nutzen. Hoffentlich sind wir mit unserer Aufklärungskampagne nicht zu spät ...«

# Stubenarrest

»Was?! Du willst, dass ich für die Ökos Flyer verteile? Ich glaube, es hackt!« Eagle-Eye baute sich vor Alois auf. Mit seinen 13 Jahren war er kaum drei Fingerbreit kleiner als sein Stiefvater. »Außerdem hast du mir gar nichts zu sagen. Ich verhandle nur mit Mama.«

Aisner wandte sich ab, damit der Junge sein Grinsen nicht sah. Trotz nahezu gleicher Körpergröße war er Eagle-Eye haushoch überlegen, was Kraft, Training und Geschicklichkeit anging. Ihm gefiel aber die Provokation, zeigte sie doch, dass aus dem schüchternen, etwas linkischen Bürschchen, das unter seinem Vornamen litt, ein selbstbewusster Kerl zu werden begann. Gleichwohl galt es, Grenzen zu ziehen. Er drehte sich zurück, sah dem Jungen ins Gesicht. »Dass i nix zum Sagen hab', stimmt nicht, das weißt eh selbst. Und was die Mama meint, sag i dir: Entweder ehrenamtlicher Dienst oder Stubenarrest.«

»Na, da nehm' i doch Letzteres, Himmiherrgottsakrrra nu amoi«, höhnte Eagle-Eye, wobei er Aisners Dialekt gekonnt imitierte.

»Oh, gründet ihr einen Ösi-Stammtisch?« Larissa war so leise eingetreten, dass sie sie nicht bemerkt hatten. Sie warf die Jacke über einen Garderobenhaken und trat neben Alois, wobei sie ihrem Sohn im Vorübergehen über das Haar wuschelte. »Kannst es ja schon gut aussprechen.«

»Mann, Mama. Lass mal!« Eagle-Eye strich sich mit beiden Händen über den Kopf, um die vermeintlich verstrubbelte Pracht wieder in Ordnung zu bringen. »Und nett zu tun brauchst du auch nicht! Dein toller Lebensgefährte hat mir schon verraten, was ihr hinter meinem Rücken über mich beschlossen habt.«

Larissas Lächeln gefror. »Was heißt hier ›hinter meinem Rücken‹? Der junge Mann hat sich ja beleidigt verzogen, als die Eltern gewagt haben, zur Sachbeschädigung nicht rückhaltlos zu applaudieren.«

»Ha, ha, ha: Eltern! Ich weiß, dass mein Erzeuger ...«

»Komm nicht wieder mit der Masche! Alo ist seit fast vier Jahren wie ein Vater für dich, klar?! Bestellungen für den Wunschpapa kannst du beim Weihnachtsmann einreichen. Oder bei... beim ...« Sie sah Alois hilfesuchend an.

Aisner schüttelte entschieden den Kopf, wie um dem Thema eine Absage zu erteilen. »Schau, Bua.« Er grinste Eagle-Eye an. »Wir finden deine Aktion ganz spaßig, um ehrlich zu sein. Und pfiffig a'. Doch Sachbeschädigung ist's a', und das kann i net durchgehen lassen.« Larissa fügte schnell hinzu: »Ich auch nicht. Das muss dir doch klar sein.«

Eagle-Eye schob sich einen Kaugummi in den Mund und malmte einige Male konzentriert darauf herum. »Echt, fandet ihr es ganz cool?«

»Wir mussten ziemlich lachen, als wir deine ... Verzierung gesehen haben.«

Alois ergänzte: »Den Slogan ›*Der Wolf ist mein Krafttier*‹ find i ziemlich daneben. Da wird ein wildes Tier funktionalisiert, als hätt's keinen eigenen Willen.«

»Das ist genauso bescheuert wie die Panikmache auf der anderen Seite«, sagte Larissa.

Eagle-Eye zog einen Kaugummifaden in die Länge. »Dann müsste also die Frau vom Plakat Hausarrest kriegen, und nicht ich.«

Larissa lachte kehlig. »Nee, nee, Sohnemann, so einfach kommst du da nicht raus. Du bist alt genug um zu wissen, was verboten ist. Und jetzt wähl deine Strafe: Eine ehrenamtliche Aufgabe oder ...«

»Ich nehme den Stubenarrest!« Eagle-Eye stampfte auf. »Oder glaubt ihr, ich mach mich zum Affen und trage für diese Wolfsschleimer Zettel aus!? Wisst ihr überhaupt, was so abgeht?« Er schnappte seinen Rucksack, der an der Garderobe seinen Auftritt erwartet zu haben schien, und kippte den

Inhalt mitten auf den Flur. Ein wilder Papierstapel, gekrönt von drei verschiedenfarbigen Socken, einer leer getrunkenen Kakaotüte und einer angebissenen roten Chilischote, war das Ergebnis. Aus dem Papierhaufen blickten gefährlich schmale Wolfsaugenschlitze die überrumpelte Larissa an.

»Stör' ich?« Das Mädchen sah unverwandt zu dem Haufen hin. »Eure Türen standen offen, und äh ... da dachte ich ... also, ich dachte, dann muss ich nicht klingeln, sondern ...«

Larissa reagierte als erste. »Sophie! Komm am besten mit in die Küche, ich wollte gerade einen Tee aus frischer Minze aufsetzen.«

Eagle-Eyes Wangen waren rot, als hätte man ihn dicht ans Feuer gestellt. »Hi. Sophie. Hey. Äh ... was geht?«

»Hey, Eagy. Ja, also ... hättest du ein paar Minuten? Ich muss mal mit dir sprechen.« Sie atmete tief aus.

»Klar. Also, dann ... komm mit.« Er versetzte dem Haufen einen halbherzigen Tritt, woraufhin unter einer wegrutschenden Papierscholle eine zusammengeknüllte himmelblaue Unterhose zum Vorschein kam. Das Rot auf seinen Wangen wurde fleckig. »Komm mit in mein Zimmer ...« Seine Stimme war mehr ein Krächzen.

»Was wollte denn Sophie?«, erkundigte sich Larissa, als Eagle-Eye eine halbe Stunde später die Küche betrat.

»Mann! Hättet ihr nicht mal das Zeug im Flur wegnehmen können? Meine Unterhose und so?!« Eagle-Eye sah ehrlich empört aus.

Larissa verschluckte sich, dann lachte sie höhnisch. »Ich räume ja gern für andere Leute auf und putze ihnen hinterher. Aber mein Stundenlohn liegt bei elf Euro, und ich weiß nicht, ob du dir das leisten kannst.«

»Elf Euro?«, mischte sich Alois ein. »Zahlt dir die Wolff-Lutter das?«

Eagle-Eye verließ türknallend die Küche.

»Mann, ist der Typ anstrengend!«, beschwerte sich Larissa. Vom Flur aus waren diverse Flüche und Kraftausdrücke deutlichst hörbar. »Dagegen sind zwei Stunden Schufterei bei meiner hochwohlgeborenen Lieblingsfeindin ein Kaffeekränzchen.«

»Musst du dir das Putzen bei denen wirklich noch antun, Schatzerl? Finanziell ist es doch nicht mehr nötig. Oder fehlt dir noch Geld zur Überbrückung, bis du den Job antrittst? Dann geb i dir welches!«

»Nein, das brauchst du nicht. Ich hab's damals Nora versprochen, deshalb halte ich noch die paar Wochen durch. Eigentlich mache ich mich gar nicht gut als Spionin. Ich habe in letzter Zeit kaum noch was mitgekriegt, was sie interessieren könnte.«

»Meinst du, sie wartet immer noch auf ein Zeichen, dass ihre Eltern sie vermissen?«

»Ach was, darüber macht sie sich keine Illusionen. Sonst hätten sie sie kaum ins Internat abgeschoben. Ich glaube, sie hofft einfach, dass ich was aufschnappe, wenn sie Pläne für sie machen. Und dass ich sie rechtzeitig vorwarne, bevor sie nach Hause kommt.«

»Pläne? Meinst du so was wie ordentliche Frisuren und ordentliche Klamotten kaufen?« Alois hatte an Nora-Theres' Schicksal Anteil genommen, seit er sie vor drei Jahren als Zeugin gegen die Umtriebe einer Gruppe Neonazis kennengelernt hatte. Er hatte damals schnell verstanden, dass ihre Arroganz eine oberflächliche Show war, hinter der sie die Verzweiflung über das kalte Elternhaus verbarg.

Larissa, die ihr Fernstudium der Psychologie mit Putzjobs finanziert hatte, lieferte seit jeher Hintergrundinformationen über diese in Bad Lauterberg so geachtete Familie. Denn seit sie dort das Haus aufräumte und sauber hielt, hatte sie sich nach Feierabend den Ärger über die unfeine Behandlung von der Seele geredet – freilich ohne zu ahnen, dass Alois es beruflich mit ihren Arbeitgebern zu tun bekommen würde. Beate

Wolff-Lutter pflegte Menschen auf Grund ihres gesellschaftlichen Status in ›wichtig‹ und ›unwichtig‹ einzuteilen. Larissa Bokelmann, damals 28, alleinerziehende Mutter in wirtschaftlich eher prekären Verhältnissen, hatte nicht allzu weit über dem Fußabtreter rangiert. Zu Beates großem Leidwesen entwickelte sich ihre eigene Tochter Nora-Theres trotz Goldener-Käfig-Haltung nicht zum mustergültigen High-Society-Huhn.

»... sollte ich sie vorwarnen.« Larissa setzte abwesend ihren türkisfarbenen Teebecher ab und kaute auf der Unterlippe.

»Was hast g'sagt?« Alois hatte, in Gedanken über Noras Familie versunken, nicht hingehört.

»Ich glaube, heute, beim Kistenschleppen für Michael und Elke, habe ich etwas mitbekommen, das ich Nora stecken muss. Ihre Eltern wollen die Hartmanns zum Abendessen einladen, wenn das Töchterchen zu Hause ist. Die wollen sie verkuppeln, garantiert!«

»Was? Nora mit Michael? Wie soll das denn gehen?«

Larissa lachte so herzlich, dass Alois mit einfallen musste, auch wenn er die Zusammenhänge gerade nicht verstand.

»Schlecht recherchiert, Herr Kommissar, ganz schlecht! Die haben doch einen Sohn, Tobias heißt er, macht gerade Abi. Bei der lieben Beate sind diverse Zahnräder eingerastet, als sie den sportlichen, sonnengebräunten jungen Mann gesehen hat. Ich habe direkt das ›Klick‹ gehört. Auch wenn sie am liebsten von einem adligen Schwiegersöhnchen träumt ...«

»Was is'? Soll Nora einen Baron oder so heiraten? Oder was?« Eagle-Eye stand in der Tür, die er bemerkenswert leise geöffnet hatte. In der rechten Hand hielt er wie beiläufig einige Zettel.

»Auf jeden Fall aan Traumprinzen, ob mit oder ohne Titel.« Es war Alois, der den einladend den Arm ausstreckte. »Komm rein, und dann trink'ma ein Kraftbier zusammen.«

»Ach ja.« Larissas Gesicht hatte sich zusehends geglättet. »Ich habe ja Wolfsmilch besorgt.«

Eagle-Eye schüttelte leicht den Kopf und trat zögerlich zum Tisch hin. »Ihr spinnt ja.« Seine Lippen formten ein vorsichtiges Lächeln.

»Was druckst du eigentlich so rum?«, fragte Larissa. »Hast du mir oder uns irgendwas zu sagen?«

Der Junge seufzte sich über einen Berg Gedankengeröll hinweg. »Guckt mal hier.« Damit legte er einen Zettel und ein Heftchen auf den Tisch. Die Broschüre war die gleiche, die Aisner dem Naturschützer gezeigt hatte, mit dem aufgerissenen Wolfsmaul und der Warnung auf dem Titel. Der Zettel war ein Aushang, eine Ankündigung in signalroter Schrift: Zur Gründung einer ›Selbsthilfegruppe gegen die Killerwölfe‹ wurde aufgerufen. »Das lag beides im Aue-Döner aus«, erklärte Eagle-Eye.

»Und?« Larissa wusste, das konnte nicht alles sein.

»Und ich dachte, also vielleicht ...«

»Ich meine: Was hast du da noch in der Hand?«

»Ach so. Das.« Eagle-Eye sah zu seiner Hand, als wäre ihm unversehens ein neuer Körperteil gewachsen. »Das hatte ich ganz vergessen.« Zaghaft schob er ein Schreiben mit Briefkopf der Schule in Richtung seiner Mutter. »Du sollst das bitte ausfüllen.«

Larissa las laut: »... möchte ich Sie um ein Gespräch bitten ... Wochentag ... nachmittags oder abends – was hat das zu bedeuten?«

»Na, meine Klassenlehrerin will dich mal sprechen. Steht doch drin.«

»Und du weißt nicht, warum?«

»Bisschen-laut-oder-so-unn-dann-auch-mal-bisschen-wenig-vielleicht-oder-nich-so-deutlich ...«

»Aha.« Larissa musste gegen ihren Willen lachen. »Na, dann werde ich mir das mal von deiner Lehrerin erklären lassen. Also: Mittwoch oder Donnerstag, am liebsten nachmittags. Bitteschön, kannst du abgeben. Aber überleg noch mal, ob du mir nicht doch vorher was sagen möchtest. Vielleicht ist es für dich günstiger, wenn ich vorbereitet bin.«

Alois hatte vorgehabt, den Jungen auf Wolfram Schreibers Vorwürfe anzusprechen, verschob seine Nachfragen jedoch auf ein späteres Vieraugengespräch. Stattdessen musterte er den Handzettel mit dem Aufruf. »Warum hast du das mitgenommen? Willst du da mitmachen?«, erkundigte er sich.

»Äh ... nee, eigentlich nicht. Aber ich geh' vielleicht trotzdem hin. Sophie will nämlich mitmachen, wegen Hunden und Schafen und so. Hat sie mir vorhin erzählt.«

Die beiden Erwachsenen übersahen geflissentlich Eagle-Eyes flammend rote Gesichtsfarbe.

Aisner schlug einen beiläufigen Ton an. »Ich hätt' aan Vorschlag. Also ... die Mama muss natürlich zustimmen. Wenn du zu dieser Veranstaltung gehst, könntest du ein bisschen für mich ... spitzeln.« Er sah Larissa an. »Und in dem Fall könnt' man vielleicht den Stubenarrest aufs kommende Wochenende begrenzen.«

Eagle-Eyes Mund blieb einen Spalt weit offen. »Ich soll Polizist spielen?«

Larissa hob beschwichtigend die Hände, auf eine geballte Ladung Protest gefasst.

Eagle-Eye jedoch sagte nur: »Geil.«

Larissa stieß den Atem aus. »Ich glaube, wir können jetzt alle eine kleine Stärkung vertragen. Ich habe für uns eine Wolfsmilch vorbereitet.«

Sie zog eine weiße Karaffe aus dem Kühlschrank und verteilte den Inhalt auf drei Gläser.

»Riecht nach Wald«, stellte Eagle-Eye eifrig fest, froh über die Wendung des Abends. »Lecker. Und schmeckt nach Kokosmilch.«

»Ja, die ist von einem Rudel Wölfe, das zuerst Kokosnüsse gefressen und dann als Nachtisch Waldmeister verspeist hat.«

Alois lächelte reklamereif. »Mmh – Wolfsmilch: mein Kraftbier!«

## — Sonnabend —

# Gerüchte

Ulf Hartmann, der Biobauer, erfuhr es vom Sohn des Schäfers, der ihn kurz nach sieben vom Frühstückstisch aufschreckte. Wenig später wussten es fünf Mitglieder des Vereins ›Lammfromm e.V.‹, die gerade auf Ulfs Hof die Anhänger auf Vordermann bringen wollten.

Einige verbreiteten die Nachricht telefonisch oder per SMS. Michael Hartmann wurde von seinem Bruder Ulf informiert. Wieso der Journalist vom Nachrichtenportal Suedharz.info frühzeitig Bescheid wusste, ließ sich später nicht mehr rekonstruieren. Jedenfalls machte er sich sofort in Richtung des Dorfes Scharzfeld auf, im Gepäck sein leichtes Notebook und die handliche Kamera. ›*Göttinger Pferderipper jetzt auch im Harz?*‹ lautete die Schlagzeile zur Nachricht, die er noch vor halb neun auf das Portal hochlud. Die Anspielung an die grausam verbluteten Pferde, denen der Hals aufgeschlitzt worden war, ließ die Leser dieser Zeilen gruseln.

Um neun war es Stadtgespräch in Bad Lauterberg: Zwei wertvolle Schafe hatten die vergangene Nacht nicht überlebt. Sie waren qualvoll krepiert, wie manche zu erzählen wussten. Gerissen worden, präzisierten andere.

Ausgerechnet jetzt, da Jäger, Landwirte und Ökologen ihre Streitigkeiten um die Nutzung der Wiesen und Weideflächen beigelegt zu haben schienen und die Mitglieder der ›Schafsfreunde Südharz‹ hofften, ihr Modellprojekt in Ruhe vorantreiben zu können. Ulf Hartmann blieb resigniert am

Frühstückstisch sitzen, statt wie sonst die ›Lammfromm‹-Mitarbeiter auf dem Hof anzuleiten. Wie viel Mühe hatte es ihn gekostet, die Förderanträge für ihr Landschaftspflege-Projekt zu verfassen! Seit Jahren setzten sie ihre Schafe ein, um die artenreichen Kalktrockenrasen zu erhalten. Ohne die schonende Beweidung wären die Flächen längst verbuscht, die seltenen Orchideenarten wären weiter auf dem Rückzug. Jetzt sollte ihr Einsatz für die Artenvielfalt endlich anerkannt und honoriert werden, und damit hätte er die skeptischen Schafsfreunde-Mitglieder ein für alle Mal überzeugen können, dass sich die Mühe lohnte. Noch stellten viele den aufwändigen Weideauftrieb zu den abgelegenen Flächen infrage – mit der Förderung hätte er endlich ein überzeugendes Argument gehabt. Doch jetzt konnte er mit sich selbst Wetten abschließen, wer zuerst behaupten würde, er habe immer schon gewusst, dass die Tiere dort oben weitab vom Dorf nicht sicher wären.

›Lammschänder darf nicht entkommen!‹, postete ein prominenter lokaler Tierschützer auf Facebook, der jedoch, wie sich später herausstellte, ein reißerisches Agenturfoto verwendete, das mit den im Südharz gehaltenen Rassen nichts zu tun hatte.

Die Fotos auf dem Portal Suedharz.info dagegen waren authentisch, man konnte die Weide auf dem Scharzfelder Steinberg erkennen. Die toten Tiere waren deutlich zu sehen, zwar nicht in Nahaufnahme, dennoch war das blutdurchtränkte Fell augenfällig. Aus der Entfernung waren allerdings die Wunden nicht genau zu identifizieren, und deshalb konnte man die Tat ebenso einem Ripper zuschreiben wie einem ... tja, wer sprach es zuerst aus?

»Das war ein Wolf!«, erzählte der Freizeitjäger Hagen Steinbrech um die Mittagszeit am Würstchenstand in der Lauterberger Hauptstraße jedem, der es hören wollte, und das waren nicht wenige. »Wie kann man das nur einem Pferderipper in die Schuhe schieben wollen?«, ereiferte er sich. »Wie das Wort schon sagt, der geht doch auf Pferde los!«

Eine besorgte Mutter schüttelte betrübt den Kopf: »Mein Sohn hat morgen Geburtstag, wir wollten eine Schnitzeljagd rund um die Einhornhöhle machen, das lassen wir wohl lieber ...« – »Kann man denn noch gefahrlos im Wald spazieren gehen?«, wollte ein Touristenpärchen aus Braunschweig von Steinbrech wissen, den sie offenbar als Experten ansahen.

»Nun, sagen wir mal so«, entgegnete er, »wenn ein Wolf hungrig ist, sollte man ihm besser nicht begegnen. Aber es gibt ja viel Wild hier, also kann Meister Isegrim sich sicher sattessen, bevor Sie auf ihn treffen. Einige«, fügte er mit bösem Lächeln hinzu, »brennen ja geradezu darauf, einen Wolf in freier Wildbahn zu sehen, wie zum Beispiel ...«, er hob die Stimme und wandte sich rufend an die stattliche brünette Passantin auf der gegenüberliegenden Straßenseite, »... zum Beispiel unsere Frau Schindler von der FWG, nicht wahr, Frau Schindler? Sie sind doch für eine so genannte Wolfs-Willkommenskultur, bekennen Sie sich hier und jetzt dazu!«

Aufgeregtes Murmeln setzte ein und schwoll schnell an, als wäre ein Hornissenschwarm im Anflug.

Gesine Schindler atmete tief durch, zupfte an ihrem apricotfarbenen Schal, richtete sich dann auf und überquerte die Hauptstraße. Sie ging direkt auf die empörte Menge zu. Niemand wäre auf die Idee gekommen, dass sie gezögert haben könnte, denn sie strahlte resolute Präsenz aus. Steinbrech kamen Zweifel, ob ihr Auftritt ihm wie geplant in die Karten spielen würde. *Sofort das Revier markieren*, schoss es ihm durch den Kopf, und er ätzte: »Na, Frau Ober-Tierliebhaberin, gleich mal Würstchen für die putzigen Graupelze kaufen? Ich kann Ihnen empfehlen: frische Wildwürstchen, die mag ein Wolf am liebsten!«

»Schön, dass Sie gleich selbst klarmachen, woher der Wind weht«, entgegnete Schindler mit etwas kratziger, aber deutlicher Stimme. »Herr Steinbrech«, erklärte sie den

Umstehenden, »fürchtet nämlich um seine Jagdbeute. Ich möchte Sie nur darauf hinweisen, dass selbst die Landesjägerschaft zugibt, dass Wölfe nur krankes und schwaches Wild angreifen. Das ist doch für Sie wirklich keine lohnende Trophäe«, wandte sie sich mit unüberhörbar ironischem Unterton Steinbrech zu.

»Was heißt denn das: Willkommenskultur?«, wollte die aufgebrachte Schnitzeljagd-Mutter wissen.

»Ach, wissen Sie«, sagte Gesine Schindler, »das ist ein absichtlich übertriebener Begriff, den interessierte Kreise verwenden, um Naturschützer zu diffamieren. Jawohl: ich sage diffamieren«, bemühte sie sich, Steinbrech zu übertönen, der zu brummen begonnen hatte. Schnell redete sie weiter: »Im Grunde geht es darum, dass wir die Wölfe in Ruhe lassen. Wir alle, auch ein wackerer Jägersmann, der eigentlich gern mal Abwechslung vor der Flinte hätte.«

Steinbrech sprang prompt an: »Ach, gute Frau«, entgegnete er, »nun fällt Ihnen nichts anderes mehr ein als die Masche mit dem bösen Jäger, der wild um sich ballert?«

Zwei Männer neben ihm lachten einvernehmlich. Die meisten anderen Zuhörer jedoch waren unentschieden und irgendwie unzufrieden, denn keiner der beiden Redner konnte sie für sich einnehmen. Der Jäger war zu grob, die Politikerin zu schnippisch.

»Fakt ist ja ...«, begann Schindler gerade wieder mit erhobener Stimme, da stoppte sie ein knallender Krach, der nach stürzendem Fallbeil klang. Die erschrockene Menge wandte sich zur beleibten Wurstbraterin um, die, in einer Hand Fleischgabel und Zange, in der anderen die mit Currysoße beschmierte Kelle, ihr Werkzeug hatte wutentbrannt auf den stabilen Rost krachen lassen, wobei sie Soßenblutspritzer auf Umstehende verteilte. »Ihr quatscht ja nur«, brüllte die Bratwurstfrau, »von Wild und vom Jagen. Lauter Luxus. Und was ist passiert? Schafe hat's erwischt. Aber das ist wohl nicht so wichtig. Und jetzt weg hier! Ihr versperrt mir den ganzen

Stand. Ich muss was verkaufen hier. Schlau rumquatschen könnt ihr auch woanders!«

Am Waffelstand der nahe gelegenen Konditorei verlief die Diskussion weniger erregt. »Ich hab's ja schon immer gesagt«, behauptete eine gepflegt wirkende Dame in den Siebzigern mit perfekt hellbraun getöntem, makellos dauergewelltem Haar, »diese Kriminellen mit den Schafen allein zu lassen, ist ein viel zu hohes Risiko!«

»Du meinst sicher dieses Eingliederungsprojekt, Thekla?«, erkundigte sich artig die hinter ihr Stehende, die bis auf ein paar unschöne Kopierfehler, wie die violett geratene Haarfarbe, ihr Ebenbild hätte sein können. »Ja sicher, Elise, was denn sonst?«, fragte Thekla zurück. »Da lassen sie Leute, die sonstwas ausgefressen haben, an die unschuldigen Tiere ran. Leute, die ein Messer bestimmt nicht nur zum Brotschneiden in die Hand nehmen!«

»Sie meinen die Jugendlichen vom Verein ›Lammfromm‹?«, mischte sich eine kleine Blonde ein, die auf ihr Schmalzgebäck wartete. »Die sollen sich doch gut machen, da in der Landwirtschaft, wo sie richtig arbeiten müssen.«

»Alles nur Tarnung!«, versicherte Thekla. »Die reißen sich ein bisschen zusammen und warten auf den passenden Augenblick!«

Eine dritte Theorie entwickelte sich Schritt für Schritt vor dem Stand des Gemüsehändlers Kress, der auf dem Kirchplatz seine Waren feilbot und seinem mithelfenden Sohn zum x-ten Mal erklärte, man dürfe Kunden nicht verspotten, auch wenn sie Marillen mit Mirabellen verwechselten.

»Tss, tss, so was Ungezogenes«, zischelte die Vielkäuferin vor der Tomatenauslage, gerade laut genug, dass Kress es hören konnte.

»Tja – die Harzer scheinen mir allgemein ziemlich ungehobelt zu sein«, ergänzte ein smarter Mittvierziger mit randloser Brille.

»Wie können Sie denn so was behaupten? Sie sind wohl selbst nicht der Höflichste?!«, empörte sich Gregor Lautenbach, Parteifreund Gesine Schindlers, der, seit er sein Ratsmandat aufgegeben hatte, über reichlich Zeit zum Bummeln und Einkaufen verfügte.

»Guter Mann, ich stütze mich auf Fakten«, beharrte sein Vorredner, »ich war schon öfters hier im Ort, meine Schwiegereltern haben eine Ferienwohnung auf dem Butterberg. Und hier kann man was erleben beim Einkaufen, das kenne ich von Lüneburg, wo ich wohne, nicht ...«

»Ach so, im feinen Lüneburg, da kriechen Ihnen die Verkäufer wohl ...«, fiel ihm Lautenbach ins Wort, worauf der Smarte aufbrauste: »Da haben Sie's, Sie unterbrechen mich einfach. Nennen Sie das etwa Manieren?! Da muss man sich ja nicht wundern, wenn ein ungewaschener Wochenmarkt-Beschicker ...«

»Also, jetzt reicht's aber!«, protestierte Kress, der wie aus dem Ei gepellt wirkte in seinen dunkelblauen Jeans und dem gestärkten, weißen Baumwollhemd. »Als ungewaschen muss ich mich hier nicht beschimpfen lassen. Kaufen Sie Ihren frischen Spinat gern ...«

»Aber ich meinte doch gar nicht Sie!«, stoppte der Tourist eilig Kress' Worte. »Ich meinte einen Alten, der manchmal selbstgebrauten Likör verkauft. Das Zeug ist gut, aber der Mann ist eine Zumutung. Angefangen bei den zerbeulten Klamotten, und dann dieses Gebrumme, das man nicht versteht.«

»O ja, ich weiß, wen Sie meinen«, stimmte eine junge blonde Frau im Leopardenprint-Mantel zu, »das habe ich auch schon erlebt. Als ich nach den Inhaltsstoffen gefragt habe, meinte dieser Trottel doch glatt: ›geheim‹! Behandelt man so vielleicht seine Kunden?«

»Ach, Sie meinen Bruno, den Schäfer«, begann der Gemüsehändler zu lachen. »Jaja, der verkauft nicht an jeden!«

Nachdem Kress' Sohn seinen Vater angeraunzt hatte: »Bruno findest du lustig, aber ich, ich muss immer voll korrekt sein, du Spießer!« und vier weitere Kaufwillige ihre Erfahrungen mit dem Likörverkäufer beigesteuert hatten, äußerte Lautenbach die Ansicht, der Schäfer sei tatsächlich sehr seltsam. »Er ist nicht nur weltfremd, wie manche sagen, nein, nein, da steckt mehr dahinter. Vielleicht hat er sie nicht mehr alle. Auf jeden Fall wette ich, der kann gefährlich werden. Vielleicht war er das mit den Schafen sogar selbst!«

»Was, Bruno soll sich an seinen Schafen vergriffen haben?«, rief Kress kopfschüttelnd, während er flink, aber sorgfältig einen Romanescu in Papier einwickelte. »Niemals! Ich sage: Niemals, sage ich. Der würde sich eher selbst was antun als ein Schaf schief angucken!«

Doch Lautenbach war keineswegs überzeugt: »Der ist nicht astrein, dabei bleibe ich. Hat auch eine ganz üble Familiengeschichte. Lief komisch, das mit seinen Frauen. Die erste nahm Reißaus, da war der Edwin, ihr Sohn, noch ein Kleinkind. Die zweite ist gestorben, da war Manuel, der zweite Sohn, noch lange nicht aus dem Gröbsten raus.«

»Ach, der Schäfer hat zwei Söhne? Das wusste ich gar nicht«, sagte Kress erstaunt. »Ich habe den für einen absoluten Einzelgänger gehalten.«

»Das wäre er auch besser geblieben«, erwiderte Lautenbach. »Denn weder für seine beiden Frauen noch für die Söhne war es gut, mit ihm zusammenzuleben. Der Edwin hat sein Elternhaus früh verlassen, und Manuel lebt zwar noch hier, soll aber gar nicht glücklich sein …«

Die Gemüsekäufer hörten gespannt zu, die meisten kannten den Schäfer höchstens vom Sehen. Aber was sie jetzt über ihn erfuhren, jagte ihnen prickelnde Schauer über den Rücken. Vielleicht wurden sie so etwas wie Zeugen eines Verbrechens. Nur die Frau des Försters schien mehr mit dem Schäfer zu tun zu haben, sie reagierte unwillig auf Lautenbachs Bericht: »Brunos zweite Frau starb an Krebs. Da kann er doch nichts für!«

»Das, meine Liebe, weiß man ja gar nicht so genau. Sie hat wohl irgendwelche Medikamente nicht bekommen. Sagt man.«

Diese Geschichten und Mutmaßungen über den Schäfer, den Verein Lammfromm und einen in der Gegend umherstreunenden Wolf sollte auch Kriminaloberkommissar Alois Aisner bald zu hören bekommen, nachdem er, der an diesem Samstag Bereitschaftsdienst hatte, wegen der getöteten Schafe zu ermitteln begonnen hatte. Er würde seine Befragungen breit anlegen, denn oft, so hatte ihn die Erfahrung gelehrt, lohnte es sich, den Leuten aufs Maul zu schauen. Dabei würde er auch Gregor Lautenbachs Sohn Constantin kennenlernen, einen, fragte man seinen Vater, fleißigen Studenten der Betriebswirtschaftslehre.

## Raubtierjagd

Alois Aisner stieß zum ersten Mal auf den Namen Constantin Lautenbach, als er den Verein Lammfromm e.V. unter die Lupe nahm, in dessen Obhut so genannte gestrandete junge Leute im Schafzuchtbetrieb des Biobauern Ulf Hartmann mitarbeiteten, um wieder festen Boden unter die Füße zu bekommen.

Aisners erste Ermittlungstätigkeit, die Befragung des Schäfers Bruno Erdner, war zu einer Nachhilfestunde in Sachen Schafhaltung geraten. Der breit gebaute, aber magere Mann mit dem zerknitterten Gesicht unter der afghanischen Pakol-Mütze hatte leicht verächtlich geklungen, als er erklärte, warum die Schafe nachts eingepfercht wurden. Nein, das sei nicht seine persönliche Bequemlichkeit, sondern absolut branchenüblich. Nein, einen Wolfszaun könne er dazu nicht verwenden, die Stangen seien viel zu schwer, um sie über die

Wiesen zum nächtlichen Rastplatz zu schleppen, das solle er, Aisner, gern einmal selbst ausprobieren. Ob tatsächlich ein Wolf die beiden Schafe gerissen habe, könne er nicht beschwören, aber es sehe doch wohl ganz danach aus. Oder ob Aisner vielleicht glaube, dies sei stattdessen das schwarze Schaf in der Herde gewesen?

Der ohnehin schon nicht verbindliche Schäfer wurde derart mürrisch, dass der Kommissar aufmerkte. War das ein wunder Punkt? *Wolfsschuld fraglich*, notierte er in Gedanken. Womöglich sollte da nur die Entschädigung kassiert werden, die das Umweltministerium bei Wolfsrissen zahlte.

Mit einiger Mühe erfuhr Aisner noch, dass die Jugendlichen von ›Lammfromm‹ abends üblicherweise noch mindestens einmal die Herde kontrollierten, nachdem Bruno ins Nachtquartier aufgebrochen war.

»Nein, verdammt nochmal!«, ereiferte sich der Schäfer, natürlich könne er nicht garantieren, dass die das gestern gemacht hätten. »Wie denn, ich bin doch nicht mehr da gewesen! Da muss der Herr Kommissar die Jungs schon selbst fragen.«

›Die Jungs‹ traf Aisner auf dem Hof des Biobauern an. Sie schienen alle schwer beschäftigt zu sein, doch der Kommissar konnte sich des Eindrucks nicht erwehren, dass sie dort vor allem den Schutz der Gruppe suchten. Er meinte, eine verhaltene Nervosität zu spüren, und beschloss, die Mitglieder einzeln zu vernehmen, um die Chance einer unbedachten, wichtigen Aussage zu erhöhen. Er erkundigte sich streng nach dem gestrigen Abend und setzte ihnen mit Fragen nach ihrer Vergangenheit zu. Er war erstaunt, wie offen die jungen Männer über ihre Verfehlungen redeten. Diebstahlsdelikte waren dabei, aber auch Körperverletzungen. Manch einer hatte einen guten Bekannten heftig verletzt, einen Freund im Rausch angegriffen. Soweit Aisner es beurteilen konnte, schienen sich alle für ihre Taten zu schämen. Keiner von ihnen, so war sein Eindruck, hatte eine glückliche Kindheit gehabt. Einer der

Delinquenten war gerade einmal 12 Jahre alt gewesen, als er betrunken den neuen Freund seiner Mutter mit dem Schraubenschlüssel niedergeschlagen hatte. Vielleicht erlebten die Jungs hier, bei ›Lammfromm‹, das erste Mal so etwas wie Zusammenhalt. Es tat ihnen offenbar gut, dass sie Verantwortung übernehmen mussten. Ulf Hartmanns Konzept schien aufzugehen.

Was Aisner sich ausgerechnet hatte, nämlich, einen Verdächtigen zu finden, auf jemanden zu stoßen, der sich irgendwie verplapperte, gelang ihm nicht. Zwar war die Ausdrucksweise oft derbe, Mimik und Gestik stark abwehrend bis hin zur Drohgebärde. Doch niemand war dabei, der einen brauchbaren Anhaltspunkt für einen Anfangsverdacht lieferte.

Was er über die abendlichen Kontrollgänge bei den Schafen erfuhr, wurde von allen Befragten gleich dargestellt. Gestern waren ein Dennis und ein Patrick für die erste Patrouille, später dann ein Erkan und ein Maik für die zweite Runde eingeteilt gewesen. Die ersten beiden wollten die Schafherde zwischen sieben und neun Uhr abends noch bei bester Gesundheit erlebt haben. Dann berichtete Erkan, er sei nicht zur Kontrollrunde um neun aufgebrochen, weil Maik nicht erschienen sei. Der habe ihm eine SMS geschrieben, dass er ›Foto-Einsatz‹ habe und nicht kommen könne. »Und es ist für uns keine Pflicht, klar, Mann!? Und alleine müssen wir sowieso nicht«, beeilte sich Erkan zu versichern. »Wir machen diese Nachtrunden voll freiwillig!«

Aisner ließ sich das Handy des Jungen zeigen und fand tatsächlich die besagte Botschaft. Maik, Maik ... der Name kreiste in seinem Schädel. »Wie heißt Maik eigentlich mit Nachnamen?«, hakte er nach, doch da war er an der falschen Adresse. »Keine Ahnung. Ulf weiß das.«

»Wer ist Ulf?«, fragte Aisner, obwohl er ihm klar war, dass Hartmann gemeint sein musste.

»Ulf eben. Gibt's hier vielleicht mehrere? Der Chef hier!«

»Halt, Erkan!« Aisner hob die Stimme, als der Befragte den Stuhl zurückrückte. »Du gehst erst, wenn ich fertig bin. Ich habe aber noch eine Frage an dich – was heißt hier: Foto-Einsatz?«

»Na, Maik, der hilft doch so'm schwulen Foto-Dingsbums-Künstler. Der macht immer so Bilder von Männern, im String-Tanga, oder so. Und Maik, der muss da ... brrr, na, der hilft ihm irgendwie dabei.«

Mehr würde er aus dem stämmigen 15-Jährigen nicht herausbekommen, das spürte Aisner.

Als er sich auf den Weg zu Ulf Hartmann machte, fiel ihm der Nachname ein, nach dem er gesucht hatte: Hofstätter. Maik Hofstätter. Mit dem hatte er einmal zu tun gehabt, nachdem der Neonazi Maik einen Abtrünnigen aus seiner Kameradschaft krankenhausreif geprügelt hatte. Ungefähr drei Jahre musste das her sein.

Er hatte vor kurzem gerüchteweise gehört, dass Maik bei ›Lammfromm‹ mitarbeite – als einziger aus der rechten Szene übrigens. Inzwischen solle der junge Mann geläutert sein.

»Ja doch«, bestätigte Hartmann, der Biobauer, den Aisner im Geräteschuppen fand, eine Sensenklinge wetzend. »So etwas gibt es. Damals war Maik noch ein halbes Kind. Und heute hat er eingesehen, dass es ein Scheiß war, was er da angerichtet hat. Er kann sich noch nicht bei Menschen entschuldigen, aber er versucht es an Tieren wiedergutzumachen.«

Aisner konnte sich nicht recht vorstellen, wie Hartmann mit seinen Schützlingen arbeitete. »Ist es nicht riskant, einen Neonazi ausgerechnet zusammen mit einem Türken zur Patrouille einzuteilen?«, wollte er wissen.

»Ex-Nazi, bitte. Das ist mir ganz wichtig. Ex. Und das mit dem Türken ist natürlich eine Probe. Läuft übrigens gut.«

Ulf Hartmann, groß, knochig, sonnengebräunt, selbstgestrickter grünmelierter Pullover, maß den Polizisten mit forschendem Blick aus klaren grauen Augen. »Ja, Herr Aisner, was wir hier treiben, hat viel mit Idealismus zu tun. Ich kann keine eigenen Kinder zeugen, wissen Sie«, ergänzte er nach einer Pause. »Und deshalb suche ich mir meine Meute aus Feld, Wald und Wiesen zusammen. Und aus der Gosse. Von dort am meisten, ehrlich gesagt.«

Er lehnte die Sense gegen die Wand und vergrub die Hände in den Taschen seiner weiten Arbeitshose. »Harten Zoff gibt das manchmal. Aber wenn einer das Misstrauen vergisst und seine Fürsorglichkeit entdeckt ...« Hartmann unterbrach sich selbst und blickte durch sein Gegenüber hindurch. »... dann hat sich die Mühe gelohnt. Klingt pathetisch, ich weiß. Ist es aber nicht. Ist eigentlich furchtbar einfach. Ich muss das Leben spüren, und das bedeutet Höhen und Tiefen. Die Reklame-Welt mit lauter mild lächelnden Gesichtern ist ein furchtbarer Fake.«

Aisner, der schweigend zugehört hatte, ergriff das Wort. »Warum, Herr Hartmann, erzählen Sie mir das alles?«

Nun schwieg Hartmann eine Weile, dann sagte er leise: »Offenheit? Sentimentalität? Ach, ich weiß nicht.« Er drehte ein Stück Blumendraht in seinen Händen. »Ich will Ihnen eigentlich nur klar machen, dass ich den Jungs vertraue.«

Der Landwirt sah den Polizisten abwägend an, dann vollführte er eine abrupte Handbewegung: »Kommen Sie, ich zeige Ihnen etwas. Vielleicht hilft es Ihnen weiter.«

Aisner folgte Hartmann in eine Scheune, die zum Präsentationsraum umgebaut war. In Regalen waren Info-Broschüren angeordnet. Verschiedene Felle lagen beschriftet auf einem großen, rechteckigen Tisch. ›Tiroler Bergschaf‹, las er im Vorübergehen. Ein kleinerer, runder Tisch schien als Sitzecke für Besucher gedacht zu sein, dorthin führte Hartmann ihn. Dann zog er die Schublade einer nostalgischen Kommode auf und beförderte grell-orangefarbene Handzettel zutage. Einen reichte er dem Kommissar.

›Gegen den Wolf!‹, prangte als Überschrift auf dem Flyer. Aisner las den kurzen Text durch: ›Er bedrängt unser Wild und zerstört unsere Herden. Sind den Öko-Teroristen unsere mühevoll aufgezogenen Schafe egal?!!! Warum ist der Wolf wichtiger als alles was wir uns hier im Harz in Jahrhunderten aufgebaut haben?‹ Es folgte ein Aufruf, sich an dem Online-Begehren einer Lüneburger Initiative zu beteiligen, und dann endete das Schreiben mit der Formel ›Horrido!‹Keine weiteren Kontaktangaben. Aisner registrierte die falsche Schreibweise bei ›Teroristen‹ und steckte den Zettel ein.

»Natürlich hat man das Pamphlet uns zugeschrieben«, sagte Hartmann. Dann schwieg er.

»Und? Waren Sie es?«, fragte Alois und fixierte sein Gegenüber.

»Nein, wir sind in dieser Frage neutral.« Aisners zweifelnden Blick aufnehmend, ergänzte Hartmann: »Wir möchten es uns mit keiner politischen Richtung verderben. Schließlich brauchen wir selbst hier eine breite Unterstützung bei dem, was wir machen.« Er beschrieb eine allumfassende Geste, die den Hof, die Jugendlichen, die Ställe und alle Tiere mit einschloss.

»Horrido«, überlegte Aisner laut, »legt ja einen jagdlichen Hintergrund nah. Oder soll ihn nahelegen.«

»Wenn es nicht von Jugendlichen benutzt wird, die sagen das auch gern«, erwiderte Hartmann. »Jedenfalls unsere hier. Genau wie Halali.«

»Oder Sieg Heil?«

Hartmann sah seufzend auf: »Sie irren sich, glauben Sie mir einfach.«

Doch Aisner war noch nicht fertig. »Ich muss an eine Gruppe denken, mit der ich vor einiger Zeit zu tun hatte. Würde auch zum *Horrido* passen. Neonazis, Waffenfans, fast eine Wehrsportgruppe. Maik Hofstätter war Mitglied.«

Hartmann sagte nichts. Er spielte immer noch an dem Blumendraht. Inzwischen hatte er ihn zu einer Schlinge geformt.

Aisner fixierte irritiert den verbogenen Draht. Er schluckte. Dann schüttelte er mehrmals den Kopf, wie um seine

Gedanken abzuschütteln und wieder in der Realität anzukommen. »Wem gehören eigentlich die gerissenen Schafe?«

»Das eine gehört dem Landmaschinenhändler Maier aus Dorste. Das andere ist ... war ... meins. Dem Schäfer haben wir sie anvertraut, aber er hat keine eigene Herde.« Hartmanns Blick fiel ebenfalls auf den Draht in seinen Händen.

»Und? Vertrauen Sie ihm immer noch?«, fragte Aisner.

»Wie bitte?« Der Biobauer krauste die Stirn, als koste es ihn Mühe, seine Gedanken auf Aisners Anliegen zu fokussieren.

»Ich möchte wissen: Wie stehen Sie persönlich zu Herrn Erdner? Ist die Schlinge da für ihn?«

Alois wurde, kaum hatte er die Frage ausgesprochen, klar, dass er die falschen Worte gewählt hatte. Er versuchte, sie durch ein schnelles Lachen nachträglich als Witz dastehen zu lassen, doch der Plan gelang nicht, das sah er seinem Gegenüber an. Hartmann fixierte den Kommissar. »Interessant, Ihre Interpretation! Es könnte genauso gut eine Hundeleine mit Halsband sein.«

Aisner schaltete schnell. »Denken Sie, ein Hund war es?«

Hartmann legte den Draht auf dem Tischchen ab. Seine Hände vergrub er in den Hosentaschen. »Sagen wir mal so. Ich habe Freunde in der Lüneburger Heide, die züchten Heidschnucken. Als ich vor ein paar Wochen zu Besuch war, wurde ein Tier gerissen, inzwischen steht fest, das war ein Wolf. Und der Kadaver sah anders aus als unsere beiden Tiere. Aber ich bin natürlich kein Fachmann.« Er zog die linke Hand aus der Tasche, sah auf die abgeschabte Armbanduhr. »Langsam müsste ich los. Wir erwarten noch einmal Lämmer und müssen uns vorbereiten.«

Doch Aisner musste sichergehen, dass seine Ahnung stimmte. »Moment bitte,« stoppte er Hartmann. »Zwei Sachen muss ich noch wissen. Erstens: Wie heißt Maik mit Nachnamen? Und zweitens: Mit wem fotografiert er?«

So verifizierte er den Namen Maik Hofstätter, und so hörte er zum ersten Mal von dem Fotografen Constantin Lautenbach. Erleben sollte er ihn bereits wenige Stunden später.

Aisner fuhr zunächst ins Kommissariat, weil er dringend mit den Innendienstkollegen sprechen musste. Ihre Anfrage bei der Nationalparkverwaltung, ob im Gebiet um Scharzfeld ein Wolf unterwegs sein könne, so erfuhr er, habe bislang nur zwei Luchsexperten zutage gefördert, die sich beim Thema Wölfe bedeckt hielten. Sie hatten immerhin versprochen, man werde alle im Harz installierten Fotofallen schnellstmöglich auswerten; mit Glück könne man dann einen Wolf nachweisen. Wenn keiner entdeckt werde, heiße das jedoch gar nichts. Man brauche jetzt ein wenig Geduld und müsse auf die Auswertung der DNA-Proben warten.

»Es wurden DNA-Proben genommen?«, fragte Alois erstaunt nach.

»Ja, das ist bei verdächtigen Rissen üblich. Überall im Land wurden Wolfsberater ernannt, oft Leute von der Jägerschaft, die getötete Schafe und Kälber untersuchen und den Kadaver zur Auswertung weitergeben. Kann aber drei Wochen dauern, bis das Ergebnis zurückkommt.«

Aisners Gedanken kreisten noch um den Begriff. »Wolfsberater? Beraten die etwa die Wölfe?«

Der Innendienstler lachte. »Da hätten sie mittlerweile gut zu tun. Wenn du nämlich als ›Problemwolf‹ eingestuft wirst, ist es nur noch ein kleiner Schritt, und du bist zur Jagd freigegeben. Ich wette, eine Beratung, wie man das als Wolf vermeidet, wäre sehr gefragt.«

»Wenn so ein Berater der Jägerschaft angehört, müsste er eigentlich seine Kollegen beraten, wie sie den Wölfen zuvorkommen«, überlegte Alois laut. »Klingt ein bisschen nach Interessenkonflikt, so eine Funktion, oder?«

»Interessenkonflikt? Ich bin dabei!« Das kam von Jessica Henkel, die eben den Raum betreten hatte. Alois freute sich, er mochte die Kollegin, die als Oberkommissarin den gleichen Rang bekleidete wie er. ›Wildwest-Jessy‹, wie sie im Kommissariat genannt wurde, war mitunter rabiat, ermittelte aber überaus effizient. Alois schätzte ihre Klugheit, Schlagfertigkeit und Unverdrossenheit. Jessica ließ sich nicht die Butter vom Brot nehmen, und wenn der Gegner ein noch so scharfes Messer besaß. Vielleicht konnte er sie für seine Ermittlung interessieren?

»Wir reden gerade über Wolfsberater. Stell dir vor, du bist Jägerin und möchtest gern so ein Raubtier erlegen. Da identifizierst du doch so viele Wolfsrisse wie möglich, damit das Problemtier zum Abschuss freigegeben wird, oder?«

»Wenn mir das Geld für die Jagdreise fehlt – warum nicht.«

»Klingt wenig begeistert. Ich dachte, in dir schlägt ein Trapper-Herz?«

»Ach, weißt du, Alo, im Moment bin ich selbst mehr als Raubtier unterwegs. Auf Beutezug in Bars.« Henkel fuhr mit der Hand wie mit einer Pranke durch die Luft und produzierte ein kehliges Geräusch. Sie dachte kurz nach. »Also – falls du deinen Fall aus Raubtiersicht betrachten willst: frag mich!«

»Genau so machen wir's«, sagte Aisner und lachte. »Dann kommen wir deinen Instinkten auf die Schliche, analysieren deinen Wildheitsgrad – und schon wissen wir, ob unser Täter Wolf oder Hund ist.«

Er hätte nicht zu sagen gewusst, welches Szenario ihm lieber wäre. Ein Wolf? Das würde bedeuten, es wäre kein Fall für ihn. Also Arbeitsersparnis. Doch konnte man sich das Raubtier in der Nähe eines Dorfes wünschen? Wenn andererseits ein wildernder Hund die Schafe gerissen hätte, wollte er dem auch nicht beim Sonntagsspaziergang begegnen. Wäre es denkbar, dass ein abgerichtetes Tier auf Befehl getötet hätte? Die dritte Möglichkeit war es, die in seine Zuständigkeit fallen würde. Wer könnte ein Interesse daran haben, dem Schäfer zu schaden? Oder vielleicht gar nicht dem Schäfer, sondern dem

Besitzer der Tiere? Nicht einfacher wurde die Situation dadurch, dass die beiden Schafe verschiedene Eigentümer hatten. Wenn man unterstellte, überlegte der Kommissar, dass diese Tiere gezielt getötet worden waren: Konnten der oder die Täter wissen, wem sie gehörten? Oder war die Auswahl zufällig getroffen worden? Auch eine Verwechslung konnte man nicht ausschließen; vielleicht hatte jemand Ulf Hartmann schaden wollen, dessen liberale Ansichten sicher nicht jeder teilte. Oder die Tat war gar nicht absichtlich geschehen, sondern irgendjemand hatte seinen scharfen Hund einfach nicht unter Kontrolle gehabt? In diesem Fall mussten sie dafür sorgen, dass demjenigen die Hundehaltung untersagt würde. Doch vorher ... vorher mussten sie ihn überhaupt erst einmal finden.

Alois würde auf jeden Fall darauf hinwirken, dass man ihm Jessy Henkel zur Unterstützung zuteilte. Sie war unsentimental, unerschrocken und kreativ – vielleicht würde sie sogar jemanden wie den verstockten Schäfer zum Reden bringen.

Doch seine nächste Befragung würde er noch allein vornehmen. Das sollte nicht lange dauern. Er brauchte eine Bestätigung oder die Widerlegung, dass Maik Hofstätter, der jetzt angeblich lammfromme Ex-Nazi, tatsächlich bei einem Fototermin assistiert hatte. Nicht dass es sich um eine Finte gehandelt hatte, um Maiks Kollegen Erkan von der Schafweide fernzuhalten.

## Erinnerung

»Schön hier«, hatte sie leise gesagt und ihn von der Seite her angesehen.

Der verschwiegene Platz unter der Trauerbuche war bis dahin sein Geheimnis gewesen. Hierher zog er sich zurück, wenn er allein sein wollte. Vorsorglich war er schon eine halbe

Stunde früher hergekommen und hatte zwei dicke Kissen am Stamm platziert, dort, wo der Boden besonders eben war. Außerdem hatte er eine Isodecke mitgebracht und eine Tüte Salzbrezeln. Zum Glück hatte er die große Tasche dabei, sodass er das Heft verstauen konnte, das er gestern hier hatte liegen lassen – das Schmuddelheft, wie seine Großmutter so etwas nannte. Der Zeitpunkt war perfekt: Durch den Schutz des Baumes war es nicht zu kalt, aber die Hitze staute sich auch noch nicht.

»Hier?«, hatte Sophie entgeistert gefragt, als sie am vereinbarten Treffpunkt, dem kleinen Parkplatz am Masttal, erschien. Mülltonnen verbreiteten einen leicht fauligen Geruch, den er nach zehn Minuten aufgeregten Wartens nicht mehr wahrgenommen hatte.

»Nein, keine Angst«, hatte er lachend erwidert, »komm mit!«

Im Vorbeigehen streifte sein linker Oberarm ganz leicht ihre Schulter. Er wurde sofort puterrot, doch das konnte sie zum Glück nicht sehen, denn er ging ja vor ihr. Gleichzeitig war er stolz wie Bolle, dass sie mit ihm allein sein wollte.

»Hier«, flüsterte er, bog einige hängende Zweige zur Seite und drehte sich zu ihr um. »Das ist mein Versteck.« Sie war sofort verzaubert, das spürte er.

Das diffuse gelbgrüne Licht ließ alles ganz weich aussehen. Weicher noch, als es sowieso schon war. Er wollte ihr Haar anfassen. Doch so weit war es noch nicht.

»Möchtest du auf dem roten oder auf dem weißen Kissen sitzen?« Er versuchte, seiner Stimme einen beiläufigen Klang zu geben, doch das misslang gründlich. Stattdessen musste er sich zweimal heftig räuspern.

»Eagy, bist du auch ein bisschen nervös?«, fragte sie vorsichtig nach, »ich bin's nämlich.« Was für ein Mädchen!

Als sie saßen, riss er die Salzbrezel-Tüte auf und hielt sie ihr hin, und sie zog im gleichen Moment eine Plastikdose aus ihrem Rucksack, öffnete den Deckel und hielt ihm Salzbrezeln unter die Nase. Sie lachten beide, eine erstklassige Gelegenheit, die Spannung zu lockern. Er nahm eine Brezel aus ihrer Dose, und sie fischte zwei aus seiner Tüte hervor. Eine schob sie sich in den Mund, die andere hielt sie ihm zum Abbeißen hin.

»Echt schön hier«, sagte sie noch einmal, und dabei lächelte sie ihn so direkt an, dass er sich zu fragen traute: »Darf ich mal Dein Haar anfassen?«

Sie sah ihm die ganze Zeit in die Augen, als seine Finger mit ihren kastanienbraunen, fluffigen Strähnen spielten. Das machte ihn verlegen. Er merkte, dass sein Gesicht glühte. Und sein Magen sich flau anfühlte. Trotzdem wollte er nicht aufhören, noch lange nicht. Da stupste sie ihn mit dem Zeigefinger auf die Nase, beugte sich zu ihm herüber und drückte ganz sanft ihre Lippen auf seine.

Der erste Kuss! Eagle-Eye seufzte bei der Erinnerung, ohne es zu merken. Da erzählten die Jungs immer, wie doof das gewesen wäre, voll peinlich und so. Doch für ihn war es schön gewesen. Mit Sophie war es schön gewesen! Alle dachten damals, sie würde irgendwann mit Zbigniew gehen, mit dem sie schon so oft zusammen Kaninchen gefüttert hatte. Doch dann hatte sie ihn erwählt, Eagle-Eye, Spiegelei, trotz seiner Namen.

Er versuchte, an etwas anderes zu denken, an seine Ehrenurkunde bei den Bundesjugendspielen zum Beispiel. Einen Rekord hatte er aufgestellt. Stolz konnte er sein! Doch was nützte ihm das, wenn es sie nicht interessierte.

Sophie hatte nur noch Augen für diesen Spargeltarzan von Neuntklässler, Fynn oder Finnland oder Schweden, oder wie er hieß. Geh doch nach Schweden! Fast drei Jahre älter war er, das war zu krass! Sie sollte mal nicht übertreiben. Hoffentlich sah sie das bald ein.

Was sie gestern gesagt hatte, hörte sich ganz falsch an. »Ich will, dass wir Freunde bleiben.« Das klang so, als würde der Norwegen, oder wie er gleich hieß, jetzt die Küsse abgreifen. Dabei interessierte der sich noch nicht mal für Tierschutz.

Er aber, Eagle-Eye, schon! Das würde er Sophie beweisen, indem er zu dieser Versammlung ging. Schafe musste man schützen, ganz klar. Wenn sie erst mal sein Engagement erlebte, würde ihr schon auffallen, dass er es war, der ihre Liebe verdiente.

## Coco

Als Aisner vor der gewaltigen, wenn auch etwas abgeschabten Haustür in der Sebastian-Kneipp-Promenade wartete, kam er nicht umhin, in der Glasscheibe seinem Spiegelbild zu begegnen. Silhouette: ordentlich, attestierte er sich. Die regelmäßigen Besuche im Fitnessstudio fruchteten. Die Kleidung: vielleicht etwas zu förmlich. Frisur – er zögerte. Eigentlich war er mit Fiedlers Haarschnitt immer zufrieden, denn der Altmeister setzte seine Vorstellungen genau um. Doch jetzt – er wandte den Kopf nach links, er drehte ihn nach rechts – erschien ihm seine Haartracht plötzlich wie von der Stange. *Tagesschausprecher-Schnitt,* schoss es ihm durch den Kopf. Auch seine Brille bot ihm Angriffsflächen. Geschliffen, glatt, irgendwie charakterlos. Bevor er dazu übergehen konnte, seine Kinnpartie einer kritischen Musterung zu unterziehen, wurde die Tür aufgerissen.

»Warum kommst du ...«, rief ihm ein junger Mann im aufgeknöpften, lässig fallenden Zimmermannshemd atemlos entgegen, stockte aber sofort, als er gewahr wurde, dass es sich nicht um den erwarteten Besuch handelte. Alois wusste, dass er 22 Jahre alt war, hätte ihn aber älter, eher auf Ende zwanzig, geschätzt.

»Herr Lautenbach?«, fragte er und vermerkte die dichten, buschigen Augenbrauen und das dunkelbraune, gelockte, asymmetrisch geschnittene Haar als charaktervoll. »Herr Constantin Lautenbach?«

»Nenn mich Coco, Schöner!«, entgegnete der Junge mit kraftvoller, dunkler Stimme und musterte den Körper seines Gastes im Schnelldurchlauf. »Ein bisschen weniger korrekt, eine freche Feuerwehruniform vielleicht – du weißt schon«, zwinkerte er Aisner zu, den das Ansinnen sprachlos machte, »und du schaust richtig hot aus! Wer schickt dich eigentlich?«

Der Kommissar, der nach nachdrücklichen Räuspern die Sprache wiederfand, entgegnete steif: »Hier liegt offenbar ein Missverständnis vor, Herr Lautenbach.« Er zückte seinen Ausweis. »Aisner, Kriminalpolizei Bad Lauterberg. Ich muss Sie befragen.«

Auch wenn der junge Kerl kurz zusammengezuckt war, schüchterte ihn der offizielle Besuch offenbar nicht ein.

»Hört, hört«, erwiderte er mit sarkastischem Unterton, »und Sie wollen wirklich mich sprechen? Und nicht meinen Vater, Gregor Lautenbach?«

»Nein, bei Ihnen bin ich richtig«, antwortete Aisner entschlossen und schaltete schnell: »Aber wie kommen Sie darauf, dass mich Ihr Vater interessieren könnte?«

»Na, mein Vater mischt doch überall mit«, antwortete der Sohn des Hausherrn im Plauderton, »FWG – auch wenn er den Vorsitz abgegeben hat, Verbände, Gewerbeverein, Einhornclub. Er tanzt auf jeder Hochzeit.«

Dann runzelte er unvermittelt die Stirn und schwenkte um. »Worum geht es überhaupt?« Mit lässiger Geste der linken Hand winkte er seinen Besucher nun ins Hausinnere. Er ging einen schmalen, dunklen Flur voraus, wobei Aisner den wiegenden Schritt und die bloßen, behaarten Füße registrierte. Lautenbach führte den Kommissar in ein großzügiges, jedoch vollgestelltes Zimmer, dessen raumhohe Fenster den Blick auf einen leicht vernachlässigten, verwunschenen Garten mit Efeu umrankten Lerchen und Rosenbogen gewährten. Halbvolle Kaffeebecher, ein hart gekochtes Ei und angebissene Croissants deuteten auf ein spätes Frühstück hin. Wirre Punk-Pop-Rhythmen erklangen in mittlerer Lautstärke.

»The Clash«, erklärte der junge Mann ungefragt, »müsste ja fast Ihre Generation sein.« Dazu sah er seinen Besucher breit lächelnd an, um dann ungezwungen fortzufahren: »Bevor unser Gespräch ins Eingemachte geht, biete ich Ihnen mal lieber schnell was zu trinken an. Green Mamba oder unseren Hauscocktail, Coco-Schleck?«

Aisner war fasziniert, wie sicher der Junge auftrat, wie selbstverständlich er eine Unverschämtheit nach der anderen platzierte. Die Antwort auf die Cocktailfrage sparte er sich, sah sein Gegenüber stattdessen schweigend mit ernster Miene an.

»Äh, tut mir leid, Herr Kommissar – oder wie das richtig heißt«, setzte Constantin Lautenbach wieder ein, während er mit der linken Hand ruhelos an seinem rechten Mittelfinger zu zupfen begann, »nicht-alkoholische Getränke führen wir leider nicht in diesem Etablissement.«

Passend zu dieser Wortwahl tauchte ein schmales Gesicht hinter einem bordeauxfarbenen Paravent auf. »Coco, wie geht's denn nun weiter?«, fragte ein klagendes Stimmchen. »Ich frier mir hier den Arsch ab!« Auch ihn schien die Anwesenheit eines formell auftretenden Unbekannten nicht weiter zu irritieren.

»Alter Lude, Tino, Kleiner, fast hätte ich dich vergessen«, entgegnete der Dunkelgelockte unwillig. »Komm doch aus deinem Versteck und genieße einen Geschleckten mit uns.«

Er hatte einen mit etlichen Flaschen, Schalen und Flakons beladenen Teewagen zu sich herangezogen und begann geschickt mit Gläsern und Messbecher zu hantieren. Der Paravent-Jüngling zögerte einen kurzen Moment, dann trat er hervor und durchmaß den Raum bis zu ihrer Sitzgruppe mit anmutigen Schritten. Alois versuchte, nicht allzu offen hinzustarren. Tino trug nichts als einen neongrünen Mankini am Leib.

Am liebsten hätte Aisner »Ziehen Sie sich doch was an!« gerufen, doch sein Instinkt riet ihm, abzuwarten und die anderen kommen zu lassen. Von seinem Plan einer

Kurzbefragung hatte er sich verabschiedet, dazu war das hier viel zu interessant.

Coco Lautenbach produzierte drei Gläser eines schaumigen, apricotfarbenen Gebräus ›mit Likör 43!‹ vor ihnen auf das Glastischchen und sah Aisner aufmunternd an. »Sie müssen jetzt diesen Hauscocktail probieren, also: schlecken, Herr ... äh: Herr Oberkommissar. Habe mir ganz besondere Mühe gegeben.« Tatsächlich hatte er an Aisners Glasrand einen kunstvollen Klimbim aus Sternfrucht, Physalis und Papierschirmchen befestigt. Sein eigenes Glas war mit Ananasscheibe dekoriert, an Tinos baumelte eine Spirale aus Kiwischale.

Aisner setzte die Strategie des ernsten Schweigens fort.

Schließlich hielt es der Jüngste im Bunde nicht mehr aus. »Coco«, wandte sich Tino nörgelnd an Lautenbach junior, »Coco, was ist denn eigentlich? Warum müssen wir die Session unterbrechen?«

Da wandte sich der Angesprochene, der bis dahin scheinbar versunken an seinem Drink genuckelt hatte, abrupt dem Kommissar zu und sah ihm direkt in die Augen: »Ja, worum geht es eigentlich?«

Aisner ließ sich Zeit. »Ach,« konstatierte er schließlich, »Sie wollen es doch noch von mir wissen? Ich war inzwischen zur Ansicht gelangt, dass Ihnen klar ist, warum ich hier bin.«

Das brachte Coco Lautenbach kurz aus dem Konzept. »Wie bitte, Herr Kommissar? Was meinen Sie? Was wollen Sie mir da unterstellen?«

Coco begann wieder mit dem Fingerzupfen, nun in deutlich schnellerem Rhythmus. Aisner beschloss, das Katz-und-Maus-Spiel noch ein wenig fortzusetzen. »Zunächst möchte ich Ihren Personalausweis sehen«, wandte er sich an Tino. Er rechnete mit der devoten Erfüllung seines Wunsches, doch er hatte sich getäuscht.

»Darf der das?«, wandte sich Tino an den Gastgeber. »Muss er da nicht einen So-und-so-Beschluss vorzeigen?«

»Alter Lude! Kleiner«, erwiderte Lautenbach und machte eine Handbewegung wie beim Insektenverscheuchen, »nun sei doch nicht so. Unser Herr Ober-Elite-Kommissar möchte wissen, ob du minderjährig bist. Geh und hole das Dokument!«

Interessant, registrierte Alois, der gute Constantin wusste offenbar, worauf es ankam. Womöglich sah er sich nicht zum ersten Mal im Visier der Staatsmacht.

»Ich beginne mal mit den allgemeinen Fragen«, kündigte Aisner an und lehnte sich demonstrativ gemütlich im grauen Kunstledersessel zurück. »Sie sind also Fotograf?«

»Ja, das bin ich, wenn's recht ist. Möchten Sie meinen Gewerbeschein sehen?«

»Vielleicht später.« Aisner sprach betont gemächlich, um dem arroganten Knaben klarzumachen, wer hier über die Zeit verfügte. »Sie sind außerdem ...«, er durchblätterte seine Notizen ohne Eile, »eingeschriebener Student der Wirtschaftsinformatik an der TU Clausthal? Wohnen Sie während des Semesterbetriebs dort, oder fahren Sie jeden Tag?«

»Nein, ich habe in Zellerfeld ein Zimmer. Doch in den Ferien nutze ich diese Räumlichkeiten bei meinen Eltern als Atelier«, erklärte der Gefragte hochtrabend und wurde dann ungeduldig. »Was werfen Sie mir denn nun vor?«

»Wer sagt denn, dass ich Ihnen etwas vorwerfe?«, erkundigte sich Alois höflich. »Es geht um einen ... nun, ich denke – Freund von Ihnen. Ich möchte wissen, mit wem Sie gestern Abend zusammen waren – und von wann bis wann?«

Er sah förmlich die Zahnräder in Lautenbachs Kopf losrattern und ineinandergreifen.

»Ach, braucht der Maik ein Alibi?«, erkundigte er sich schließlich. »Wenn das so ist«, fuhr er ohne Umschweife fort, »dann kann ich dafür sorgen. Wir haben gestern ...« Er verstummte, als Tino mit seinem Personalausweis zurückkam, mittlerweile ein dunkles Fell fest um die mageren Schultern geschlungen, das in groteskem Kontrast zu dem grellgrünen

Eierbecher mit Trägern stand, wie Alois das absurde Kleidungsstück bei sich nannte. Das zarte Fotomodell war tatsächlich schon 18 Jahre alt, mithin selbst für alle Spielereien verantwortlich, die es anzettelte oder mit sich machen ließ.

»Also ... gestern Abend?«, forderte der Kommissar nun Lautenbach zum Weiterreden auf. Der Schaum auf seinem unberührten Drink auf dem Tischchen war mittlerweile in sich zusammengefallen und hatte einen klebrigen grau-grünen Abdruck am Glasrand hinterlassen, zu dem das frische Obst in aberwitzigem Kontrast stand.

»Gestern Abend half Maik mir beim Aufbau der neuen Kulisse. Von sechs bis elf. Kommen Sie!«

Er führte Aisner hinter den Paravent, der die Hälfte des Raums abtrennte, und hinter dem eine Art Bühne aufgebaut war. Abgeschlagene Fichten rahmten einen kurzen Laufsteg ein, teils waren die Äste und Zweige silberfarben übersprüht, teils waren sie verdorrt und braun. An der linken vorderen Seite der Bühne war Beleuchtungstechnik aufgebaut, die Aisner erstaunte: Das musste Tausende von Euros gekostet haben! Auf stabilen Stativen waren Kameras und seltsame rund zugeschnittene, silberfarbene Folien installiert.

»Aufheller«, erklärte Coco Lautenbach. »Damit die Lichteffekte spektakulär werden. Geile Beflutung, wie man in meinen Kreisen sagt.«

Sicher auch als ›geil‹ hätte der Fotograf die Poster bezeichnet, die einen Großteil der Wandflächen schmückten – auf Alois wirkten die Männerakte bizarr. Es handelte sich weitgehend um Ausstellungsplakate, entnahm er den Inschriften. In sachlichem Ton fragte er Lautenbach: »Ist Robert Maplethorpe Ihr Vorbild?«

»Vorbild – nein, das trifft es nicht. Ich liebe Maplethorpe, ich liiiiiiebe seine Arbeiten!« Es klang wie Jubilieren. »Doch da werde ich nie hinkommen. Aber Streben ist Leben. Und Leben ist Streben. Oder finden Sie nicht, Herr Kommissar?«

Nachdem Constantin Lautenbach ihm, als müsse er etwas gutmachen, minutiös die Arbeiten des gestrigen Abends geschildert und versichert hatte, dass Maik ihm die ganze Zeit zur Hand gegangen sei – »wäre auch doof wenn nicht, ist schließlich mein Assistent« – verließ Aisner das Haus nach einer letzten Frage: »Was ist Ihre Hauptbeschäftigung, Ihr Studium oder dieses ... Hobby?«

»So ein schräger Vogel wie ich passt nicht in Ihr Bild eines braven Studenten, was?«, lachte Lautenbach kehlig. »Mein Vater tut ja auch alles, um zu verheimlichen, dass sein Söhnchen so neben der Spur läuft. Dabei möchte er doch nur eine solide Existenzgrundlage für mich. Der Arme! Doch ehrlich gesagt«, hob er die Stimme und fuhr sich mit der Linken affektiert durch die braun gelockte Mähne, »erscheint mir die kreative Fotografie gerade etwas vielversprechender, als mich an der Schlange der Ingenieurstudenten hinten anzustellen.«

Letzteres nahm Alois ihm ohne weiteres ab. Er konnte sich diesen Wunderling nicht dabei vorstellen, wie er Formeln büffelte, Praktika in Industrie-Unternehmen absolvierte und sich in einem Konzern geduldig hocharbeitete. Zum Einordnen war er viel zu dominant. Dieser junge Mann besaß Charisma, das musste man ihm lassen. Er mochte reichlich eingebildet sein, doch unsympathisch fand Aisner ihn nicht. Nur eine Kleinigkeit störte ihn, die er noch nicht zu fassen bekam; ein diffuses Signal pochte leise in seinem Hinterkopf.

Als er seinen Opel Astra nach 500 Metern vor der Wohnung in der Gehrichstraße parkte und an Eagle-Eyes bevorstehende Versammlung denken musste, wurde ihm der Grund seiner Irritation klar. Er hatte Coco Lautenbach nicht ein Wort von den getöteten Schafen erzählt. Und der hatte nicht mit einem Wort gefragt, wofür Maik ein Alibi brauchte!

»De omnibus dubitandum«, murmelte er, als er zur Haustür schlenderte. *An allem ist zu zweifeln!* Er würde sehen, ob Jessica ihm schon morgen beim Hinterfragen helfen könnte.

# — Sonntag —

## Wichtig

Horst Wolff-Lutter zelebrierte die Lässigkeit des Hausherrn zurückgelehnt im Teakholz-Gartensessel thronend und beschallte die Umgebung. »Ja, sicher habe ich als Zweiter Vorsitzender einiges zu sagen. Die Kreisjägerschaft ist schließlich kein unbedeutender Haufen.« Er bedachte seine drei Gäste der Reihe nach mit forschendem Blick, dann ließ er ein ironisches Lächeln aufziehen. »Wissen Sie übrigens, was das Wichtigste an Jägerwitzen ist?«

»Keine Ahnung«, erwiderte der Chef des regionalen Hotelverbandes indigniert, und die beiden anderen schüttelten sekundierend die Köpfe.

»Na«, platzte Wolff-Lutter, schon halb prustend, heraus, »Hauptsache, sie sind treffend!«

Als sich seine Lachattacke gelegt hatte, nahm er ein Flugblatt vom Tisch in die Hand. »›Killerwölfe‹, na, das ist nicht ganz unsere Sprache, meine Herren.« Wieder nahm er alle drei ins Visier, bevor sich seine Augen am Verbandsleiter festsaugten, der auch ein großes Hotel und eine angesehene Pension im Ort betrieb. »Doch in der Sache bin ich bei Ihnen. Bitte berichten Sie mir noch einmal ganz genau, was Sie vorhaben.«

»Also, das Wichtigste ist erst einmal, dass wir ins Doing kommen«, ließ sich der Hotelier vernehmen, und seine beiden Begleiter, örtliche Touristiker, stimmten nickend zu. »Und zwar stante pede! Unsere Gäste müssen merken: wir machen was. Wir agieren proaktiv, bevor uns jemand drängt. Bevor große Fragen aufkommen. Wir selbst müssen es sein, die Fragen stellen. Ans Ministerium. Ganz hoch aufgehängt, das nutzen wir gleich als Publicity.«

»Wer fragt, der führt«, nickte Horst Wolff-Lutter. Dann forderte er den Hotelier mit einer Geste zum Weitersprechen auf.

»Wir vom Hotelverband unterstützen vehement Forderungen aus Schleswig-Holstein, den Wolf ins Jagdrecht aufzunehmen. Klipp und klar, ohne Wenn und Aber. Und dabei setzen wir auf Ihre Mithilfe, Herr Wolff-Lutter. Wenn Sie vielleicht mit Ihrem Ersten Vorsitzenden ...«

»Ach, meine Herren, der Erste Vorsitzende ist weit weg«, winkte der Hausherr ab. »Ich bin hier vor Ort und weiß, wie unsere Jäger ticken. Und ich lehne mich sicher nicht zu weit aus dem Fenster, wenn ich Ihnen anvertraue, dass auch meine Waidkollegen in Meister Isegrim kein Kuscheltier sehen.«

»Aber hat nicht gerade vorige Woche der Hegeringleiter ...«, setzte der Ältere der beiden Touristiker an, wurde jedoch unterbrochen, als ein schokoladenfarbener Porsche Cayenne den Zierkies in der geschwungenen Grundstücksauffahrt einen Willkommensgruß knirschen ließ.

Beate Wolff-Lutter hupte zweimal. Ihr Ehemann hob und senkte beschwichtigend die Hände. »Ist gut, ist gut, man sieht euch.« Er blickte wieder zu seinen Gästen, räusperte sich und begann: »Wo waren wir stehen geblieben? Also, meine Waidkollegen ...«

»Nora?!«, entfuhr es dem Hotelier, der die Tochter des Hauses von früher kannte, als sie Mitschülerin seines Sohnes gewesen war.

Vor annähernd drei Jahren, da war sie 15, hatten Beate und Horst Wolff-Lutter entschieden, ihre Tochter zur Besserung in ein Elite-Internat in die Landeshauptstadt Hannover umzuschulen. Nora-Theres war damals mit struppig geschnittenen, schwarz gefärbten Haaren und faltigen Jeans durch die Gegend gelaufen, immer einen aufsässigen Spruch parat, in

Wahrheit verletzlich wie ein scheues Reh. Sie hatte sich seinerzeit bei Alois Aisners Lebensgefährtin Larissa über ihre hartherzigen Eltern ausgeheult und der ›Reinemachefrau‹, wie Larissa genannt wurde, manches Geheimnis anvertraut, vom erschlichenen Piercing bis zum ersten Liebeskummer.

Wären nicht Nora-Theres' ungewöhnlich geradlinige Augenbrauen gewesen, man hätte sie kaum wiedererkannt. Die haselnussbraunen, leicht gewellten Haare hatte sie wachsen lassen und zu einer weich fallenden Hochsteckfrisur geschlungen. Ihre schmalen Lippen schimmerten in hellem Apricot, und die hohen Wangenknochen betonte sie mit etwas Rouge. Sie trug ein tailliertes taubenblaues Kleid, dazu farblich passende Pantoletten.

»Wow!«, rief der Hotelier.

Die zweite junge Frau, die dem klobigen Wagen entstiegen war, wirkte neben Nora-Theres herb, beinah männlich. Das lag nicht nur an ihrem fransigen Kurzhaarschnitt, sondern auch an dem streng geschnittenen, grau-braun karierten Blazer, den sie zur schmalen hellen Hose trug. Weiche helle Schnürschuhe mit hoher, ziegelroter Plateausohle gaben dem Outfit eine extravagante Note.

Beate Wolff-Lutter wartete neben dem geöffneten Kofferraum. »Horst, wenn du bitte ...«, begann sie, doch Noras Freundin war schon neben sie getreten und hob zwei Koffer, einen Rucksack und eine Ledertasche heraus. Die Frauen gingen aufs Haus zu.

Der Hausherr, unschlüssig, wem seine Aufmerksamkeit am ehesten gebühre, verharrte mit den Unterarmen auf den Teakholz-Lehnen seines Sessels wie in der Bewegung erstarrt. Dann bemerkte er das eigene, eines Machers unwürdige Zögern und gab sich einen Ruck. »Also, meine Herren, tatsächlich sehr interessant, Ihr Ansatz. Eine konkretere Kooperation besprechen wir ein andermal. Wie Sie sehen, belegt mich jetzt die holde Weiblichkeit mit Beschlag.«

Der Hotelier seufzte. »Mit Ihnen möchte man tauschen!«

Während Horst Wolff-Lutter die drei Besucher Richtung Gartentor schob und seine Frau den großen Wagen um das Haus herum zur Garage fuhr, begann es auf der Auffahrt erneut zu knirschen. Ein auf dem herrschaftlichen Weg läppisch anmutender Opel Astra schien den Mut verloren zu haben und stoppte am Ende der Kurve.

»Holla!«, machte eine weibliche Stimme, kurz nachdem die Beifahrertür aufgestoßen war. »Das nenne ich mal Prachtstraße!«

Aisner legte beschwörend einen Finger über die Lippen. »Bitte, Jessy, mach heute halblang.« Er hatte seiner temperamentvollen Kollegin erklärt, dass Larissa seit Jahren bei den Wolff-Lutters putzte, sie sehr wohl wussten, wer Aisner war, und ihm der Besuch nicht besonders angenehm sei. Er hatte Jessica gebeten, die Befragung zu leiten »und zwar sensibel, bitte«; er selbst wolle hauptsächlich als Zuhörer dabei sein. Sie hatte genickt.

Jetzt sagte sie leise: »Interessanter Besuch, der da gerade geht. Der Dünne ist bei der Stadt angestellt. Ist das, was der in der Hand hält, etwa ein Umschlag?« Als Alois sie zur Erwiderung nur streng ansah, fragte sie: »Kennst du die beiden anderen?«

»Nur den Langen. Der betreibt Hotels überall im Harz. Einigermaßen wichtiger Vogel, wenn du mich fragst.«

»Und wenn du mich fragst, ist der Hausherr noch wichtiger. So wie der sich aufplustert.«

»Na, dann lass mal schauen, ob er zwei schnöde Kriminalbeamte empfängt.«

Sie strebten auf Wolff-Lutter zu, als Aisner aus dem Augenwinkel eine Bewegung an einem der Fenster im ersten Stock bemerkte. Er wandte sich um und sah Nora-Theres winken. Kurz hob er grüßend den Arm, dann drehte er sich wieder um. Es galt, sich auf den Vater zu konzentrieren.

Horst Wolff-Lutter verbarg seinen Unmut nicht. »Jetzt wird man schon an einem Sonntag behelligt! Kann man als unbescholtener Bürger nicht mal in Ruhe seine Tochter begrüßen, die man monatelang nicht gesehen hat?«

Alois warf Jessica einen warnenden Blick zu, bevor er antwortete. »Wir bitten um Entschuldigung für die Störung, wir benötigen eine kurze Auskunft von kompetenter Seite.«

Der Hausherr straffte sich. »Dann machen wir's schnell. Was wollen Sie wissen?«

Wieder redete Alois, während seine Kollegin konzentriert die Aquarelle an den Wänden musterte. »Es geht um die Frage, ob sich hier in der Region wildernde Hunde herumtreiben. Sie als Zweiter Vorsitzender ...«

»Na, meine Herren«, unterbrach Wolff-Lutter, ohne zu stutzen, »dann geht unser kleines Gespräch wirklich schnell. Hundebeauftragter ist Hagen Steinbrech, wohnhaft auf dem Kirchberg. Die Nummer kriegen Sie ja sicher heraus, Sie kennen ja jemanden bei der Polizei, haha.«

Jessica Henkel zeigte einen harmlosen Gesichtsausdruck. »Gibt es bei Ihnen auch einen Frauenbeauftragten?«

»Äh, nein, das heißt: ja – also, ich dachte schon, Sie wollten fragen, ob es bei uns auch Frauen gibt.« Wieder lachte Horst Wolff-Lutter schallend, ohne dass jemand außer ihm den Grund begriff. In Fahrt gekommen, plapperte er weiter: »Kennen Sie den? Fahren zwei Polizisten gegen einen Baum. Sagt der eine: ›Cool! So schnell war ich noch nie am Unfallort.‹«

»Die Störung Ihrerseits ist uns wirklich unangenehm«, ließ sich Henkel im Gehen vernehmen. »Nächstes Mal schicken wir unseren Wolffbeauftragten. Wolff, mit zwei f.«

Der Angesprochene bemerkte weder die eine noch die andere Spitze. Er blickte gespannt der Treppe entgegen, auf der seine Tochter mit der adligen Besucherin hinunterspaziert kam. Er wollte das Mädchen gebührend begrüßen. Sie sollte gleich wissen, dass man in seinem Hause auch mit ›vons‹ umzugehen wusste.

»Steinbrech?«, fragte Jessica auf dem Weg zum Auto. Als sie den Splitt unter ihren Schuhen knirschen hörte, deutete sie nach unten. »Ist das hier etwa ein berühmter Kieshersteller, oder hat der einfach nur Schotter? Und was ist mit Steinbrech? Irgendwoher kenne ich den Namen.«

»Ich erzähle dir gleich, woher. Aber lass mir noch ein Momenterl. Ich häng' noch an der Situation da drinnen.«

»Na komm, Kollegerl, so schlimm war ich doch gar nicht.«

Alois lachte. »Kollegerl, das g'fallt mir. Doch i moan ... ich meine die Sache mit Nora-Theres. Der Wolff-Lutter hat seine Tochter gar nicht begrüßt. Als wir kamen, war er mit den Hotelleuten beschäftigt. Als wir ins Haus gingen, war Nora oben in ihrem Zimmer. Und uns erzählt er was von Wiedersehensfreude.«

»Sorry, da muss ich dich korrigieren. Er hat nur ›monatelang nicht gesehen‹ gesagt; von Freude war keine Rede.«

»In meiner Kindheit hieß es immer: Hätten wir nur a bisserl mehr Geld, dann hätten wir keine Sorgen. Doch wenn ich diese Leute hier seh ... ich hab's brühwarm mitbekommen, als sie Nora abgeschoben haben. Aufsässig war sie, doch mutig. Und schlau. Sie hat uns geholfen, diese Neonazi-Gruppe dranzukriegen. Zwischendurch war s' sogar selbst verdächtig ... da hatten die feinen Eltern Angst um ihr Image – und oops, schon war Nora in Hannover.«

»Haben denn die Eltern ihre eigene Tochter verdächtigt?«

»So war es wohl. Zumindest haben s' ihr nicht geglaubt. Larissa weiß mehr darüber. Ironie des Schicksals: Tochter aus gutem Hause, der tadelloses Benehmen eingetrichtert wird, vertraut sich der Putzfrau an.«

Henkel stieß einen anerkennenden Pfiff aus. »Hat Potenzial, die Maid!«

Aisner lies das Schloss seines Wagens aufklicken, dann sah er sich noch einmal um. Er hätte gern gewinkt, doch da war niemand am Fenster.

»Und nun zur Familie Steinbrech. Artur ist so alt wie Nora-Theres, erinnerst du dich an ihn?«

Jessica zog die Augenbrauen hoch. »Ach, das ist Arturs Familie! Die mit der Jagdhütte. Natürlich erinnere ich mich an unsere Aktion damals.«

Aisner unterdrückte ein Grinsen. Bei dem Einsatz vor drei Jahren hatten sie sich nicht ganz vorschriftsmäßig verhalten – am wenigsten Jessica ...

Sie unterbrach seine Gedanken. »Aber wie hatte das noch genau angefangen? Artur und Nora gingen in dieselbe Klasse, richtig?«

»Genau, und er und hat sie getriezt, zusammen mit einem anderen Bürschchen. Beide gehörten zu einer Art Wehrsportgruppe und hatten mächtig Oberwasser. Sie wollten kessen Mädchen wie Nora-Theres zeigen, wo es langgeht.«

»Schneidig, schneidig!« Henkel lachte heiser. »Weißt du, ob Artur inzwischen bekehrt ist?«

»Keine Ahnung. Ich kenne auch seine Eltern nicht, deren Befragung hat damals wer anders geführt. Also lass uns die Wundertüte gemeinsam öffnen.«

»Begeistert klingt anders. War ja auch ein dämliches Abwimmeln von dem Scherzkeks eben. Dass Steinbrech der Hunde-Obmann ist, hatte mit deiner Frage eigentlich nichts zu tun. Aber bei dem selbst gab's wohl nichts mehr zu holen, der war ja mit den Gedanken ganz weit weg.«

Alois' Gedanken wanderten ebenfalls ab. Er hatte Larissas neues Negligee vor Augen und seufzte. »Ich kann mir am Sonntag was Besseres vorstellen als Männer, die sich für wichtig halten, zu interviewen.«

»Ich finde Sonntag dafür gar nicht schlecht«, erwiderte die Kommissarin und pochte mit spitzen Knöcheln gegen die Fensterscheibe. »Da rechnen sie nicht mit uns.«

Der Überraschungseffekt nützte Henkel und Aisner bei ihrem nächsten Besuch herzlich wenig. Die Steinbrechs mauerten, das spürten beide Kommissare deutlich. Aisner sah Hagen Steinbrechs Kiefer mahlen, als er ihm Rede und Antwort stehen musste. Doch mit seinen Worten hielt er die Fassade des auskunftswilligen Bürgers aufrecht. »Wildernde Hunde bei uns in der Gegend? Habe aktuell nichts gehört, nein. Soll ich Sie informieren, wenn mir was zu Ohren kommt?«

»Ja, wir bitten sehr darum.«

»Warum interessiert sich die Polizei dafür, wenn ich das fragen darf?«

»Wegen einer angeblichen Wolfssichtung«, antwortete Henkel vage. »Wir haben zu überprüfen, ob es ein verwildertes Haustier gewesen sein kann.« Sie hatte die Formulierung mit Bedacht gewählt. Natürlich interessierten sie sich auch für dressierte Hunde, doch sie hielt es für klüger, sich dümmer zu stellen.

Steinbrech sah nicht Henkel an, sondern Aisner. »Hoffentlich haben Sie Recht, und es war kein Wolf.«

»Warum?« Aisner schwieg; es war Henkel, die fragte.

»Warum, warum?« Steinbrech kaute hingebungsvoll auf etwas herum, das ein Grashalm oder auch das Endstück eines mehrfach gebrauchten Strohhalms sein mochte. »Na, warum wohl? Sie erwarten doch nicht, dass es mir als Jäger egal ist, wenn ein alter Konkurrent wieder auftaucht?«

»Zum Thema alter Konkurrent«, nahm Jessica Henkel den Faden auf, »sind Sie für dieses Flugblatt verantwortlich?« Sie hatte einen orangefarbenen Zettel aus der Jackentasche gezogen und knallte ihn wie eine Trumpfkarte auf den Tisch.

Steinbrech hatte offenbar beschlossen, die Strategie zu ändern. Er lachte dröhnend. »Daher weht der Wind! Diese Zettel ...«, er drehte das Muster von einer Seite auf die andere, »finde ich zwar nicht schlecht gemacht, doch verantwortlich dafür bin ich leider nicht.«

Seine Ehefrau, klein, glatthaarig, schlank, jedoch ohne Taille, die in diesem Moment ins Wohnzimmer gestolpert war und den letzten Teil des Gesprächs mit angehört hatte, zuckte merklich zusammen. »Hagen-Schatz ...«, sagte sie leise und ließ den Satzanfang im Raum schweben.

»Annika, setz dich zu uns«, forderte Steinbrech sie in scharfem Ton auf. »Der Herr Kommissar hier«, dabei fixierte er seine Frau unverwandt, »und seine Kollegin, die interessieren sich für Wölfe und wildernde Hunde. Wenn du etwas zu dem Thema wissen solltest, dann sag es.«

»Uh, also«, gab die Frau zögerlich zurück, »ja, also, darüber weiß mein Mann sicher mehr als ich ...«

Alois beschloss, trotz des Einschüchterungsversuchs durch den Ehemann sein Glück zu versuchen: »Kennen Sie, Frau Steinbrech, diese Flyer?«

»Natürlich ... nicht ... woher sollte ich die schon kennen!«, kam es wie aus der Pistole geschossen zurück.

*Interessantes Manöver,* dachte Aisner, *nicht nur eine rhetorische Frage, die die Antwort abschwächt; sie setzt auch noch ein betontes ›natürlich‹ vor das ›nicht‹; wenn das keine Botschaft ist.* Auch Jessica hatte die doppelwandige Nachricht bemerkt, Alois fing einen Blick von ihr auf.

Annika Steinbrech wusste etwas und wollte ihnen das mitteilen. Doch natürlich würde sie im Beisein ihres Mannes nicht Klartext sprechen. Ob man sie unter der Woche allein zu Hause erwischte?

»O, natürlich, entschuldigen S'«, ging er scheinbar auf sie ein, wobei er eine Extraportion Charme in die Stimme legte, »Sie haben sicher vollauf damit zu tun, sich um dieses herrliche Anwesen zu kümmern!«

Die Möblierung erschien ihm zwar etwas altbacken – »die ist von vorgestern, wie die Gesinnung«, würde Jessica später sagen – doch die Räume waren, soweit er das bisher beurteilen konnte, großzügig. Bodentiefe Wohnzimmerfenster gaben den Blick auf einen geschickt angelegten, weitläufigen Garten frei.

Kunstvoll geschnittene Buchsbaumkugeln untergliederten das Areal in verschiedene Gartenräume, während die Themenbeete jenes Maß an Nachlässigkeit erkennen ließen, das einem Garten Lebendigkeit verlieh und dabei gerade noch ordentlich genug für argusäugige Nachbarn war. Hier inszenierte jemand seine Träume, der über ein hohes gestalterisches Potenzial verfügte, jedoch nicht im Rampenlicht stehen mochte oder konnte.

Frau Steinbrech nickte ihm zu. »Ja, ich arbeite viel im Haus und am Grundstück und komme gar nicht so oft hier weg. Höchstens mal am Wochenende.« Aisner meinte, ein stilles, blitzartiges Einvernehmen erkannt zu haben.

Draußen, von der Gartenseite her, erklangen gedämpfte Befehle.

»Unser Sohn Artur«, kam Hagen Steinbrech einer Frage zuvor. »Er macht sich gut in der Hunde-Erziehung. Weiß, was er will, lässt nichts durchgehen.« Es war das erste Mal, dass eine Formulierung spontan wirkte. Man merkte Steinbrech seinen väterlichen Stolz an.

»Man könnte fast sagen«, ergänzte seine Frau schüchtern, »Artur ist so eine Art Hundeflüsterer.«

Was für ein absurder Vergleich, schoss es Aisner durch den Kopf. Welch unpassende Charakterisierung für jemanden, der Befehle brüllte! Er wusste, er durfte jetzt keinesfalls zu Jessy Henkel hinübersehen, sonst würde die einem Lachanfall erliegen. Unfreiwilliger Komik konnte sie selten widerstehen.

Jessicas Stimme klang ruhig und ernst, als sie feststellte: »Ihr Sohn Artur ist polizeilich bekannt - und zwar nicht dafür, dass er zarte Saiten anschlägt.«

Obwohl einen Moment lang Stille herrschte, kam es Alois vor, als hätte er einen Paukenschlag erlebt. Ein Signal zur Änderung der Stimmung. Der Jäger ging in die Witterung.

Hagen Steinbrech vermied es, laut zu werden, doch das kostete ihn Beherrschung, wie seine angespannten Kiefermuskeln erkennen ließen.

»Artur hat im jugendlichen Überschwang bestimmt mal die *Political Correctness* missachtet. Aber dafür«, presste er hervor, »hat er gebüßt. Er musste im Kurpark Müll aufsammeln und Unkraut jäten, und jeder nutzlose Depp konnte ihm dabei zusehen und Handy-Videos drehen!«

Diese Art Selbstmitleid stieß Henkel und Aisner gleichermaßen ab, doch beide waren so professionell, sich vor einer Äußerung zu besinnen. Als sollte ihnen die Last der richtigen Antwort erspart werden, fiel eine Tür ins Schloss, und Schritte näherten sich, die auch zu Hagen Steinbrech gepasst hätten: Da wurde der Fuß sicher aufgesetzt, da gab es kein Hindernis, Störendes konnte man niedertreten.

Artur Steinbrech stapfte in voller Outdoor-Montur ins Wohnzimmer. Weder hatte er es für nötig gehalten, seine matschbespritzten Treckingstiefel auszuziehen, noch hatte er die tropfnasse Hundeleine aus der Hand gelegt. Annika Steinbrech schluckte. Arturs Vater jedoch schien kein Fehlverhalten zu bemerken, jedenfalls äußerte er sich nicht. Für die Pflege des Hauses schien ausschließlich seine Frau zuständig zu sein, und die hatte offenbar keine Unterstützung zu erwarten. Wohl eher das Gegenteil, konstatierte Aisner, dem Arturs Unsauberkeit wie Schikane vorkam.

Zur olivgrünen Cargohose trug der Sohn des Hauses einen halblangen, leicht zerschlissenen graublauen Kapuzen-Parka, um den Hals hatte er einen blau-grün-karierten englischen Schal geschlungen, dessen feine Machart in seltsamem Kontrast zur restlichen Erscheinung stand. Aisner suchte die Kleidung mit schnellem Blick nach Aufnähern und Abzeichen ab. Kein Szene-Label, stellte er fest. Nichts militaristisch Wirkendes, sah man einmal von der blauen Uniformmütze ab. Dabei konnte es sich auch um eine alte Bahnschaffnermütze handeln.

»Waren Sie mit dem Hund draußen?«, sprach der Kommissar den Schüler an. Er musste, wie Nora-Theres, kurz vor dem Abitur stehen. Aisner entschloss sich, ihn zu siezen und sich betont korrekt zu verhalten.

»Nein, ich habe meinen Wolf an der Leine spazieren geführt.« Artur verzog sein Gesicht zu einer sarkastischen Grimasse.

Hagen Steinbrech nahm seine Besucher ins Visier, er wartete offenbar gespannt auf ihre Reaktion. Doch sie taten ihm nicht den Gefallen, sich provozieren zu lassen. »Wir brauchen eine Fellprobe Ihres Haustiers«, forderte Henkel und legte beiläufig ein Plastiktütchen auf den Tisch.

»Die Polizisten hier«, wandte sich der Hausherr an seinen Sohn, »wollen wissen, ob wir Flugblätter gemacht haben. Irgendwas gegen den Wolf.«

»Klar doch, mit unserer Druckmaschine im Keller. Hast du sie ihnen schon gezeigt?«, erwiderte Artur höhnisch. »Das ist doch die, mit der wir auch die Geldscheine für die Bestechung der Polizei drucken.«

»Wir wären auch zufrieden, wenn Sie die Flyer nur verteilt hätten«, erklärte Henkel und hielt Artur ein Exemplar unter die Nase.

Der Junge reagierte ähnlich wie sein Vater. »Hätte ich gern. Sogar sehr gern. Wenn man mich gefragt hätte. Hat man mich aber nicht.«

Aisner entging nicht, wie Artur die Schlaufe der Hundeleine von einer Hand in die andere nahm, immer hin und her, bis er seinen Blick bemerkte und die Hände stillhielt. »Dann sein Sie doch so freundlich und zeigen uns noch den Keller«, sagte Aisner freundlich. »Bevor wir uns dann verabschieden dürfen.«

Vater und Sohn wechselten einen Blick, beide unschlüssig. Annika Steinbrech erhob sich. »Ich geh schon«, sagte sie hastig und wandte sich dem Flur zu. Wenn sie allerdings darauf spekuliert hatte, mit den Kommissaren kurz allein zu sein, hatte sie sich getäuscht. Artur stand auf und folgte ihr wortlos.

Die Kellerräume, ein Waschkeller, ein Vorrats- und ein Wirtschaftsraum, waren aufgeräumt. Nur im Flur standen dreckige Stiefel und Werkzeuge unordentlich herum, die Artur mit einem Fußtritt aus dem Weg kickte. Henkel nahm im Vorübergehen mit dem Smartphone einige Bilder auf und ließ unbemerkt mehrere Klumpen Dreck in drei Tütchen wandern.

Annika Steinbrech gab beiden zum Abschied kurz die Hand, ihren Sohn wie einen Wärter im Genick. Jessy Henkel stieß Artur mit einer raschen Geste am Ellenbogen. »Horrido!«

Nur ein kurzes Flackern irrlichterte in seinen Augen, doch beide Kommissare bemerkten es. Nicht unzufrieden verließen sie das trutzige Haus.

## Das Foto

Eagle-Eye starrte das Foto an. Die Nutzer diverser Social-Media-Plattformen, auf denen es kursierte, hatten lustige und ironische Kommentare dazu abgegeben. Eagle-Eye konnte nicht lachen. Die dargestellte Szene war absurd. Sie spielte auf einer von hohen Bäumen umgebenen Wiese. Ein leicht bekleidetes Mädchen, das wild um sich schlug, wurde von einem jungen Mann in Richtung einer großen roten Lache gezerrt. Das Mädchen sah, wütend wie es war, mit wirbelndem Röckchen und fliegendem Haar, äußerst attraktiv aus. Eagle-Eye schluckte. Das Mädchen war Sophie.

»Überra...« Alois verstummte, als er den Jungen bleich vor dem Laptop-Bildschirm hocken sah. Er hatte schwungvoll das Wohnzimmer betreten, in der Absicht, die erfreuliche Nachricht zu verkünden, dass er den Nachmittag frei habe und seine beiden Süßen in die Eisdiele einladen wolle.

»Was ist denn…?« Auch die Frage vollendete er nicht, weil ihn die Einsicht ereilte, dass er keine Antwort erhalten würde.

Er umrundete den Ohrensessel und trat hinter Eagle-Eye. Der schirmte weder den Bildschirm mit den Händen ab, noch klappte er das Laptop zu. Er starrte apathisch auf die Szene.

Aisner hatte das Mädchen sofort erkannt, doch er brauchte eine Bestätigung, dass es sich bei dem jungen Mann um Maik Hofstätter handelte. Er selbst hatte ihn lange nicht gesehen, doch Eagle-Eye wusste bestimmt, ob das auf dem Bild der Ex-Neonazi war.

»Ist das nicht …?« Wieder hörte Alois mitten im Satz auf zu reden. Gerade noch rechtzeitig verstand er den Grund für Eagle-Eyes Betroffenheit, verstand, dass der Junge ernsthaft verliebt sein musste in Sophie, dass es mehr war als eine neckische kleine Schwärmerei.

»Wer hat das Foto gemacht, Eagy?«

Alois hatte sich auf der stabilen Armlehne des Sessels niedergelassen.

Wortlos scrollte Eagle-Eye den vergrößerten Ausschnitt nach unten, sodass ein Schriftzug am rechten Bildrand sichtbar wurde. ›Foto: Coco Lautenbach‹ stand dort. Dann verkleinerte er den Ausschnitt des geöffneten Bildschirmfensters und ein Text, eine Art längere Bildunterschrift, wurde sichtbar. Während Aisner zu lesen begann, erhob sich Eagle-Eye und schlich aus dem Raum.

Kurz danach erschien Larissa im Zimmer. »Weißt du, was mit Eagy ist? Der schleicht durchs Treppenhaus wie ein Gespenst. Ich wollte ihm eigentlich gerade …«

Sie hatte den Tisch umrundet und starrte nun ebenfalls das Foto an. »O Gott.«

Alois las den Begleittext halblaut vor.

›Auf vielfachen Wunsch stelle ich euch hier die Fortsetzung meiner Serie *Verbotene Triebe* vor. Und ratet, wo ich das Motiv geshootet habe. Yeah: auf der Skandalweide! Wo zwei unschuldige Lämmchen ihr Leben lassen mussten (ihr seht noch das Blut von diesem Massaker), versucht sich ein starker Mann an einer ganz besonderen Schnucke ...‹

»Diese Wichser!« Larissa, wenn sie die Wahl hatte zwischen Bestürzung und Wut, entschied sich für Letzteres. ›Besser für die Seelenhygiene‹, hatte sie Alois einmal erklärt.

»Das Madl is' noch a wenig jung, um zu wissen, was s' da macht, gell?« Empört wie er war, vergaß der gebürtige Österreicher die Sprachdisziplin.

»*Verbotene Triebe*, was will dieser Heini Sophie denn da andichten?«, rief Larissa aufgebracht. Alois legte den Finger auf die Lippen, und sie nickte bedröppelt. »Du hast Recht, das muss Eagy nicht auch noch hören.«

Aisner legte den Kopf schief. »Sag, Schatz«, sagte er unvermittelt eifrig, »findst d', der Bua, der die Sophie zerrt, siagt aus wia a Nazi?«

Larissa schnaufte. »Kaa Ahnung net«, ahmte sie den Dialekt nach. »Er sieht aus wie ein Arschloch.«

Alois' Vorstellung des neuen Negligees war verblasst. Sein Pflichtgefühl hatte übernommen. »Ich muss noch mal los«, eröffnete er der verblüfften Larissa.

Diesmal hatte Aisner Glück. Er traf Maik Hofstätter auf dem Hof des Biobauern an, als er einen grauen Kasten in Form einer großen Autobatterie zu den Schuppen schleppte. Live erkannte Aisner den Burschen besser als auf einem der Fotos; vermutlich lag es an seiner Art, sich zu bewegen: wachsam und dennoch plump. Genau so hatte er ihn aus der Zeit in Erinnerung, als er gegen die rechte Nachwuchsgruppe ermittelt hatte, der Maik damals angehörte.

Die Gesichtshaut des Jungen färbte sich fleckig-rot, als er des Kommissars gewahr wurde. Aisner war schon zu nah, um ihn noch ignorieren zu können. »Bin gleich da«, murmelte Maik. Er verschwand im ersten Schuppen und tauchte kurz danach wieder auf, sich den linken Unterarm massierend.

Alois wies wortlos auf eine rustikale Holzbank und wartete, bis Hofstätter Platz genommen hatte. Er setzte sich ebenfalls, wobei er deutlich Raum zwischen ihnen ließ. Er wandte dem Jungen den Kopf zu und sah ihn an. Maik schlug die Augen nieder, musterte seine Hände. *Erstaunlich feingliedrig*, ging es Aisner durch den Kopf. Er sagte nichts.

Maik begann, sein Gewicht zu verlagern. Er ließ die Finger knacken, dann räusperte er sich. Aisner schwieg. Maik zog ein zerknittertes Stofftaschentuch aus der Tasche der dunkelblauen Arbeitshose, schnaubte hinein, besah sich das Taschentuch und verstaute es wieder. Alois sah ihm schweigend zu.

Schließlich hob Maik mit einem Ruck den Kopf. Sein Blick ging geradeaus, in Richtung eines geparkten Lieferwagens, oder vielleicht darüber hinweg in die Weite der hügeligen Landschaft. »Bin kein Nazi mehr, Mann.« Aisner kommentierte das nicht.

Endlich sah der Junge zum Kommissar herüber. »Ulf hat gesagt, die Polizei denkt, ich bin noch einer.« Er wischte sich mit dem rechten Handrücken über die Stirn.

Aisner beschloss, ihn nicht länger schmoren zu lassen. »Wie haben Sie vorgestern, am Freitag, den Abend verbracht?«

Maik zog die Stirn kraus. »War bei Coco, hat er doch gesagt.«

»Interessante Aussage, ›hat er doch gesagt‹, finden Sie nicht? Das klingt wie abgesprochen.«

Maiks Blick begann zu flackern. »Bin doch kein Mörder, Mann!«

Alois zuckte zusammen, der Satz brachte ihn aus dem Konzept. »Mörder? Wie kommen Sie denn darauf?«

»Na, die Schafe, Mann. Deshalb fragen Sie doch.« Maiks Gesicht, das sich inzwischen entfärbt hatte, lief wieder fleckig rot an. »Oder?«

»Am besten, Sie erzählen chronologisch – immer schön der Reihe nach – was Sie Freitagabend gemacht haben. Ab – sagen wir – 18 Uhr.«

»O Mann.« Maik fuhr mit beiden Händen durch die struppigen Haare. »Hab doch nicht dauernd auf die Uhr geguckt.« Aisner sah ihn auffordernd an, blieb aber still.

Maiks Blick sprang zurück zu seinen Händen, die knetend im Schoß lagen. »Also, am Nachmittag war ich hier. Hab Ulf geholfen, die Batterien auszuwechseln. Mussten aufgeladen werden, die alten. Dann rief Coco an. Sagte, er braucht mich für 'ne Kulisse. Habe Erkan gesimst, dass ich nicht kommen kann.« Er sah Aisner kurz an. »Zur Kontrollrunde. Wir beide waren eigentlich zur Spätkontrolle dran. Bei den Schafen. Ulf hat bestimmt, dass wir rechtzeitig absagen müssen, wenn's nichts wird. Also hab ich Erkan gesimst.«

Der Junge holte tief Luft. Aisner beglückwünschte sich, dass er mit den anderen vorher gesprochen hatte, er vermutete, er wäre aus Maiks Aussage allein nicht schlau geworden.

Maik schnippte unversehens mit den Fingern. »Ich weiß wieder, wann's war. Meine Mutter hat Freitag falschen Hasen gebrutzelt, mein Lieblingsfresschen. Es sollte eigentlich um sechs Essen geben. Sie hat's aber früher fertig gemacht, damit ich mitessen konnte. Ich musste nämlich um sechs zu Coco.«

Er sah den Kommissar stolz an, als erwarte er Lob. Aisner sagte nur. »Weiter.«

»Weiter. Weiter, weiter. Mann!« Er raufte sich wieder die Haare. »Bin zu Coco. Haben Fichten gesägt. Aufheller angeschraubt. Im Garten Äste besprüht, die mussten glänzen. Mussten vorher noch einen Pavillon aufbauen, im Garten, falls es regnet.« Maik schnaubte. »Hat's aber nicht. So'n Schwachsinn! Das dauerte und dauerte. Ich war fertig, hatte am Nachmittag lauter schwere Batterien geschleppt. Aber Coco immer nur ›Maik, mein Starker, du lässt mich doch nicht im Stich‹ und so. Na ja, hat 'ne coole Runde Bier und ... na ja, also 'ne Kiste Bier geschmissen, so macht er das immer. Und ich natürlich froh wegen dem Geld. Also noch mehr Äste besprüht, Stative aufgebaut und so. War echt spät, als ich nach Hause bin. Meine Alten waren schon im Bett. Musste ganz leise sein. Hatte echt Schiss, weil mir'n Stiefel die Treppe runtergerollt ist. Also die Treppe von mei'm Zimmer runter. Dachte, hoffentlich flippt der Alte nicht aus. Aber der hat's nicht gehört. War bestimmt schon Geisterstunde.«

»Wofür ist diese Kulisse eigentlich?« Aisner interessierte das wirklich.

»Na, Coco macht doch so Fotos mit Trieben und so. Da will er auf wild machen. Natur und wild und auch wieder gezähmt, hat er gesagt. Viel mit Männern, für sein' Laden in Göttingen. Aber auch Mädchen, alles eigentlich.«

Aisner beschloss, Constantin Lautenbach selbst nach dem ›Laden in Göttingen‹ zu fragen. Maiks Gedankensprüngen zu folgen, war auf die Dauer anstrengend. Doch die Szene auf der Weide musste er noch ansprechen.

Maik seufzte ausgiebig, als ihm klar wurde, dass er noch mehr erzählen sollte. »Spontane Idee von Coco. Weide, also Natur. Mädchen, also Triebe. Wollte ein ganz normales kurzes Shooting machen, für Insta und flickr und so. Hat der Kleinen aber nicht gesagt, was es für eine Weide war. Und dass da Blut war. Die hat vielleicht ein Theater gemacht!«

»Hat denn das Mädchen öfter für Coco Lautenbach gearbeitet?«

»Sollte sie. War aber noch neu als Model.«

»Und dann geht sie einfach mit euch auf blauen Dunst irgendwohin?«

»Der Freund von ihr war auch mit, totaler Schnösel. Hat sich immer eingemischt, sollte er eigentlich gar nicht.« Noch einmal holte er tief Luft. »Die Kleine also rumgezickt, ihr Macker abgenervt, ich mitten drin. Und da hatte Coco die Idee. Hat einfach abgedrückt. Hat eine sehr geile Serie gemacht, war super zufrieden. Hat gleich was gepostet.«

Diesmal seufzte Aisner, sagte aber nichts. Seine Gedanken wanderten zu Sophie, Eagle-Eyes langjähriger Klassenkameradin, die für ihre Tierliebe bekannt war. Die ›Skandalweide‹, auf der zwei Schafe verendet waren, als Ort für ein Fotoshooting – das musste für sie einer Katastrophe gleichkommen.

Als Aisner wieder in der Gegenwart ankam, wunderte er sich, dass Maik Hofstätter noch neben ihm saß. Er sah zu ihm herüber. Der Junge warf ihm einen scheuen Blick zu.

»Ja, Maik?«

»Also, nach dem Skandalshooting. Ich die Sachen eingesammelt. War alles durcheinander. Plötzlich sehe ich was, was ich kenne. Von früher, meine ich.«

»Von früher?«

»Von Artur. Arturs Feuerzeug. Teures Benzinteil. Mit Fotogravur. War er immer total stolz drauf.«

»Moment, noch mal. Sie haben Artur Steinbrechs Feuerzeug auf der Weide gefunden, wo die Schafe umgekommen sind?« Alois war hellwach. »Ganz sicher?«

»Klar.« Maik griff in die Oberschenkeltasche der Arbeitshose. Er hielt dem Kommissar ein Plastikpäckchen hin, einen Müllbeutel, der vielfach zusammengefaltet war um einen kleinen, metallenen Gegenstand. Aisner wickelte es aus, ein Geschenk für ihn. Das Zippo-Feuerzeug war schwarz mit etwas abgeschabter silberner Gravur. Auf der einen Seite umrankte eine Girlande aus Eichenblättern und Eicheln die Initialen »AS«. Auf der anderen Seite war eine aufgerissene Schnauze zu sehen, die scharfen Zähne und gefletschten Lippen eines scharfen Hundes. Oder war es ein Wolf?

»Das muss ich beschlagnahmen.«

Maik nickte.

»Sie haben mir sehr geho...«, setzte Aisner an, doch aus dem Bauernhaus, in dessen geöffneter Haustür er lehnte, rief Ulf Hartmann. »Maik, Einsatz! Die neuen Lämmer.« Hartmann würdigte Aisner keines Blickes.

# Montag

## Weg

Bruno hatte vorgehabt, mit den Schafen weiterzuwandern. Der Verein Schafsfreunde Südharz, dem die Tiere gehörten – genauer gesagt: einige Mitglieder – hatten in den vergangenen Jahren diverse Flächen erworben, die sich als Weideland nutzen ließen. Für manche Beweidungen kassierte der Verein Fördergelder, weil die extensive Weidehaltung gegen die Verbuschung ökologisch wertvoller Flächen half. Die Schafe fraßen gegen die Zerstörung von Feuchtgrünland und Magerrasen an.

Bruno wusste, wo und wann auf diesen Weiden seltene Orchideen blühten. Er kannte die gedrehten Ähren der weißen Wendelorchis. Er konnte Breitblättriges von Geflecktem Knabenkraut unterscheiden. Und er liebte die gut getarnte Grüne Hohlzunge, eine nahezu ausgestorbene Schönheit. Bruno verhöhnte im Stillen die pflegeleichten exotischen Phalaenopsis-Blüten, die die Leute im Dorf auf ihren Fensterbänken zur Schau stellten, zu Hunderten, zu Tausenden. Überall das gleiche Rosa, das gleiche Violett, die gleichen Streifen. Wie gleichgeschaltet die Leute waren und es nicht merkten! Sie leiteten ihren Geschmack vom Angebot der Baumärkte ab. Blühende Bausätze als Abziehbild von Blumenschmuck. Auf Bruno wirkten die großen, aufgespreizten Blüten, die mit ihrem Innenleben prahlten, schamlos. Schönheit brauchte Geheimes, Zartes, Vages – ein Versprechen.

In Pflanzenkunde hatte er Manuel schon früh unterrichtet. Eifrig, völlig anders als Edwin, hatte sein jüngerer Sohn ihn morgens aus dem Haus gezogen, auf zur Entdeckungsreise ums Eck, die kleine, ungewaschene Hand fest um seine drei großen Finger geklammert und den Blick gen Himmel gerichtet, auf die Schäfchenwolken, die er schnell von Quell- und Schichtwolken zu unterscheiden lernte. Barfuß tapste er über taubenetzte Wiesen, über Rispengras, Quecke und Schaf-Schwingel, und quietschte staunend und begeistert, weil ihm Papas Tiere auch am Himmel und zu Füßen begegneten. Schaf-Schwingel, Schafgarbe, Gänseblümchen, Katzenminze, Hundeblume – damit begann Bruno seinen Unterricht. Das, was hinter allem steckte, entdeckte Manuel von selbst. Wachsen und Schwellen und Niedergetretenwerden. Unbarmherzigkeit, Wildheit, Zerstörung, aber auch neues Leben im Schutt, neue Hoffnung; Gefressenwerden und Beschützen, Obhut und Täuschung und Willkür und Gewalt und doch Sprießen und Füttern und Zeugen und Säugen. Manuel kannte wie Bruno die Facetten der Natur und achtete sie.

Bruno mochte nicht mehr allein mit Zorro, seinem Hütehund, die große Herde auf neue Weiden treiben. Er hatte gehofft, dass Manuel pünktlich wäre, denn für den Weg zum Heikenberg brauchten sie gut und gern dreieinhalb Stunden mit den Schafen, es waren sechs Kilometer, und er wollte die Hauptwanderwege passiert haben, bevor die Touristen aufbrachen. Doch Manuels neue Liebe ließ ihn Pflichten vergessen. Bruno seufzte. Er hatte nicht vergessen, was Leidenschaft war.

Dass Manuel das Wohnmobil wegbewegt hatte, war allerdings neu. Hatte er etwa Angst gehabt, er, Bruno, würde lauschen kommen? Er schnaubte. Das wäre das Letzte, was er hören wollte. Brunos Gedanken wanderten zu Manuels Border Collie. *Er hätte Linus ruhig hier lassen können.* Mit zwei Hunden hätte Bruno die Verlegung der Herde auch ohne Manuel in Angriff genommen.

*Wieso musste er schon wieder an Edwin denken?* Ihm fiel ein, wie sein älterer Sohn, gerade im Grundschulalter, einen Welpen gequält hatte. Bruno hatte versucht, den Jungen für

Tiere zu begeistern, nachdem es mit Pflanzen nicht geklappt hatte. Edwin war so wenig aufmerksam gewesen, dass er nicht einmal Kamille und Mutterkraut auseinanderhalten konnte. *Lass ihn doch in Ruhe mit den blöden Heilkräutern, die sind für alte Frauen mit Warzen,* hatte Sabrina ihn gemaßregelt, *zeig ihm in der Natur erst mal was, das Augen hat.* Dackel statt Hundeblume. Bruno hatte Folge geleistet und für den Jungen einen kleinen Hund gekauft, Fips hieß er und hatte den sprichwörtlichen Blick, der Herzen erweichte. Nur bei Edwin war es anders gelaufen. Bei Edwin ging es nicht um Mitgefühl, nie, sondern immer um die Oberhand, schon damals, als er selbst noch ein halber Hosenscheißer war. Er hatte Fips auf den Schwanz getreten, dann, als der ihn vor Angst eingeklemmt hatte, auf die tapsigen Pfötchen, danach hatte er ihn grob in die feuchte Nase gekniffen, und dann hatte Bruno es nicht mehr ausgehalten und zugeschlagen. Dem blöden Gör eins hinter die Löffel gegeben, von da an hatte Sabrina ihn noch öfter bei ihrer Mutter abgeladen, der Kette rauchenden, geltungssüchtigen Elisabeth, die in ihrer *Bridge*-Kartengruppe damit angeben konnte, wie sehr sie ihren Enkelsohn verwöhnte. Edwin sollte es besser haben als sein Vater, *dieser abgekanzelte Schäfer,* den Sabrina mal als cool und unabhängig angehimmelt hatte. Bruno zog unwillkürlich den Kopf ein: Auch er hatte sich in Sabrina verschätzt, hatte sie selbstbewusst und unangepasst gefunden. Als er sein Urteil revidiert hatte, war sie schon schwanger gewesen, und er scheute sich vor dem Rückzieher. Eigennützig war sie und selbstverliebt. Er hatte keinen wirklichen Platz in ihrem Leben gehabt, da war gerade noch ihr *eigen Fleisch und Blut* wichtig, und das war Edwin.

Bruno rupfte einem Büschel Löwenzahnstängeln die Köpfe ab, ausgewachsene Hundeblumen waren ohne Schutzanspruch. Fips hatte er damals zu Schneiderhan gegeben, dem Förster, der dann nach Süddeutschland zog und sich nie wieder meldete. Dackel konnten brauchbare Jagdhunde werden, sie konnten sich in Fuchs- und Dachsbauten wühlen und nützlich machen; Bruno hoffte, dass Fips das gelungen war.

*Edwin.* Bruno hatte als Vater versagt. Er war seiner Verantwortung nicht gerecht geworden, hatte ihn an Sabrina und ihre unsägliche Mutter abgegeben und war froh gewesen, auch wenn er tief im Innern gewusst hatte, dass es nicht richtig war. Edwin, ein Kapitel, das er früh beendet hatte. Bruno schüttelte sich, um die Gedanken loszuwerden.

Wo blieb Manuel?

Er konnte zumindest nach Linus pfeifen. Er pfiff und flötete, er rief und lockte – vergeblich.

Zwei weitere Stunden vergingen, bevor Bruno Erdner beschloss, sein Blockhaus aufzusuchen, wo er sein Telefon deponiert hatte.

»Weg! Sie ist weg!«

Inken Leinhos hatte sich vor Alois aufgebaut, Hände in die Hüften gestemmt, Kopf erhoben. »Machen Sie was. Los!«

»Ja – setzen S' sich erst amal, bittschön.« Aisner schob seiner Besucherin den Stuhl zurecht, aus Österreich herübergerettete Höflichkeit einer Dame, na ja, einer Frau gegenüber.

Er kannte Sophies Mutter nur flüchtig. Ein einziges Mal hatte er länger mit ihr geredet, vor bestimmt zwei Jahren im Scharzfelder Freibad, bei einem Fest des Fördervereins. Er erinnerte sich an sie als Tierschützerin mit leicht fanatischen Zügen. Pferderennen und Flugtaubenwettbewerbe lehnte sie ab, das wusste er noch. *Was sie wohl von Wölfen hielt?*

»Ihre Tochter ist verschwunden, sagen S'? Seit wann?«

»Ja, hören Sie doch mal zu! Ich weiß nicht, seit wann, weil ich doch dachte, sie übernachtet bei ihrer Freundin, aber das hat sie ja gar nicht, also ist sie vielleicht schon seit gestern Nachmittag weg.«

»Frau Leinhos.« Alois versuchte, mit beschwichtigender Stimme Ruhe zu vermitteln. »Wann haben Sie denn zuletzt mit Sophie geredet?«

»Na, bevor sie los ist, habe ich doch schon gesagt. Hören Sie denn nicht zu?«

Aisner atmete durch. »Wann genau ist sie aufgebrochen? Und mit wem?«

Kaum hatte er die Frage ausgesprochen, wurde er gewahr, dass er einen wunden Punkt berührt hatte. Inken Leinhos musterte den Linoleumboden, als erhoffe sie sich Stabilität. »Ja, also gestern, gegen drei, vier Uhr vielleicht. Fynn hat sie abgeholt. Der ist so was wie ... wie ihr Freund.« Sie schluckte kaum merklich. »Er ist der Sohn von unserem Bürgermeister.«

*Als wäre das ein Qualitätsmerkmal,* schoss es Aisner durch den Kopf. Er räusperte sich, denn die nächste Frage war ihm unangenehm. »Äh ... haben S' gewusst, dass Ihre Tochter ... als Fotomodell ... äh ... tätig ist?«

*Hoffentlich macht sie jetzt keine Kuhaugen,* dachte er, und seine Hoffnung erfüllte sich. Sophies Mutter heftete ihren Blick auf die grün gewischte Resopalplatte seines Schreibtischs. Ihre Aufgebrachtheit war einer fast scheuen Zurückhaltung gewichen. »Ich habe es gestern im Netz gesehen.« Sie blickte nicht hoch, die Situation schien ihr ebenfalls unangenehm zu sein. »Sie verzweifelt manchmal an ihren feinen Haaren, die sie zu dünn findet, und dann wieder denkt sie, ihre Nase wäre zu groß. Ich habe immer versucht, ihr klarzumachen, dass sie sehr schön ist. Habe sie darin bestärkt, sich hübsch anzuziehen ... Aber dass so was dabei rauskommt, war nicht Sinn der Sache.«

»Sie haben Recht, Ihre Tochter zu bestärken.« Alois hatte ihr unwillkürlich eine Hand auf den Arm gelegt, die er sofort wegzog, als es ihm bewusst wurde. Noch einmal räusperte er sich. »Und gegen's Fotografieren spricht 'leicht auch nichts. Aber ob der Herr Lautenbach ... der richtige Fotograf ist, könnt' man überlegen.«

Inken Leinhos straffte sich und sah endlich zu Alois. »Wollen Sie irgendwas andeuten? Glauben Sie etwa, der Fotograf hält meine Tochter fest?«

»Um Himmels willen!« Aisner erkannte, dass er einen Fehler gemacht hatte. Er musste sich konzentrieren! »Nein, das glaube ich nicht, und ich wollte auch nichts andeuten. Bitte machen Sie sich keine Gedanken. Dass Mädchen in Sophies Alter mal über Nacht wegbleiben – vielleicht bei ihrem Freund ...« Er wischte sich mit dem Handrücken über die Stirn. Was war nur mit ihm los! Diese Bemerkung war vermutlich auch nicht dazu angetan, die Frau zu beruhigen. Es sei denn ... »... dagegen ist 'leicht nichts einzuwenden, wenn er aus guter Familie stammt.«

Inken Leinhos nickte langsam. »Meinen Sie, ich sollte mal bei Familie Nahtlos anrufen? Darauf bin ich noch nicht gekommen. Ich habe 100 mal probiert, Sophie auf dem Handy zu erreichen, aber sie geht nicht ran. Dann habe ich's bei ihrer Freundin versucht, da ist sie nicht, und da war sie auch gestern nicht. Aber bei Fynn, das wäre noch eine Möglichkeit ...«

Ihr Zögern brachte Aisner auf eine Idee. »Wissen S' was? Wir rufen jetzt gleich an. Ich such Ihnen die Nummer raus, und dann telefonieren Sie von diesem Apparat. Wenn S' wollen, geh ich solange raus.«

»Nein, nein!«, die Reaktion kam spontan. »Bitte bleiben Sie hier! Mich würde es echt beruhigen, wenn Sie dabei sind.« Zu Aisners Verwunderung stellte sie sogar den Lautsprecher an.

Fynns Mutter redete mit fröhlicher Stimme. »Ja, ich hab gestern Abend eine SMS von ihm bekommen. ›Schock bei Fotosession, miese Nummer, Sophie total ausgetillt. Chillen erst mal, übernachten wsl im Caravan. Melde mich wieder. XOXO.‹« Sie lachte einmal kurz. »Ich glaube, Sie müssen sich keine Sorgen machen. ›Wsl‹ heißt wahrscheinlich. Wohnwagen, na ja. Besser als Zelt, oder? Ihre Sophie ist in guten Händen. Wenn Fynn sich die Zeit nimmt für XOXO, ist er gut drauf.«

»XOXO?« Inken Leinhos sah Alois hilfesuchend an. Der zuckte die Achseln.

»Hugs and kisses – drück euch und Küsschen«, erklärte Fynns Mutter.

»Und ... übernachtet Ihr Sohn öfter mal im Zelt oder ... Wohnwagen – einfach so spontan?«

»Ach nein, meistens, wenn er so was macht, in einer Hütte oder Gartenlaube bei einem Freund. Aber er fragt uns nie groß um Erlaubnis, wenn Sie das meinen.«

Aisner runzelte die Stirn. Wie alt mochte Fynn Nahtlos sein?

Sophies Mutter war noch nicht beruhigt. »Ich kann meine Tochter nicht erreichen, vielleicht ist ihr Akku leer. Könnten Sie Fynn bitten, dass Sophie sich kurz bei mir meldet – von seinem Handy aus?«

»Aber klar. Wird gemacht!«

»Sie soll mir bitte sagen, wann sie nach Hause kommt. Sie war jetzt lange genug weg.«

»Ich schreibe Fynn gleich eine Nachricht, versprochen. Und, wie gesagt, machen Sie sich keine Sorgen! Die haben doch Ferien und wollen mal ein bisschen ihre Freiheit auskosten.«

Inken Leinhos musterte unschlüssig den Telefonhörer, nachdem sie aufgelegt hatte. Dann sah sie den Kommissar an. »Und ich dachte immer, ich wäre locker ...«

»Tja ...« Aisner war ebenso unschlüssig. »Der Fynn ist halt a weng älter als die Sophie. Er ist doch bestimmt schon 16 ...?«, sagte er aufs Geratewohl.

»15 ist er.« Sie sah Alois jetzt aufmerksamer an. »Sie finden das auch arg lässig, oder?«

»Fortes fortuna adiuvat«, murmelte Alois.

Inken sah ihn groß an. »Was ist das? Eine Beschwörungsformel?«

»Das ist Lebenshilfe von den alten Römern. ›Das Glück ist mit den Mutigen.‹ Denn feig' ist sie grad nicht, Ihre Sophie, gell?«

»Nein, feige ist sie nicht.« Inken seufzte. »Und vorsichtig auch nicht.«

## Köder

Alois fand Jessy Henkel, die ihn gerufen hatte, bleistiftkauend vor. »Was gibt's denn so Dringendes?«

Jessica deutete auf lose fliegende Zettel auf ihrem Schreibtisch. »Ich komme nicht mit dem Aufnehmen nach!« Auf ihrer Bildschirmoberfläche überlappten sich die Fenster diverser Online-Formulare. Den Telefonhörer hatte sie neben den Apparat gelegt. Sie schnaubte. »Seit anderthalb Stunden will ich zu Steinbrechs fahren und Artur das Zippo unter die Nase halten, wie abgesprochen. Aber ich komme und komme nicht weg!«

»Du musst Anzeigen aufnehmen? Was haben die Leut' denn?«

»Die Leut'«, äffte sie ihn nach, »haben ein Problem mit vergifteten Ködern. Ihre Hunde kippen um wie Fliegen.«

»Mei!« Alois raufte sich die Haare. Er brauchte nicht noch eine Baustelle. Er brauchte Hirne und Hände, um die bisher aufgekippten Halden abzuräumen. Gedankenlos hob er Jessys Kaffeebecher an die Lippen und schlürfte einen großen Schluck. Erst als er den Zucker schmeckte, schreckte er auf, blickte ungläubig das Getränk an. »Wolfsmilch, mein Kraftbier«, nuschelte er.

Jessica schüttelte den Kopf. »Vorsicht, Halluzinogene!«

Alois starrte die Kommissarin an. »Du köderst mich?«

»Wuff, Kollege!« Als Aisner zusammengezuckt war, klopfte sie sich auf die Schenkel. »Ich glaube, heute ist einer dieser verrückten Feiertage, die ich nicht mitgekriegt habe. *Mach-mir-den-Wolf*-Tag oder so. Was kannst du mir dazu sagen?«

»Ja.« Aisner atmete lautstark aus. »Vielleicht wär das die Erklärung. Erst meint a' Mutter, ihr Kind ist verschwunden, und dann stellt sie fest, dass der Freund vom Kind a Hallodri ist. Dann vermissen die Leut' ihre Hund'. Vielleicht alles Werwölfe, gell? Ist heut' Vollmond oder was in der Art?«

Jessica kaute wieder an dem Stift.

»Hörst' auf!« Alois klang so erschüttert, dass sie ohne Kommentar innehielt. »Das Kauen erinnert mich an den Steinbrech«, grummelte er kleinlaut. »Nicht, dass du auch solche eckigen Kiefer kriegst!«

»Wo du gerade von Wölfen sprichst«, sagte Henkel und bemühte sich um Gelassenheit, »vielleicht sind die Köder für Meister Isegrim gedacht. Die Leute haben sich aus dem Heibeek ...«, sie ordnete die Zettel, »aus dem Andreasbachtal und vom Knollenkreuz aus gemeldet.« Sie klickte sich durch die Fenster auf dem Bildschirm. »Und aus dem Odertal.«

»Du meinst, jemand hat in den Wäldern Wolfsköder ausgelegt, und Hunde fressen s'?«

»Meine aktuelle Theorie. Die Anzeigen stammen alle von Wanderern. Touristen und Einheimische, bunt gemischt. Sieht nicht nach Komplott aus.«

»Furchtbar.« Wie Alois es aussprach, klang es wie ›fuachtboah‹. »Wie viele tote Hunde haben wir?«

»Zum Glück erst einen. Die anderen scheinen mit Magenverstimmung oder Kolik davonzukommen.«

»Und dann machen s' so ein Gewes', die Leut'?« Aisner schüttelte verständnislos den Kopf. Er dachte an die beiden toten Schafe, deren Schicksal nun von einer Flut von Hundebeschwerden in den Hintergrund gedrängt zu werden schien. Magengrimmen, Himmelherrgott!

»Also, jetzt hör mir mal zu.« Jessica fixierte ihn unnachgiebig. »Hast du noch nie einen Polizeihund leiden sehen? Die versuchen sich zusammenzureißen, fast, als wollten sie uns Hundeführern keinen Kummer machen. Du siehst die faltige

Stirn, die großen dunklen Augen, die glänzen, aber tapfer weggucken, wenn du hinsiehst. Das bricht einem das Herz.«

Alois hatte überrascht innegehalten. Jessica gab selten Details aus ihrem Innenleben preis. Ihre Beschreibung fühlte sich für ihn an wie ein kostbarer Augenblick, gleichzeitig war ihre Schilderung so lebhaft, so echt, dass er nicht anders als mitfühlen konnte. Er musste einräumen, dass er über das Leid der Tiere leichtfertig hinweggegangen war, und er bedauerte es. »Ich ... ich musste nur an die gerissenen Schafe denken«, stotterte er.

Jessica klatschte in die Hände. »Das ist es! Gerissene Schafe, Wolfsberater – ich weiß, wen wir ins Boot holen.« Ohne zu zögern tätigte sie den Anruf und ließ sich von einem griesgrämigen Horst Wolff-Lutter die Kontaktdaten geben, die sie brauchte. »Der hatte vielleicht eine Laune«, raunte sie Alois zu, bevor sie die nächste Nummer wählte. »Er dachte bestimmt, wir wollen ihm noch mal auf die Pelle rücken.«

»Für's Image ist das aber gar nicht geschickt«, sagte Aisner. »Er müsste sich, wenn es stimmt, was er in seinen feinen Kreisen von sich gibt, extrem darüber freuen, dass er seine Tochter in den Ferien zu Hause hat.«

»Ach.« Jessica hielt mit dem Hörer in der Hand inne. »Seit wann hast du Zugang zu den feinen Kreisen?«

»Hab i net. Hab's glatt geraten. Männliche Intuition nennt sich des.«

»Dann setzte ich mal weibliche Logik dagegen.« Im nächsten Moment flötete sie in den Hörer: »Herr Sonneborn? Jessica Henkel hier, Polizeikommissariat Bad Lauterberg. Sie sind Wolfsberater der Kreisjägerschaft, richtig? Herr Wolff-Lutter war so gut, mir Ihre Durchwahl zu geben.« Sie hörte einen Moment zu. »Nein, kein weiterer Riss, zum Glück. Allerdings wurden vergiftete Köder in den Wäldern rund um unser ... was, wo genau ... Ihre E-Mail? Ja, natürlich, ich maile Ihnen die Koordinaten. Ja, das dachten wir uns.«

Sie zwinkerte Alois triumphierend zu.

»Ja, ist doch eine Selbstverständlichkeit, dass wir Sie nicht übergehen. Ihre Funktion ist ... nein, Kollege Aisner und ich würden jetzt sofort aufbrechen wollen, um ... Zeugen zu befragen.« Wieder lauschte sie in den Hörer, diesmal entspannt lächelnd. »Aber selbstverständlich, ich veranlasse, dass die ab sofort an Sie weitergeleitet werden. ... ach, Herr Sonneborn? Ich schreibe Ihnen meine Mobilnummer in die Mail, damit Sie mich sofort informieren können, wenn sich Neuigkeiten ergeben. Jaja, auf gedeihliche Zusammenarbeit, natürlich.«

Alois verzog süffisant die Mundwinkel. »Ich hab dich noch nie so breit lächeln sehen, grad wie a Honigkuchenpferd, tät i sagen. Wen hat denn deine weibliche Logik erwischt?«

Henkel glättete ihre Gesichtszüge und erklärte in gespielter Sachlichkeit: »Ich habe mit Herrn Wolfsberater Andreas Sonneborn gesprochen, zum Glück wohnhaft in Herzberg, sodass es ihm nichts ausmacht, die paar Kilometer zurückzulegen, um sich persönlich ein Bild von den Ködern zu machen.«

Alois pfiff durch die Zähne. »Glückwunsch, Kollegin! Da hast einen engagierten Herrn erwischt, tät i sagen.«

»Und i tät sagen«, gab Henkel zurück und äffte Aisner zum zweiten Mal nach, »i schnapp mir an engagierten Kollegen und such den Steinbrech-Artur heim. Waaßt, an wen i da denk?«

»An mi?« Alois war so perplex, dass er auf den gekonnt imitierten Dialekt nicht einging.

»Richtig, Herr Kriminaloberkommissar. Ich stelle meine Durchwahl auf die Zentrale um, instruiere die noch kurz, dass sie alle weiteren Köder-Melder an Sonneborn weiterleiten – und dann hören wir, was der junge Herr Herrenmensch zum Fundort des Feuerzeugs zu melden hat.«

»Jessy?« Alois hob mit einer knappen Geste die Hände. »I mag deine forsche Art, das weißt'. Doch auf der Fahrt zum Kirchberg kriegst di wieder ein, gell?«

Jessica hob die rechte Hand in zackiger Geste an den Rand ihrer imaginären Dienstmütze. »Yes, Sir.« Leise fügte sie, schon im Gehen, hinzu: »I can Boogie.« Nur der diensthabende Kollege an der Zentrale bemerkte ihren Hüftschwung, als sie im flotten Schritt, mit erneut erhobener Hand, hinter Alois Aisner her zum Parkplatz marschierte.

»Mein Sohn ist zu Hause.« Das war Annika Steinbrechs Begrüßung, noch bevor sie Guten Tag sagte. Alois sah zu Jessica hinüber, um sich zu vergewissern, dass auch sie die erneute Botschaft dieser allein gelassenen Frau registrierte. Doch seine Kollegin war ihm einen Schritt voraus. Alois bemerkte, wie sie der Hausherrin einen stillen Blick des Einverständnisses zuwarf. Sie machte ihr ohne Worte klar, dass die Botschaft angekommen war.

Aisner vermerkte bestürzt, dass Jessica Henkel viel sensibler war, als er es hatte wahrhaben wollen. *Wildwest-Jessy* konnte nicht nur rabiat sein, Türen knallen und Gegner einschüchtern, wenn es angebracht war, sondern offenbar auch ausgesprochen empfindsam. Die Erkenntnis ritzte ihn wie ein feiner Stachel. Auf dieses herb-süße Gefühl konnte er sich keinen Reim machen. Es hatte einen befremdlichen, einen ungerufenen Beigeschmack.

»Das passt. Wir wollen zu Ihrem Sohn«, sagte Aisner, froh, Initiative ergreifen zu können.

Annika Steinbrech kniff kurz die Augen zusammen, als blendete die Sonne. Dann sagte sie leise: »Ich hole ihn.«

Aisner war bei der Befragung unkonzentriert, ertappte sich, wie seine Gedanken immer wieder zu dem Moment wanderten, als ihm Jessicas Einfühlsamkeit klargeworden war. Es war vertrackt: In seinem Kopf sah er nicht etwa verschiedene Situationen, hörte nicht etwa verschiedene Sätze wie die über den leidenden Hund. Sondern sein Hirn arbeitete sich an dem Wesen dieses seltsamen Stachels ab, den die Entdeckung selbst hervorgebracht hatte.

»... hab ich nicht«, hörte Alois Artur motzen, nachdem er sich Konzentration verordnet hatte.

»Wie kommt es dann wohl auf die Weide?«, erkundigte sich Henkel höflich. »Sie bestreiten doch nicht, dass es Ihres ist?«

»Na klar ist es meins. Und ich habe mich schon gefragt, wer es geklaut hat. Jetzt weiß ich's ja.«

»Sie möchten also zu Protokoll geben, Ihr Feuerzeug sei Ihnen gestohlen worden?«

»Ja – oder was glauben Sie, was das Wort ›geklaut‹ sonst bedeutet.«

Annika Steinbrech schluckte einmal, dann richtete sie sich auf. »Artur, benimm dich bitte.« Sie wohnte dem Gespräch bei, weil ihr Sohn noch nicht ganz volljährig war. Während Artur sich breitbeinig aufs Sofa hatte fallen lassen, saßen alle anderen in ausladenden, tiefen Sesseln um den runden Wohnzimmertisch herum, den eine dunkle Tischdecke mit Jagdmotiven zierte.

Aisner spürte die Versuchung, den Bengel aufs Revier zu ordern, wo jemand anders das Protokoll aufnehmen würde. Daraus könnte – rein zufällig, versteht sich – eine umständliche, enervierende Prozedur werden. Doch er rief sich zur Räson. ›Was man hat, das hat man‹, hatte ein Lehrsatz seines Ausbilders gelautet, den dieser mittels vieler plausibler Beispiele erläutert hatte. Mehr als eines hatte mit untergetauchten oder verhinderten Zeugen zu tun gehabt. Außerdem hatte Alois oft genug selbst erlebt, wie aufschlussreich Mimik und Gestik eines Befragten bei einem vermeintlich banalen Thema sein konnten.

Henkel hatte ein Tablet aufgeklappt und schaltete es nun an. »Um Ihnen Zeit zu sparen, nehme ich Ihre Diebstahlsanzeige gleich hier auf.« Sie strahlte Artur Steinbrech an. »Dann brauchen Sie sich nicht ins Kommissariat zu bemühen.«

»Ich ... ich wollte gar keine Anzeige ...«, stotterte der Junge, aus dem Konzept gebracht. »Das ... das regelt man doch so. Unter sich.«

»Der Verzicht auf eine Anzeige ist so nun leider nicht mehr möglich«, bluffte Henkel. »Außerdem hätten Sie dann bereits von Anfang an wissen müssen, wer das Feuerzeug genommen hat. Und das war ja nicht der Fall.«

*Weibliche Logik,* ging es Aisner durch den Kopf. Er fand es einen brillanten Schachzug, die Befragung durch die Aufnahme der Anzeige aufzublähen, und vermutete, Jessica habe den gleichen Impuls verspürt wie er. In Annika Steinbrechs Gesicht meinte er, ein kurzes Zucken der Mundwinkel wahrgenommen zu haben. *Die Genugtuung, das Großmaul mal sprachlos zu sehen,* dachte er. Er lehnte sich zurück und ließ die anderen machen. Zum Schein zückte er einen Notizblock, fand zum Glück einen alten Bleistift in der Innentasche seines Jacketts. Ungerufen stand das Bild der stiftkauenden Jessica vor seinem inneren Auge. Er wischte sich mit dem Taschentuch über die Stirn und zwang seine Aufmerksamkeit zurück in die Gegenwart.

Henkel ließ sich Zeit und verwendete die umständlichste Version der Diebstahlsanzeige, indem sie eine penibel genaue Beschreibung des Gegenstandes aufnahm. Als es um den Verlustzeitpunkt ging, versuchte Artur Steinbrech, sich ins Diffuse zu retten. »Vorige Woche oder so«, sagte er. Doch seine Mutter widersprach. »Du hast doch Onkel Volker am Wochenende noch Feuer damit gegeben. Ich erinnere mich ganz genau«, wandte sie sich eifrig an die Kommissarin, »weil mein Schwager die schöne Zeichnung des Eichenlaubs bewundert hat.«

»Wie erfreulich, dass Sie sich so gut erinnern«, lobte Henkel mit erkennbarer Freude. »Das grenzt den Tatzeitpunkt dann ja deutlich ein.« Sie sah Artur scheinbar aufmunternd an. »Da Sie inzwischen ja meinen zu wissen, wer das Feuerzeug gestohlen hat, brauchen Sie nur noch zu überlegen, wann Sie mit demjenigen zusammengetroffen sind.«

Aisner, ins Polster gelehnt, frohlockte. Jetzt würde sich das Bürschchen in Widersprüche verwickeln! Würde er es wagen, ein Zusammentreffen mit Maik oder Coco Lautenbach zu erfinden? Ihm musste schließlich klar sein, dass die Kommissare die Gegenprobe machen würden. Aisner gefiel nicht, wie

Artur sich straffte. Er strahlte entschieden zu viel Selbstgewissheit aus, als er zur Antwort ansetzte.

»Ich hab's wohl beim Ostermarkt in Osterode liegen gelassen. Muss beim Schützenstand gewesen sein. Da hat's dann jemand eingesteckt.«

»Das könnte jeder gewesen sein.«

»Jeder, der auf der Skandalweide war. Und da kommen ja wohl nicht viele infrage, oder?«

»Ach«, machte Henkel, »da wissen Sie mehr als wir. Wir haben bislang keine Anhaltspunkte darüber, wen man ausschließen könnte. Welche haben Sie denn?«

»Ja, zur Hölle noch mal, da war doch diese Fotosession, dann kümmern Sie sich doch mal um diese Leute!« Arturs Gesicht war rot angelaufen, ob vor Zorn oder aus Unsicherheit, vermochte Aisner, der den Jungen im Blick behielt, nicht zu sagen.

Henkel ließ sich nicht beirren. »Das war nicht die Frage, Herr Steinbrech. Sie sagten, Sie verdächtigen jemand konkret, und ich brauche Ihre Anhaltspunkte, warum. Wenn wir den Täter finden sollen, dann ...«

»Ach, scheren Sie –«

Diesmal ging Arturs Mutter rechtzeitig dazwischen. »Benimm dich!«, forderte sie, zwar nicht laut, doch resolut und mit deutlichem Ärger.

»Ich vermerke jetzt *keinen konkreten Verdacht* im Protokoll«, entschied Henkel und klappte nach dem Tippen die Tablet-Hülle zu. »Sollten Sie es sich anders überlegen, dann müssen Sie sich deutlich äußern, wieso und warum.«

Alois betastete das Zippo, das in einem Plastikbeutel in der Seitentasche seines Jacketts steckte. Zu Artur sagte er: »Ihr Feuerzeug können Sie sich ab übermorgen im Kommissariat in der Scharzfelder Straße abholen.«

Der Junge blieb auf dem Sofa fläzen, seine Mutter brachte Henkel und Aisner an die Tür.

»Was ist das denn für ein interessanter Hut an der Garderobe?«, fragte Aisner im Vorbeigehen. »Gehört der zu einer Uniform?«

»Ach, den setzt Ar...«

»Mutter!«

Sie erschrak bei dem brüsken Ruf aus dem Wohnzimmer. Dann holte sie tief Luft und fuhr fort. »Artur setzt die Mütze manchmal auf, die ist aus dem Nachlass meines Vaters.«

»Schönes Stück«, behauptete Alois, stülpte die Schirmmütze der perplexen Jessica über den Kopf und knipste sie mit dem Smartphone.

Draußen vor der Haustür legte Aisner den Zeigefinger über die Lippen und bat seine Kollegin per Blickbotschaft, noch einen Moment auszuharren. Tatsächlich setzte nach wenigen Sekunden ein unflätiges Gebrüll an. Mit einiger Genugtuung machte Alois sich auf den Weg zum Wagen.

»Der ›Krieger‹ hat zwei Gestalten mit Uniformmützen herumschleichen sehen, als vor der KGS die Reifen zerstochen wurden«, erklärte er Jessica.

»Hast du mich deshalb fotografiert? Um sie ihm zu zeigen?«

»Naa, für mein geheimes Album.« Alois merkte, wie er am Haaransatz rot zu werden begann. Er drehte sich weg.

»Der Krieger«, murmelte Henkel nachdenklich. »Wenn der mal als Zeuge taugt ...«

## Tiefes Loch

Eagle-Eye holte tief Luft. Er stand vor der Haustür mit hängenden Schultern und eingezogenem Kopf, als wollte er sich bei Bedarf schnell unsichtbar machen. Er war unsagbar froh, dass Marvin mitgekommen war. Und trotzdem – trotzdem fiel es ihm entsetzlich schwer, auf diese Klingel zu drücken.

»Wenn nur die Mutter da ist ...?«, flüsterte er seinem Freund zu.

»Mann, Alter, haben wir besprochen.« Marvin sparte sich die weitere Erläuterung. Eagle-Eye hörte sowieso nicht zu.

»Und wenn ... und wenn Fynnland da ist?«

Marvin rollte die Augäpfel. »Dann sage ich, dass du mit Sophie allein reden willst.«

Eagle-Eye trat von einem Fuß auf den anderen und schnappte erneut nach Luft.

»Ich halte auch Wache, Alter. Ehrenwort.«

Kein Türsummer sprang an, kein Knacken ertönte. Eagle-Eye presste den Finger noch einmal auf die Klingel. »Vielleicht habe ich eben nicht richtig gedrückt.« Er hatte die linke Hand, die einen – den – Brief hielt, so fest darum geschlossen, dass Umschlag und Inhalt schon an mehreren Stellen verknickt waren.

»Ist keiner da.«

Marvins trockene Feststellung holte Eagle-Eye, der im Kopfkino diverse Filme parallel betrachtet hatte, in die Realität zurück. Er stand da wie ein begossener Pudel.

»Erst traust du dich nicht, den Brief abzugeben, und wenn dann keiner da ist, bist du auch traurig.« Marvin hatte die Hände in die Hosentaschen gesteckt und wippte in seinen neuen Turnschuhen mit den phosphoreszierenden Streifen vor und zurück. »Ich hab aber 'ne Idee«, sagte er plötzlich.

Eagle-Eye sah zu seinem Freund auf. »Was denn, Brief verbrennen oder in den Ententeich werfen oder so was?«

»Quatsch.« Marvin hörte mit Wippen auf und reckte sich. »Ich weiß, wo Sophie manchmal ist. Also, wenn ihre Mutter noch nicht zu Hause ist.«

»Ja, ich auch.« Eagle-Eye starrte stumpfsinnig auf den Waschbeton der Treppenstufen. »Auf der Horrorweide.«

»Mann, Alter, nerv mich nicht. Willst du wissen, wo sie ist, oder nicht?«

»Doch. Schon. Aber da ist sie dann bestimmt nicht allein, oder?«

»Keine Ahnung, wir gucken einfach mal. Dran vorbeigehen können wir immer noch.«

»Wieso, wo ist das denn?«

»Komm mit, lass dein' Depri hier, vertrau Onkel Marvin.«

Eagle-Eye musste lachen. »Onkel?«

»Yepp, Alter. Kein Onkel von Welt, aber 'n Onkel mit Geld. Also später jedenfalls.«

»Deine Füße glitzern ja schon. Jetzt muss die Pracht nur noch hochwandern bis zur Hosentasche.«

Sie lachten gemeinsam.

Eagle-Eye hatte den Brief in seine Gesäßtasche gesteckt und lief neben Marvin her Richtung Kurpark. Ihm tat das Gehen gut, es war viel besser, als blöd herumzustehen und auf die wahrscheinlich unvermeidliche Abfuhr zu warten.

»Jetzt weiß ich, wie's Bingo gegangen ist«, sagte er leise.

»Als du ihm Sophie ausgespannt hast? Das war echt bitter für ihn, oder?«

»Volle Latte.« Eagle-Eye blieb abrupt stehen. »Aber was sollte ich machen, he? Er liebt sie, ich lieb sie, und sie liebt plötzlich mich. Da sag ich doch nicht nein, das wär ja krass bescheuert.«

Marvin brummte eine Art »hmh« und ging weiter.

»Glaubst du, er spricht mal wieder mit mir?«

»Keine Checkung, ehrlich. Ich kann auch nur mit euch beiden befreundet sein, wenn ich mich da raushalte. Verstehst?«

»Hmh.«

»Los, da um die Ecke.«

Sie hatten den Kurpark betreten, und Marvin dirigierte Eagle-Eye zur Wassertretstelle. Wenige Meter weiter stand eine nachgebaute Köhlerhütte. Rauchfäden zogen sich vom Eingang aus gen Baumkronen. Das dunkle Innere war vom breiten Spazierweg aus nicht einzusehen. Eagle-Eyes Schritte stockten.

Marvin sah den Freund an. »Ich geh ja schon.«

Er ging geradewegs auf den offenen Eingang der Hütte zu, als ein Junge, der etwas älter war als er, heraustrat. »Wen suchst du, Beta?«

Marvin sagte nichts, sondern ging einfach weiter. Eagle-Eye fragte sich, seit wann sein bester Freund so cool war. Seit der Sache mit Sophie und Fynn kriegte er aber auch gar nichts mehr mit! Er dachte daran, wie sie ihn neulich wegen der Selbsthilfegruppe gegen Wölfe besucht hatte. *Weißt du noch, wie wir in meinem Baumversteck Brezeln gegessen haben?*, hätte er sie fast gefragt, es dann aber doch lieber bleiben lassen. Dafür hatte er es in den Brief geschrieben. Das und noch ein paar andere Sachen, die sie doch auch schön fand, verdammt!

Marvin kam zurück geschlendert. »Ist nicht da. Schade. War heute überhaupt noch nicht da.«

»Trifft sie sich etwa mit diesen Vollpfosten und raucht da?«, wollte Eagle-Eye wissen.

»Keine Ahnung, ob sie auch raucht. Habe keine Kamera installiert.«

Eagle-Eyes Brust wurde eng. Dieser Treffpunkt, diese Leute, Fynnland, diese Fotos. Es war zu viel für ihn. »Woher willst du überhaupt wissen, dass die sich hier treffen?!«, schnauzte er Marvin an. Der zeigte ihm stumm einen Vogel und drehte ab.

*Na toll, jetzt bist du ganz allein.* Er stieg drei Stufen zur Wassertretstelle hinunter, zerrte den Brief aus der Hosentasche, riss ihn einmal quer durch und ließ die Fetzen ins Wasser segeln. Dann rupfte er die Schuhe mitsamt Socken von den Füßen und stapfte ins Wasser. Immer schön am Geländer in der Mitte festhalten, Runde für Runde. Irgendwann war es nicht mehr kalt an den Beinen.

»Igor! Junge!« Es war der Ruf seiner ehemaligen Klassenlehrerin aus der Grundschule, den er erst wahrnahm, als er fast auf sie auflief. »Raus hier, was machst du! Zwei Runden und nicht zweihundert!«

Sie selbst hatte nun klatschnasse Schuhe und Hosenbeine, denn sie war, ohne nachzudenken, ins Wasser gestiegen, als sie die blau angelaufenen Lippen des Jungen sah. Sie nannte ihn bei seinem damaligen Spitznamen, den seine Freunde – unter ihnen Marvin und Bingo – ihm gegeben hatten, um ihm die Anrede Eagle-Eye zu ersparen.

Die Lehrerin begleitete den Jungen zu seiner Wohnung in der Gehrichstraße, nicht weit vom Kurpark. Dennoch froren beide von dem eiskalten, fließenden Wasser des Bergbaches.

Als Larissa Bokelmann die Tür öffnete, hatte sie die Assoziation eines Zombies. Eagle-Eyes Anblick verschlug ihr die Sprache.

Die Lehrerin formte mit ihrer Hand das Telefonzeichen, nickte Larissa zu und machte sich auf den Heimweg. Zum Glück hatte sie ihr Fahrrad dabei.

In der Wohnung schloss Larissa ihren Sohn fest in die Arme. Sie brauchte jetzt keine Fragen zu stellen, es gab Wichtigeres. Als sie spürte, wie kalt er war, schob sie ihn ins Badezimmer und ließ die Wanne mit heißem Wasser volllaufen. Während Eagle-Eye sich auszog, verschwand sie kurz. Sie kehrte zurück mit zwei Cognacschwenkern in der Hand. Sie waren gut gefüllt.

## Leidenschaft

Alois stürmte unternehmungslustig in Jessicas Büro. »Ich freue mich schon auf unsere Befragung von Coco Lautenbach! Du musst mir unbedingt sagen, was du von ihm hältst.«

»Du willst nicht jetzt zu ihm, oder?«

»Aber klar doch!«

»In dem Fall musst du leider auf meine Begleitung verzichten. Ich habe einen privaten Termin.«

»Privater Termin? Das klingt geheimnisvoll. Ist sicher wichtig.« Alois wand sich. »Trotzdem hätt i mir gwünscht ...«

Jessica Henkel tippte vielsagend auf ihre Armbanduhr. »In einer Mordermittlung ja, Herr Kommissar. Da würde ich den Feierabend aufschieben. Aber so doch nicht.«

»Na ja, Kollegin. Das Madl ... Mädchen ist noch nicht wieder aufgetaucht. Da fänd ich's schon angemessen, a bissl Eifer an den Tag zu legen.«

»Sei für mich mit eifrig, ja, Alois?« Henkel warf ihm einen bittenden Blick zu. »Hast bei mir was gut.«

Bedröppelt stapfte Aisner zurück an seinen Schreibtisch, räumte Sachen zusammen, stopfte Zettel mit handschriftlichen Notizen in die Jackentasche und fischte den Autoschlüssel aus der oberen Schublade. Was das wohl für ein wichtiger privater Termin war? Jessy hatte vor kurzem von *Beutezug in Bars* gesprochen. Ob sie gleich auf Männerfang ging? Sie war Anfang dreißig, zwei, drei Jahre jünger als er, und hatte eine langjährige Beziehung hinter sich. Ob sie sich getrennt hatte oder ihr Freund, ein Systemadministrator beim Landkreis, wusste er nicht. Was wohl der Grund für die Trennung gewesen war? Immerhin waren Larissa und er auch schon fast vier Jahre zusammen und immer noch verliebt. Wie sah noch dieses Negligee aus? Sie wollte es ihm doch schon längst vorgeführt haben!

Auf halbem Weg zum Parkplatz fiel ihm auf, dass sein Ziel gar nicht klar war. Unwillkürlich war er davon ausgegangen, zum Atelier zu fahren, doch ob er den Fotografen dort jetzt antraf? Halbherzig machte er auf der Treppe kehrt – nur um sofort wieder innezuhalten. Was sollte er sich mit langwierigen Nachfragen aufhalten – er fuhr jetzt hin und basta! *Rest ergibt sich.*

Aisner hatte Glück. Er war schon darauf eingestellt, sein Spiegelbild ausgiebig in der Glasscheibe der Haustür zu mustern, und bekam einen Schreck, als direkt nach dem Klingeln geöffnet wurde.

»Ah, der Mann ohne freche Feuerwehrunifom«, begrüßte ihn Coco Lautenbach vertraulich und zog die buschigen Augenbrauen leicht in die Höhe. Er breitete die Arme aus und trat einen Schritt zurück – ein umstandsloses Willkommen.

»Und Sie sind, hoffe ich, nicht der Mann ohne Erklärung«, gab Aisner zurück.

Lautenbach lächelte. »Schlagfertig ist sie ja, unsere Polizei heutzutage.«

Alois sah ihn abwartend an, nachdem er die Tür geschlossen hatte.

»Womit kann ich heute dienen, Herr Kommissar? Oder sollte es Ihnen zur lieben Gewohnheit werden, jeden Tag beim kecken Coco reinzuschauen?«

Aisner erfreute sich heimlich an dem spielerischen Hin und Her, war jedoch professionell genug, auf die Neckerei nicht einzugehen.

»Mit einer Erklärung wäre uns beiden geholfen. Sie müssen mir nur sagen, wo sich Leinhos, Sophie und Nahtlos, Fynn aufhalten, und schon sind Sie mich wieder los.«

»Wer sagt denn, dass ich Sie lo...«

»Coco! Du musst unbedingt gucken kommen!« Ein stämmiger Mann mittleren Alters tauchte am hinteren Flurende auf. Sein unbekleideter Oberkörper ließ eine gewaltige Haarpracht auf der Brust sehen. *Wenigstens kein Mankini,* dachte Aisner. Der Mann zuckte zurück, als er den unbekannten Gast sah.

»O ja, wir kommen«, rief der Hausherr und fügte, an Aisner gewandt, hinzu: »Kommen sollte man sowieso viel öfter, finden Sie nicht?«

*Wieso musste er jetzt ausgerechnet an Jessy denken?* Aisner erwiderte ruhig: »Ich meinte meine Frage ernst, sehr ernst sogar. Wo sind Sophie und Fynn?«

»Was weiß denn ich?«, gab Coco in beleidigtem Ton zurück. »Bin ich hier die Auskunftei vom Dienst, oder was?«

»Sie waren vor kurzem mit ihnen zusammen. Den Beweis haben Sie selbst geliefert. Und jetzt sind sie verschwunden.«

Lautenbach, der viel gestikulierte, ließ entgeistert die Hände sinken. »Wie – verschwunden?«

»Sie sind nach diesem Fototermin gestern nicht zu Hause aufgetaucht. Beide nicht.« Im Stillen schimpfte Alois mit sich, dass er es versäumt hatte, noch einmal bei den Eltern nachzufragen. Doch Inken Leinhos hatte heute Vormittag versprochen, sich zu melden, falls Sophie nach Hause käme, und er hatte nichts von ihr gehört. Also konnte er davon ausgehen, dass es nichts Neues gab.

»Ja ... also ...« Coco stand noch immer im Flur bei der Haustür. Der Mann am anderen Ende hatte sich verzogen. Coco fasste sich an die Nase, eine Geste, die unbewusst wirkte. Er blickte Aisner in die Augen. »Sie waren auf dem Hinweg bei mir mitgefahren, bis zur Steinkirche, von da aus haben wir zu dritt die Ausrüstung zur Weide geschleppt, Maik, Fynn und ich. Sophie hat irgendwas mit den Haaren gemacht. Dann sollte die Session beginnen. Doch das ging schief. Ich hatte ein bisschen Schweineblut im Kanister dabei – kleine Plane drunter, Maik ist total geschickt in so was, und schon hatten wir eine schöne Lache, sehr fotogen. Da kapierte die Kleine erst, auf welcher Weide wir waren. Und fing ein Theater an, das habe ich noch nicht erlebt! Weiß schon, warum ich Jungs bevorzuge.« Hier zwinkerte er dem Kommissar zu. Der sah ihn einfach weiter auffordernd an. »Sie hätte zugestimmt, vor verfallenen Hütten und Mauern zu posieren, aber doch nicht, wo Tiere gestorben wären und so ... was weiß ich. Ihr Typ, Fynn, ist ganz patent, er hat noch versucht, sie zu beruhigen, doch das brachte sie erst recht in Fahrt. Männerkomplott, Tierhasser, so was hat sie geschrien, Drama vom Feinsten. Maik hat versucht, sie auf ihre Position zu zerren, doch sie hat gefaucht und gekratzt ...«, er senkte die Stimme, »und sah sehr ... ja, sehr geil dabei aus.«

»Jaja, was Sie darunter verstehen, haben S' dem Rest der Welt gezeigt«, sagte Alois und klang so streng, wie er gehofft hatte. Auch wenn er die Szenerie an sich durchaus faszinierend fand. Doch Sophie ... er kannte sie seit Jahren, sie war schon in der Grundschule Eagys Klassenkameradin gewesen, und schon immer bekannt für ihre Tierliebe. Als Eagy noch zu einer kleinen Gang namens Promenadenmischung gehörte, hatte sich das Mädchen mit seinem Kumpel Bingo angefreundet und mit Freude dessen Kaninchen umsorgt und gefüttert. Aisner seufzte. Warum konnten die Kinder nicht so jung oder wenigstens ihre Probleme so schön handhabbar bleiben! »Haben Sie Fynn und Sophie auf dem Rückweg irgendwo abgesetzt? Oder sind sie mit Ihnen ins Atelier gefahren?«

»Weder noch.« Aisner sah, wie Coco kurz zögerte. »Wollen Sie mit nach hinten kommen? Sitzen? Was trinken?« Er ergänzte hastig: »Kaffee, meine ich.«

Alois nickte.

Coco führte ihn in den gleichen Raum wie am Vortag. Hier standen mehrere abgenutzte Sessel und ein Stuhl mit Fellauflage ungeordnet um einen kleinen runden Tisch herum. Darauf zwei Kaffee-Pumpkannen, diverse Becher, Tassen und Gläser, eine aufgerissene Milchpackung, ein Spender mit Süßstoff und eine halbvolle dunkelgrüne Flasche. ‚Talisker', las Alois, ‚Single Malt Scotch Whisky'. Aus dem Zimmer gegenüber, das ihm im Vorbeigehen noch größer als dieser Raum vorgekommen war, hörte er mehrere Männerstimmen. Lautenbach nahm keine Notiz davon. Er füllte Aisner Kaffee in einen sauberen Becher.

»Fynn wollte, glaube ich, mit zurückfahren, wie besprochen. Er wollte auch die Sachen mit zum Wagen tragen. Doch Sophie kickte ihm den Generator aus den Händen, da hätte richtig was passieren können, und da hörte für mich der Spaß auf. Ich habe ihr den Kopf gewaschen, dass sie sich nicht alles erlauben kann, daraufhin wurde Fynn böse und hat sich mit ihr verbündet. Ich sag's Ihnen ehrlich: Er hat mir vorgeworfen, sie getäuscht zu haben. Er hätte sich die Session auch ganz anders vorgestellt, das wäre voll pervers, undsoweiterundsofort, blabla.«

»Sie haben sie nicht mit zurück genommen?«

»Nein, sie wollten nicht.«

»Und Sie haben sie da oben stehenlassen, an der Steinkirche, ohne Fahrrad, ohne Busanschluss? Neun Kilometer von zu Hause entfernt?«

»Ich sag's Ihnen doch. Sie wollten nicht mehr mit!«

Alois schlürfte am Kaffee, verschluckte sich, hustete. »Sie lassen zwei hilflose Jugendliche, die sich zu Recht aufgeregt haben und vielleicht ein bissl übers Ziel hinausgeschossen sind, mitten in der Landschaft stehen? Und fahren einfach weg?«

Coco schüttelte heftig seinen Kopf, wobei die langen Haare auf der linken Seite der asymmetrisch geschnittenen Frisur wild aufflogen. »Nein, nein. O nein, Herr Kommissar, so war es ganz und gar nicht. Wir haben es hier mit Nahtlos junior zu tun, dem Bürgermeistersöhnchen. Der hat ein paar Euro im Portmonee, das können Sie mir glauben. Und das neueste Handy. Ein Taxi rufen ist also kein Problem, denn Empfang gibt es da oben. Und selbst wenn der Akku leer gewesen wäre – dann hätten sie keine neun Kilometer laufen müssen, sondern nur bis Scharzfeld. Von der Steinkirche runter ins Dorf ist es kein Kilometer, das ist ja wohl zu schaffen.« Er schnaubte, nippte an einem Whiskyglas und hob Einhalt gebietend die Hand, als Aisner sprechen wollte. Er fuhr fort. »Außerdem: Maik war zur Kontrollrunde auf der Schafweide eingeteilt, der wollte später noch mal nach dem Rechten gucken.«

Aisner holte Luft, Lautenbach stoppte ihn nochmals. »Außerdem: Sie hatten schon einen Plan. Mir haben sie ihn zwar nicht verraten, aber sie hatten schon was besprochen. Sie waren irgendwie entschlossen, haben sich was zugeflüstert, wenn ich in der Nähe war. Die standen da nicht auf verlorenem Posten, die hatten längst Plan B.«

Alois musste die Behauptungen erst einmal sacken lassen, musste die Einzelteile der Aussage in die richtige Reihenfolge sortieren. Insofern kam ihm die Unterbrechung gelegen, als der stämmige Mann mit dem Brustpelz in der Tür erschien. In der Hand hielt er eine Maske. Alois konnte das Motiv nicht erkennen, denn er hielt sie umgedreht, mit der Innenseite nach oben.

»Komm, Coco, der erste Raum vom Luponar ist fertig. Du musst gucken!« Der Behaarte bedachte Aisner mit knappem Seitenblick. »Du musst, sage ich!«

Unaufgefordert erhob sich der Kommissar und folgte dem plötzlich schweigsamen Fotografen.

Im Nebenzimmer, das tatsächlich noch größer war, standen fünf Männer um eine Art Blackbox herum, einen Kasten, der in die der Tür gegenüberliegende Ecke gebaut war, wie ein begehbarer Kleiderschrank vielleicht. Einer der Männer war Tino, diesmal nicht im Mankini, sondern, wie alle anderen auch, in grauer langbeiniger Hose. Alle außer Coco liefen mit nacktem Oberkörper umher; Cocos Oberteil, ein ausgeleiertes schwarzes Muskelshirt, sah aus wie schnell übergeworfen, was Alois erst jetzt auffiel.

»Luponar?«, fragte er unbestimmt in dem Raum hinein. »Heißt es nicht ‚Lupanar'? Jedenfalls das, was i kenn'. Das antike Bordell in Pompeji?«

Der Stämmige lachte rau. »Nicht ganz daneben.«

Coco befühlte einen Balken aus Pappmaché, der über der Tür des Kastens angebracht war. Er zeigte eine kunstvoll modellierte Szene, in der zwei Männer miteinander rangen. Sie waren nackt. »Geniale Arbeit, Jungs! Geil, sehr geil.« Er schien Aisner vergessen zu haben, oder zumindest dessen Anliegen.

Er nahm eine bereitgelegte Kamera zur Hand. Tino betätigte mehrere Schalter an Leuchten und Blitzgeräten. Coco redete wie ein Animateur: »Und jetzt ...«, er hob die Stimme, »Gruppenbild mit ...«

Die Männer hatten sich vor der Tür des Kastens aufgestellt. Auf das letzte Kommando hin zückte jeder eine Maske und schwenkte sie vors Gesicht – genau rechtzeitig, bevor Coco den Auslöser drückte. Es blitzte wie nach einem überhitzten Tag.

Alois rieb sich die Augen, benommen, verwirrt. Er erkannte die neuen Gesichter der Männer, als die Reste des gleißenden Lichtes sich verzogen. Es waren Wolfsfratzen.

Er taumelte fast, als er das Haus verließ. *Lupus, der Wolf. Lupa, die Wölfin, die Hure. Lupanar, Pompeji. Luponar ...?*

Er sehnte Larissas patente Art herbei. Er sah schon vor dem inneren Auge, wie sie einen beruhigenden Kräutertee aufsetzte und einen selbst angerührten Gurkenjoghurt aus dem Kühlschrank zauberte.

Er öffnete die Tür, jetzt konnte er endlich abschalten.

»Guuutuuu ändlich kummst ...«, wallten ihm gutturale Laute entgegen. Er sperrte die Augen auf: Larissa lehnte mit zerzaustem Haar an der Garderobe. Sie roch intensiv nach Schnaps.

# — Dienstag —

## Der Schlag

Sie sah es schwarz glänzen, dann war es zu spät.

Dabei wollte sie doch nur – kurz – Thermoskanne ... Kaffee ... Wumm! Die Kanne, ihr Spind, Sattelhalter, Stallkittel: Die Gegenstände rotierten, wie vom Tornado verwirbelt.

Falsch, sie war es, die taumelte.

Die linke Wange war taub vom Schlag, dann begann es im Kiefer zu puckern. Der schwarz glänzende Stiefel des Mannes kam auf sie zu. War es ein Mann? Eine Frau? Pass auf! Du musst dir alles merken! Details: Ihre Nase registrierte etwas Fremdes. Das Leder ihrer Sättel und ihrer Reitstiefel duftete, dieses Leder roch. Ihr Brustkorb stach, als drei Rippen brachen. Mann. Finger grabschten, Fäuste knallten. Waren es zwei? Vier? Warum hatte sie den Farn noch nicht gegossen? Er würde ... vor Durst ... umkommen.

Sie hörten nicht auf. Finger. Fäuste. Leder.

Im nächsten Leben würde sie ein schwarz schimmernder Skorpion sein.

»Was wolltest du in der Nacht bloß von mir?«, beschwerte sich Beate Wolff-Lutter und blickte vom Rohkost-Arrangement auf, als Horst das Esszimmer betrat. »Konntest du mich nicht einfach schlafen lassen?«

»Ich konnte auch nicht mehr schlafen«, murmelte er ungnädig, »und ich hatte dir etwas Wichtiges mitzuteilen. Aber du hast ja nicht hingehört.«

»Wie denn! Ich hatte die Pfropfen im Ohr. Du hast wieder so fürchterlich geschnarcht!«

»Wir müssen eine Entscheidung treffen. Jetzt.«

»Ich habe soeben die Entscheidung getroffen, dass es heute Morgen nur Tee gibt. Kaffee trinkst du bei der Arbeit genug.« Sie glättete ihren tadellos gebügelten, leichten roséfarbenen Baumwollrock und zupfte eine Delle aus der farblich passenden duftigen Viskose-Bluse. »Und jetzt nimm bitte Platz.«

»Ich rede doch nicht von Kaffee, Gott im Himmel noch mal!«

»Bitte, Horst. Doch nicht in diesem Ton!« Sie bestrich eine Scheibe Roggenvollkornbrot mit einem Hauch Hüttenkäse und drapierte zwei aromatische Tomatenscheiben darauf.

»Die Traunstein muss weg. So schnell wie möglich!«

»Was ist denn jetzt wieder, Liebling?« Beate Wolff-Lutters leicht amüsierter Tonfall ließ erkennen, dass sie die Idee ihres Mannes für eine kurzfristige Laune hielt. »Hat sie wieder falsche Schuhe angehabt?«

»Verdammt!« Er hieb mit der Faust auf den Tisch, sodass aus dem zierlichen Silberkännchen ein kleiner Schwall Milch aufs Tischtuch schwappte.

Seine Frau zuckte zusammen. Sie ließ Hand mitsamt Brotscheibe auf den Frühstücksteller sinken und setzte zu einer Rüge an. Weiter kam sie nicht.

»Diese dekadente Großstadtgöre verführt unsere Nora!«

»Verführt sie? Was redest du denn? Dazu müsste sie ja ...«

»Eben!« Horst Wolff-Lutter sah seine Frau eindringlich an. »Deshalb muss sie weg.«

»Du willst doch nicht sagen ... aber Nora-Theres ist doch nicht – ich meine, sie hat doch normale Neigungen ...?«

»Natürlich. Unser Kind ist doch nicht pervers!«

»Und wir haben doch für morgen Hartmanns eingeladen, mit ihrem schicken ... wie heißt er noch?«

»Reiß dich zusammen, Beate!« Mit dem nächsten Hieb auf den Tisch versetzte er den frisch gepressten Orangensaft in gefährliche Schwingungen. »Jetzt wird sich mal auf das Wichtigste konzentriert!«

»Jetzt fahr mir nicht über den Mund, wenn ich bitten darf! Wer sagt mir denn, dass da überhaupt ein einziges Körnchen Wahrheit dran ist, an dem, was du sagst! Eine Ungeheuerlichkeit ist das. Erkläre mir endlich, wie du dazu kommst, so etwas zu behaupten!«

»Ja, jetzt werd' ich aber gleich fuchsteufelswild!« Horsts Gesicht war rot angelaufen. »Das will ich dir seit heute Nacht um drei erzählen!«

Beate Wolff-Lutter unterdrückte mit Mühe den Impuls, aufzustehen, die Stoffserviette auf den Tisch zu knallen und aus dem Zimmer zu rauschen. Ihre Neugier siegte, sie blieb sitzen, die Hände um die Tischplatte gekrallt.

»Ich hab sie gehört.« Er hatte den Rohkostteller zu sich herangezogen und begann gedankenlos die Gurkenscheiben aufeinander zu schichten. »Ich musste auf Toilette, und da kamen ganz widerliche Geräusche aus Noras Zimmer. Ich war sofort hellwach, ich kann dir sagen ...«

»Oh Gott.« Sie hatte sich eine Hand vor den Mund geschlagen. »Und du kannst das nicht vielleicht verwechselt ... also ich meine, geträumt haben? Oder eingebildet? So im Halbschlaf vielleicht?«

»Ich sage dir doch, ich war hellwach. Dass Nora nun auch so eine anschleppt ...« Er kniff die Augen zusammen, seine Stimme hatte eine weinerliche Färbung angenommen. »Wo sie doch so ... so vielversprechend ...« Er schniefte die Nase.

»Sie hat so gute Tischmanieren«, ergänzte seine Frau.

»Und stammt aus gutem Hause ... so denkt man doch ...« Er bohrte den Daumennagel in eine Gurkenscheibe.

»Lass das!« Sie haute ihm nicht auf die Finger, zog aber den Teller weg.

»Geachtete Familie ...«

Beate schob den Teller an den am weitesten entfernten Tischrand und schlug ihrerseits mit der Faust auf das Tischholz. »Wo ist das Luder überhaupt?«

Klara von Traunstein kehrte zur Reithalle zurück. Sie war mit Nora zusammen aufgestanden und hatte sie zu ihrer Dressurstunde begleitet, zehn Minuten nach Beginn dann jedoch beschlossen, einen einsamen, ungestörten Spaziergang in den frischen Morgen hinein zu unternehmen. Versammelter Trab, Volte links, Volte rechts – sie kannte das zur Genüge, und sie wusste, wie gut ihre Freundin sich bei diesen Lektionen auf dem Pferd hielt. Sie war zweifelsfrei ein größeres Talent als sie selbst, das erkannte Klara neidlos an. Sie freute sich auf Nora. Das volle Haar, die zarte Haut, das samtige Lachen.

Gut auch, dass zu dieser frühen Stunde noch nichts los war im Reitstall. Noras Trainer war bestimmt schon wieder nach Hause gefahren, Nora würde die Stute noch versorgen, und dann könnten sie sich vielleicht hinten im Stroh niederlassen.

Das Pferd stand unverrichteter Dinge auf der Stallgasse, angebunden an einen Haken in der Wand. Das Tier schlug nervös mit dem Schweif ein paar Fliegen fort und schnaubte, als Klara näher kam. »Na, Schöne«, schmeichelte sie, »wo hast du denn deine Reiterin gelassen?«

Klara tätschelte der Stute den schlanken Hals und strich behutsam über die weichen Nüstern. Sie hob einen Vorderhuf, mit dem das Pferd scharrte. Er war noch nicht ausgekratzt. Das konnte sie ja schnell erledigen, dann waren sie eher fertig. Wo blieb Nora?

Als sich immer noch nichts rührte, begann Klara zu rufen. Ob Nora ihre Reithandschuhe vergessen hatte? Sie warf einen Blick in die leere Halle. Von irgendwoher sprang ein eiskalter Schauer auf ihren Rücken. Von der Stallgasse ging nur ein weiterer Raum ab, die Sattelkammer. Klara zögerte unbewusst, bevor sie die Türklinke drückte.

Die zusammengekauerte Gestalt auf dem Betonboden sah schmerzlich unzulänglich aus in dieser gepflegten Umgebung, ein verrotteter Haufen, zusammengeschobener Unrat vor der Entsorgung.

Klara schrie gellend, schrill, ohne es zu merken.

## Horizonte

Larissa hatte die Frühstücksutensilien von sich geschoben und rieb sich die Stirn. »Ich darf gar nicht an den Putzjob denken. Mann, fühl ich mich wattig!«

»Komisch«, erwiderte Aisner trocken. »Da muss wohl der 13. Cognac schlecht gewesen sein.«

»Sprich das Wort bloß nicht aus. Nie wieder!«

»Und Weinbrand oder Branntwein sicher auch nicht?«

»Hör auf! Mir dreht sich der Magen um!«

»Da du dich gestern Abend mit dem zusammenhängenden Reden etwas schwergetan hast: Magst mir erzählen, was los war?«

»Was – hab ich dir nicht mehr von Eagys Liebesbrief an Sophie erzählt?«

»Naa.«

»Von der Köhlerhütte?«

»Naa.«

»Von den Anrufen bei Frau Leinhos?«

Alois seufzte. »Es geht 'leicht schneller, wenn i dir sag, was du mir berichtet hast.« Er stützte beide Arme auf dem Küchentisch ab, rollte mit den Augen und sah dann konzentriert auf Larissas Nasenspitze. »Teelelom ... Liebe ... lalalalange ... naps ... Teleloom ... Eagy ... naps.«

Larissa musste herzhaft lachen. »Au...uuh...«, jammerte sie kläglich, dann riss sie sich zusammen, rieb sich Stirn und Schläfen, sah Alois an, der noch immer augenrollend den

Betrunkenen markierte, und prustete wieder los. Als sie sich beruhigt hatte, knabberte sie halbherzig an einem Stück Zwieback und trank aus ihrem Wasserglas. »Also, Eagy will Sophie zurück.« Sie atmete tief durch. »Der Arme.«

»Und er hat ihr einen Brief geschrieben?«

»Yepp. Zwei Wochen hat er dafür gebraucht. Das hat er mir erzählt, als er in der Badewanne saß.«

»Badewanne?«

»Ja, später. Zuerst hatte er sich endlich ein Herz gefasst. Das allein hat er schon seit einer Woche versucht. Gestern hat Marvin ihn dann überzeugt, mit ihm zu Sophie zu marschieren und ihr den Brief zu überreichen.«

»Momenterl. Dann lag der Brief schon hier rum, als Sophie neulich zu Besuch kam?«

»Yepp. Aber da hat er sich nicht getraut.«

»Glaub's. Wir haben ja gesehen, wie verlegen das Bürscherl war.«

Larissa stöhnte. »Meine Ressourcen sind begrenzt, Liebling. Willst du noch was von gestern hören? Dann lass mich ab jetzt ausreden.«

»Hm.«

»Sophie war nicht zu Hause, ihre Mutter auch nicht. Also sind unsere Helden in den Kurpark gestürmt, weil Marvin meinte, Sophie könnte beim Treff in der Köhlerhütte sein.«

»Da, wo s' rauchen?«

Larissa rollte entnervt mit den Augen. Nach einer Kunstpause fuhr sie fort. »Da war sie auch nicht. Eagy hat sich aber von den anderen entmutigen lassen. Er fühlte sich klein und ... so unvollkommen. Und wie das eben ist, wenn man unglücklich verliebt ist – die vermeintliche Konkurrenz wirkt cool und anziehend.« Sie seufzte mitfühlend. »Er hat Marvin vergrault, den Liebesbrief zerfetzt und ist Wassertreten gegangen.«

»In der Badewanne?!«

»Ach, Alo. Jetzt stell dich nicht blöd! Er muss wie ein Schlafwandler durch die Wassertretstelle gewatet sein. Kein

Mensch weiß, wie oft. Frau Heitermann kam zum Glück vorbei und hat ihn rausgezerrt.«

Alois hob die Augenbrauen, schwieg aber.

»Sie hat ihn hier abgeliefert, und mein Kleiner war steif wie... wie'n Brett. Nee – mehr wie'n Eisblock. Der hatte vielleicht blaue Lippen, sag ich dir!«

»Aber jetzt kommt d' Badewanne, gell?«

»Ja, jetzt kommt sie.«

»Und Mama setzt sich auf den Rand, krault dem kleinen verschmähten Liebhaber den Rücken und hört zu.«

»Genau.« Larissa unterschlug den ersten Cognac. »Und als er wieder wie ein Mensch aussah, wollte er unbedingt bei Leinhos' anrufen.«

»Auch ohne Brief? Was wollte er denn sagen?«

»Er wollte nicht von sich reden. Er fing an, sich ernste Sorgen zu machen, und wollte einfach Sophies Stimme hören. Wissen, dass es ihr gut geht.«

»Ihre Stimme hören ...«, murmelte Alois geistesabwesend.

»Aber das klappte nicht. Niemand ging ans Telefon, wir haben es zwei Stunden lang versucht. Dann habe ich auf den Schreck hin einen Cognac eingeschenkt. Eagy war erledigt und schnell im Bett ... ja, und ich ...«

»Du fandst den Cognac köstlich, gell?« Alois schickte Larissa ein aufmunterndes Lächeln.

»Puh.« Sie atmete geräuschvoll aus und ließ den Kopf vornübersinken. »Das kann man wohl sagen.«

»Wart.« Aisner zückte sein Dienst-Handy und wählte Inken Leinhos' Mobilnummer.

Fast augenblicklich war sie am Apparat. »Haben Sie sie?«

»Wieso?« Alois riss die Augen auf. »Haben Sie immer noch nichts von ihr gehört?« Er bemerkte zu spät, dass er alarmiert klang, und versuchte es durch beruhigende Worte wettzumachen. »Ich kümmere mich sofort darum. Sie werden sehen, bald kommt sie nach Hause, und Sie können ihr ein heißes Bad einlassen.« Er klickte auf ›Ende‹, als er nur noch Schluchzen hörte.

Larissa sah ihn an. »Sophie ist verschwunden, oder? Irgendwas stimmt nicht. Eagy hat das gespürt.«

»Was hab ich?« In der Küchentür stand ein verschlafener Eagle-Eye.

»Was willst du denn so früh hier?«, fragte Larissa perplex. »In den Ferien.«

»Cognac«, stieß der Junge hervor. Dann begannen die ersten Tränen zu tropfen.

Alois fuhr auf gut Glück zum Hof des Biobauern. Er hoffte inständig, dass er Ulf Hartmann nicht anträfe, denn der würde ihn eher behindern, statt ihm zu helfen. Dafür hoffte er Maik zu finden.

Er hatte Glück. Der Junge hob zwar abwehrend die Hände, als er den Kommissar sah, machte aber keine Anstalten, wegzulaufen. »Ich hab nix getan!«

»Ich brauche Sie als wichtigen Zeugen, Maik«, rief Aisner ihm entgegen, während er auf ihn zuging.

Hofstätter stand vor mehreren offenen Papiersäcken und mischte ihre Inhalte in einem großen, schwarzen Eimer zusammen. »Kraftfutter für die säugenden Auen«, reagierte Maik auf Aisners fragenden Gesichtsausdruck. Als ihn der Kommissar immer noch erstaunt ansah, fügte Maik hinzu: »Mutterschafe sind das. Die Auen.«

Während Maik seine Arbeit fortsetzte, stellte der Kommissar seine vorbereiteten Fragen zum genauen Ablauf des Foto-Shootings. Ihn interessierte besonders Sophies und Fynns Verhalten, doch das wollte er nicht gleich zu erkennen geben.

Maik bestätigte Coco Lautenbachs Aussagen, auch den Eindruck, die beiden hätten irgendetwas vorgehabt, wären womöglich noch verabredet gewesen. »Vielleicht hat Sophie was klargemacht, als wir zusammengeräumt haben. Ich hab sie nicht so im Auge gehabt.«

»Hatte sie ein Mobiltelefon dabei?« Aisner war blitzartig eingefallen, dass Inken Leinhos ihre Tochter nicht hatte erreichen können, und er hoffte, jetzt mehr zu erfahren.

»Ja. Glaub schon. Ich hab da nicht so drauf geachtet.«

»Versuchen Sie sich bitte zu erinnern. Hat sie vielleicht mal in das Gerät gebrüllt oder etwas getippt? War es vielleicht im Weg, als sie fotografiert werden sollte?«

Maik richtete sich auf, sein Blick wanderte in die Ferne. Er schien nachzugrübeln, dann zuckte er mit den Schultern.

»Schade.« Aisner versuchte es mit einer Finte. »Ich dachte, ein Handy mit so einer pinkfarbenen Hülle wäre Ihnen aufgefallen.«

»Nee!« Hofstätter stutzte, dann schüttelte er mit Nachdruck den Kopf. »Es ist nicht rosa. Aber ein Einhorn ist drauf abgebildet. Und dann sind da so silberne Knöpfe dran, Pajotten oder so.«

»Und wann ist Ihnen das aufgefallen, mit dem Einhorn und so?«

»Beim Shooting. Als die Sonne drauf schien, blitzte es, und Coco hat gerufen, dass sie es unbedingt wegpacken muss.«

»Und – hat sie es weggesteckt?«, fragte Aisner gespannt. »In ihre Tasche?«

»Nee – glaub nicht. Weil – dann hat sie das Blut gesehen und ist ausgeflippt.«

»Es könnte ihr also aus der Hand gefallen sein?«

»Hm.« Maiks Blick wanderte wieder gen Himmel. »Aber das hätte ich später gesehen. Weil's ja so geblinkt hat.«

Aisner machte sich eine Notiz und seufzte: Die Weide musste noch einmal abgesucht werden. Die Kollegen von der Spurensicherung würden sich bedanken!

»Sie glauben also, dass Sophie und Fynn sich mit jemandem treffen wollten? Wo denn? Auf der Weide doch sicher nicht, oder?«

»Keine Ahnung, Mann.« Dem Jungen wurde die Befragung offenbar lästig. Er presste seine wulstigen Lippen zu einer schmalen Linie zusammen.

»Bitte, Maik. Es ist wirklich wichtig«, beharrte Aisner.

Maik begann wieder, Getreide und Rübenschnitzel aus den Säcken in den Eimer zu schaufeln, und Aisner dachte schon, das Ende seiner Auskunftsbereitschaft wäre erreicht.

Da richtete Maik sich noch einmal auf. »Vielleicht wollten sie sich doch bei der Weide mit wem treffen. Mit Manuel. Und dann, später, sind sie zusammen in seinem Wohnwagen losgefahren.«

»Die beiden sind mit dem Sohn des Schäfers weggefahren? Wie kommen Sie denn darauf?«

»Na, ich hatte doch Kontrollrunde um neun. War da, mit Erkan. Und da habe ich gesehen, wie Manuel im Wohnwagen losfuhr. Die anderen habe ich natürlich nicht gesehen. Aber könnte doch sein. Saßen hinten, vielleicht.«

»Verdammt, Maik, das ist enorm wichtig! Warum haben Sie mir das nicht eher erzählt?«

»Fiel mir gerade erst wieder ein.« Damit beugte er sich über einen der Säcke und begann, mit seiner Handschaufel Körner von unten nach oben zu wühlen.

Alois wollte sich gerade über die Missachtung beschweren, da geriet Erkan in sein Blickfeld, der lässig über den Hof schlurfte. Aisner lief zu ihm und fragte ihn gezielt nach Manuels Wohnwagen. Erkan bestätigte Maiks Version. Aisner glaubte den beiden, denn sie hatten keine Zeit gehabt, sich abzusprechen.

Alois hatte von unterwegs angerufen, dass er später ins Kommissariat kommen würde. »Was, du auch?«, hatte der Kollege am Telefon erwidert. »Jessy Henkel hat auch gerade

Bescheid gesagt. Ihr kommt also beide später, so, so. Muss ich mir etwa Gedanken machen?«

»A Schmarrn«, gab Aisner unwillig zurück.

Als er seinen Astra auf den Parkplatz neben dem Kommissariat lenkte, entstieg eine fluchende Jessica ihrem türkisfarbenen Focus-Cabrio. Ihr Rucksackriemen mochte sich an einem Griff oder einem Haken im Auto verfangen haben, jedenfalls zerrte sie fahrig daran.

»Mit Geduld und Spucke fängt man eine Mucke.« Alois hatte neben ihr geparkt und schloss betont sanftmütig die Fahrertür.

»Ja und? Was soll ich damit? Ich bin auf der Jagd nach größeren Tieren, hatte ich das nicht erwähnt?« Sie beugte sich dennoch folgsam ins Wageninnere und löste schicksalsergeben mit beiden Händen den Riemen. Als sie wieder auftauchte, war ihr Ärger verflogen, sie lächelte Alois an. »Und dabei setze ich derzeit erfolgreich Gin Tonic ein. Ich muss zugeben, mit Spucke habe ich's noch nicht probiert.«

Alois zauderte. Eigentlich, stellte er gerade bei sich fest, wollte er lieber keine Details erfahren.

»Und bei dir so?«, erkundigte sich Jessica. Sie gingen nebeneinander her ins Kommissariat.

»Ich bin mehr so auf Ganovenjagd. Hoffentlich wächst sich's nicht zu einer Bestie aus, die wir suchen.«

»Aber, aber, wer wird denn an einem sonnigen Tag rumunken?«

»Na, mir wird's schon leicht unheimlich, denn die Sophie ist immer noch nicht aufgetaucht. Und Fynn auch nicht.«

Im Treppenhaus überholte sie der Hüne Fred Herkules so eilig, dass Alois sich schnell an die Wand drückte, um nicht angestoßen zu werden. Er mochte den gutmütigen Hauptkommissar gern, mit dem er bereits in zwei Mordfällen zusammengearbeitet hatte, und der vor kurzem von Northeim ins Bad Lauterberger Kommissariat gewechselt war. »Kaum hast' hier angefangen, musst' dich schon wichtig machen, gell?«, rief er ihm halb im Spaß, jedoch auch leicht gereizt, hinterher.

Herkules rief etwas wie »später« oder »Täter« zurück. Aisner schüttelte nur den Kopf.

Auf dem Flur im ersten Stock steckte gerade der Kollege seinen Kopf aus der Tür, mit dem Aisner telefoniert hatte. »Da seid ihr ja endlich. Einer von euch sollte dringend beim Bürgermeister zu Hause anrufen!«

Alois bedeutete Jessica mit einem Kopfnicken, dass sie ihm in sein Büro folgen solle, was sie umstandslos tat. *Wo blieb der Protest? Was war von Wildwest-Jessy übrig?*, fragte er sich erneut.

Er stellte den Lautsprecher an, als sich Fynns Mutter nach dem ersten Klingeln meldete. »Herr Kommissar, Gott sei Dank! Sie müssen mir diese Furie vom Leib halten!«

»Wie meinen S'?«

Sylvia Nahtlos hatte wohl Aisners reservierten Tonfall registriert und bemerkt, dass sie sich erklären musste. »Entschuldigen Sie bitte, es ist alles ein bisschen viel im Moment. Erst meldet sich mein Sohn nicht wie versprochen, und dann rückt uns Sophies Mutter zu Leibe. Sie hat auf unserer Terrasse rumgewütet, das glauben Sie nicht.«

»Sind denn die Kinder jetzt daheim?«

»Nein! Das ist es ja, was mich so nervös macht.«

Henkel warf Aisner einen beunruhigten Blick zu, den er erwiderte. In den Hörer sagte er: »Fynn und Sophie scheinen mit Manuel Erdner in seinem Wohnwagen weggefahren zu sein. Wissen Sie, ob die drei vielleicht verabredet waren?«

»Ach so, das war der Caravan? Aber Manuel Erdner? Sagt mir gerade nichts ...«

»Das ist der Sohn des Schäfers mit der ...«

»Der Schäfer mit der Skandalweide?«, fragte Nahtlos zurück, doch ohne eine Antwort abzuwarten, redete sie hektisch weiter. »Seit Fynn mit diesem tierverrückten Mädchen unterwegs ist, kommt er auf eigenartige Ideen. Will aus unserem japanischen Garten eine Insektenweide machen. Wünscht sich einen Hund aus dem Tierheim. Um den er sich dann übrigens sowieso nicht kümmern würde, das bliebe garantiert an mir hängen. Neulich fährt er zu einer Tierschutz-Demo nach Göttingen. Lauter solche Sachen. Hat ihn früher nie interessiert. Aber auf einmal!«

»Wie hat er denn auf die gerissenen Schafe reagiert?«, fragte Aisner.

»Ach, zuerst ... ganz normal. Doch dann hat sie ihn aufgestachelt, diese kleine Furie, aber jetzt weiß ich ja, woher sie's hat! Wem kann ich denn übrigens die Schäden auf unserer Terrasse melden? Nicht, dass ich das vor lauter Aufregung vergesse!«

»Schießen S' los, gnä' Frau«, säuselte Aisner und sah aus dem Augenwinkel, wie Jessy ihm einen Vogel zeigte. »Ich schreib' grad mit.«

Sylvia Nahtlos zählte zwei zerbrochene Terrakottakübel, eine ruinierte wertvolle Azalee, vier stark verschmutzte Sitzkissen nebst einer Delle im Tisch aus Eukalyptusholz auf. »Die hat mit dem Kies-Rechen um sich geschlagen wie eine Gewitterhexe!«

»Warum denn?«, ließ sich Jessica vernehmen.

»Ja, das fragen Sie sie am besten selbst. Man konnte ja kaum verstehen, was sie gekreischt hat! Fynn hätte ihre Tochter verführt, er hätte wohl kein liebevolles Zuhause und würde deshalb dauernd ausbüxen – ach, was weiß ich, lauter Schwachsinn.«

»Da hat sie ja doch eine Menge verstanden«, flüsterte Jessica. Alois legte warnend den Finger auf die Lippen.

»Was ist dann passiert? Wie haben Sie sie beruhigen können?«

»Gar nicht! Ich bin reingelaufen, als sie richtig loslegte, und habe schnell die Terrassentür zugemacht. Sie hat wohl irgendwann genug gehabt. Jedenfalls ist sie dann abgezogen. Ohne Entschuldigung, einfach weg. Was glauben Sie ...«

»Zurück zu den Kindern, Frau Nahtlos. Hat Ihr Fynn nach den ›hugs and kisses‹ noch mal was von sich hören lassen?«

»Nein.«

»Und ... haben S' etwas unternommen? Einen Freund angerufen vielleicht?«

»Natürlich haben wir was unternommen! Mein Mann hat ein paar Leute zusammengetrommelt. Einen Suchtrupp. Die marschieren erst mal zu seinen Lieblingsplätzen im Wald, zur Jagdhütte seines Freundes und so.« Ihre Stimme war sehr viel leiser geworden. Jetzt meinte Aisner, ein verhaltenes Schluchzen wahrzunehmen. »Mein Mann meint, dass er sich da wahrscheinlich irgendwo rumtreibt. Sind doch Ferien und so. Und da oben ist oft auch kein Handyempfang.« Ein wenig klang es in Alois' Ohren so, als versuche Fynns Mutter, sich selbst Mut zuzusprechen.

»Gut«, sagte er. »Dann geben S' uns doch die Mobilnummer Ihres Mannes, damit wir Kontakt mit ihm aufnehmen können. Wir werden uns an der Suche beteiligen.«

Weit kamen sie nicht. Fred Herkules, der sie vorhin so eilig überholt hatte, lief ihnen entgegen und klatschte auffordernd in die Hände. »Ich bilde eine Mordkommission. Ihr seid dabei.«

Die Ungewissheit dauerte bange Minuten bis zur Versammlung, die Herkules einberufen hatte. Weder Alois noch Jessica hatten gewagt zu fragen, wer das Opfer sei, und beiden kam die Wartezeit um ein Vielfaches länger vor. Sie trauten sich nicht einmal, miteinander einen Blick zu wechseln, so erstarrt waren sie vor Angst, den beiden Jugendlichen könne das Schlimmste zugestoßen sein.

Als Herkules vor versammelter Mannschaft erklärte »Manuel Erdner, der Sohn des alten Schäfers, wurde tot aufgefunden«, musste Aisner sich zusammenreißen, um nicht erleichtert aufzuatmen. *Pass auf, dass dich diese Arbeit nicht zynisch macht,* hatte sein Vater ihn gewarnt, der von seiner Berufswahl alles andere als begeistert gewesen war. Lehrer hätte Alois werden sollen, wenn es nach dem Vater gegangen wäre, doch das kam für ihn nicht infrage. Damals, mit bestandener Matura, stolz und kraftstrotzend, hatte er über die Warnung seines alten Herrn nur gelacht. Jetzt musste er öfter an seine Worte denken. Aber nein, er war nicht zynisch. Er nahm wahr, wie Mitgefühl in ihm aufstieg. Er hatte Manuel nicht persönlich kennen gelernt, aber nach allem, was er über ihn gehört hatte, musste er ein sensibler, zurückhaltender, naturverbundener Mann gewesen sein.

»Manuel Erdner ist 24 Jahre alt geworden. Er war Schäfer wie sein Vater, seine Mutter ist jung gestorben, er war polizeilich unauffällig, und das ist auch schon alles, was wir über ihn wissen.« Fred Herkules holte Luft, so als habe er eine seinem Namen entsprechende Aufgabe vor sich. »Und das heißt, Freunde, es gibt viel zu ermitteln. Liebesbeziehungen, die Beziehung zum schrulligen Vater, wirtschaftliche Situation – hatte er Schulden? – und so weiter, und so weiter.«

»Vorgestern wurde er noch gesehen, wie er mit seinem Wohnwagen wegfuhr. Und zwar um …« Aisner wischte über sein Smartphone. »Und zwar gegen 21 Uhr. Jessica und ich suchen dringend zwei Jugendliche, die mitgefahren sein könnten. Wurde der Wohnwagen gefunden?«

»Nicht, dass ich wüsste«, gab Herkules zurück. »Dann übernehmt ihr beide bitte diese Spur, ja?«

»Wie und wo wurde die Leiche denn entdeckt?«, fragte Henkel nach.

»Manuel Erdner muss an der Ostseite des Steinbergs den steilen Hang unterhalb der Schafweide hinabgestürzt sein. Er hat sich heftige Kopfwunden zugezogen, die könnten vom Aufprall stammen. Das Gelände ist sehr felsig.«

Fred kannte sich in der Gegend seit einigen Monaten gut aus, denn er war zu seiner neuen Liebe nach Scharzfeld gezogen. Sie war Lehrerin und unterrichtete an der dortigen Grundschule, der Einhornschule. Herkules selbst hatte sich von Northeim nach Bad Lauterberg versetzen lassen, was von der Antragstellung bis zur Realisierung knapp zwei Jahre gedauert hatte. Die Kolleginnen und Kollegen vor Ort kannte er jedoch teilweise recht gut, da sie bereits bei der Aufklärung von Kapitalverbrechen zusammengearbeitet hatten.

»Ein Sturz? Das klingt doch nach Unfall, oder?« Jessica hatte die Augenbrauen hochgezogen und rutschte auf ihrem Stuhl vor und zurück. Alois ahnte, was in ihr vorging, nämlich vermutlich das Gleiche wie in ihm: Er hatte das Gefühl, dass sie hier ihre Zeit vergeudeten, während Sophie und Fynn in wer weiß was für Schwierigkeiten steckten und auf ihre Hilfe angewiesen waren. Vielleicht hatten sich die beiden in dem weitläufigen Waldgebiet verirrt und schafften es ohne Handy-Empfang nicht, um Hilfe zu rufen. Vielleicht war einer von beiden verletzt. Vielleicht beide.

»Wäre es nicht Manuel Erdner, könntest du Recht haben, Jessica«, antwortete Herkules auf Henkels Frage. »Doch der Mann kennt jeden Winkel am Steinberg seit seiner Kindheit. Ich halte es für ausgeschlossen, dass er von allein gestürzt ist. Das hat mir der Hartmann von den Schafsfreunden glaubhaft versichert.«

»Was sagt denn Manuels Vater?«, wollte Aisner wissen.

»Den haben wir noch nicht angetroffen. Könntet ihr den nicht noch mit übernehmen?«

»Machen wir«, versprach Aisner schnell. Er dachte an seine erste Begegnung mit dem Schäfer und befürchtete, ein anderer, womöglich unsensiblerer Kollege könnte es sich mit dem misstrauischen Mann verscherzen.

»Manuel Erdners Leiche wurde heute Morgen von einer Gruppe Mountainbiker gefunden«, fuhr Fred Herkules fort. »Die fuhren querfeldein. Eigentlich ein Unding, in diesem Orchideengebiet. Doch andererseits ... wer weiß, wie lange der da sonst unentdeckt gelegen hätte.«

»Kann man schon was zum Todeszeitpunkt sagen?« Henkel tippte auf ihrem Tablet Stichworte ein. Sie hatte sich eine Checkliste zusammengestellt, die sie nun durchging.

»Nein, leider noch nicht«, gab Herkules zurück. »Die Techniker sind noch bei der Basisuntersuchung. Sobald ich Bescheid bekomme, schicke ich euch allen eine Nachricht.«

»Momenterl.« Alois richtete seinen Blick aus dem Fenster in die Ferne, und seine Kollegen wussten: Wenn er in seinen österreichischen Dialekt zurückfiel, galt seine Konzentration ganz dem Fall. Nach einer Sekundenpause wandte er sich an Fred Herkules. »Sag, könntest du eine Suchmannschaft für die beiden Jugendlichen abstellen? Der Bürgermeister hat schon einen kleinen Trupp, den sollten wir unterstützen. Wenn du dafür Leut' hättest, könnten Jessy und i in dem Mordfall ermitteln. I hab nämlich a Theorie.«

»Welche?« Herkules wandte sich gespannt Alois zu.

»Ihr habt's alle von den Schafsrissen gehört. Angeblich a Wolf, doch das wird noch untersucht. I glaub, es war a Wolfsrudel, und zwar a hundsgemeines, sozusagen.«

»Wolfsrudel?«, unterbrach Herkules. »Hat sich nicht diese rechte Jugendgruppe damals, mit dem Anton oder wie er hieß, so genannt?«

»Hossa!« Das war Wildwest-Jessy, wie sie leibte und lebte. »Der liebe Artur und seine Kumpanen. Justin, der sich Justus nennen musste. Alle unter der Leitung vom dummen Seb, der uns in Hannover ins Netz ging.«

»Den Nora-Theres in Hannover für uns ausfindig g'macht hat«, korrigierte Aisner. Er fuhr fort: »Genau an das Lumpenpack denk i. Sagen wir, Artur und aan, zwaa Spezerln hetzen ihren abgerichteten Hund auf die Schafe. A Mordsgaudi, und man kann die Naturschützer diskreditiern. Die, die für a Z'sammleben mit dem Wolf werben. Doch Manuel sieht alles. Er merkt aber nicht, dass Artur ihn entdeckt hat, und glaubt, er kann in Ruhe überleg'n, was er mit dem Wissen anfangt.

Sei' Pech. Denn Artur ist schneller. Er passt den Augenblick ab und schubst Manuel die Klippen 'nunter.«

»Das ist's!«, rief Jessica. »Artur war damals schon unbeherrscht, das hat sich sicher nicht gebessert. Auf zu Steinbrechs – oder was, Fred?«

Herkules nickte. »Das ist ein plausibler Ansatzpunkt. Ihr erklärt mir das gleich nach der Konferenz noch kurz mit diesem Suchtrupp, ich kümmere mich darum. Und dann ab mit euch, Artur in die Zange nehmen!«

Alois und Jessica hatten Fred von Sophies und Fynns Verschwinden erzählt und ihn gerade über Coco Lautenbachs und Maik Hofstätters Aussagen ins Bild gesetzt. Sie wollten eben auslosen, wer von ihnen fahren würde, da gab Aisners Smartphone die Melodie ›Save tonight‹ von Eagle-Eye Cherry von sich, das untrügliche Zeichen für Larissas Anruf. Sie hatte ihren Lieblingssong lange Jahre verleugnet, weil ihr Sohn unter seinem Namen Eagle-Eye, abgeleitet von dem Sänger, gelitten hatte. Doch mittlerweile war Eagy, wie er nach Spiegelei, Igelei und Igor derzeit genannt wurde, über den Kummer über seinen Namensgeber erhaben, und Larissa hatte ›Save tonight‹ wieder in ihre Playlist aufgenommen und seit kurzem sogar als Klingelmelodie ausgewählt.

»Um Gottes willen.« Alois sah schockiert auf. »Ja, ich komme. Muss nur kurz ein paar Dinge vorher regeln.«

Jessica hatte sofort begriffen, dass etwas Außergewöhnliches passiert sein musste. »Ich fahre allein zu Artur Steinbrech, oder?«

Alois blickte an ihr vorbei. Er schluckte. »Es hat Nora-Theres erwischt. Sie wissen nicht, ob sie durchkommt.«

»O Gott. Ein Unfall?«

Aisner schüttelte den Kopf. Er schluckte.

Henkel war klar, dass sie mit Worten nichts ausrichten konnte. Sie wusste um Alois' Anteilnahme am Schicksal der jungen Frau aus reichem, kaltem Hause. Sie legte ihre Hand auf seine.

Alois' Körper durchströmte ein wohliger Stoß, ein gezähmter elektrischer Schlag, animierend, verwirrend. Er wusste, er durfte dem keinen Raum geben. Nichts Kribbelndes, Kitzelndes, Aufregendes jetzt. Es ging um Leben und Tod.

Nachdem Jessica mit dem Dienstwagen losgefahren war, startete er seinen Opel. Sechs Minuten später bog er von der Heikenbergstraße auf das großzügige Grundstück der Wolff-Lutters ab. Wieder schüchterte ihn die breite, gepflegte Auffahrt ein. Diesmal fuhr er dennoch bis zum Ende und parkte seinen Wagen schräg hinter dem achtlos abgestellten SUV der Hausherrin. Die ziellose Geschäftigkeit im Hause Wolff-Lutter überraschte Alois nicht. Er wusste um die verzweifelte Ratlosigkeit von Opfer-Familien und konnte ihre betriebsame Hektik als Verstörtheit deuten. In diesem Fall war da noch eine andere Note. Alois nahm eine unterdrückte Aggressivität wahr, und sein geschultes Gespür brauchte nicht lange, um Klara von Traunstein als Ziel auszumachen. Noras Eltern hätten sie gern aus ihrem Wirkungskreis eliminiert, doch aus irgendeinem Grund wagten sie nicht, sie wegzuschicken. Vielleicht einfach deshalb, so spekulierte der Kommissar, weil Klara Nora gefunden hatte. Hätte sie sie nicht zur Reitstunde begleitet und nachher gesucht, wäre es aller Wahrscheinlichkeit nach zu spät gewesen. Nora-Theres war brutal zugerichtet worden, und nur das schnelle Eingreifen der Rettungssanitäter hatte verhindert, dass ihre geschundenen Organe die lebenswichtigen Funktionen einstellten. Beate und Horst Wolff-Lutter waren Noras Freundin also zu Dank verpflichtet, wenn man es formal sah.

Larissa, die ihn gerufen hatte, hielt sich tunlichst im Hintergrund. Sie hatte Alois die Haustür geöffnet und sich dann sofort in den Wirtschaftsraum zurückgezogen. Alois, der zunächst Noras Mutter im Esszimmer befragt hatte, vermerkte die Spannung, als ihr Ehemann die Szene betrat. Doch die beiden schienen sich einig – auch in dem, was sie nicht wussten. Was Nora-Theres so früh im Reitstall zu tun gehabt hatte? »Vielleicht eine Verabredung mit ihrem Dressurlehrer«, sagte Beate Wolff-Lutter unbestimmt, und ihr Mann nickte. Ob Nora bekümmert gewesen sei oder sich bedroht gefühlt habe? »Wenn, dann hat sie es sich nicht anmerken lassen«, antwortete der Vater, und die Mutter stimmte schweigend zu. Ob ihre Freundin aus Hannover mehr wissen könne? Auf diese Frage hin sah sich Aisner mit eisigem Schweigen konfrontiert. »Ich muss die junge Dame bitten, sich zu meiner Verfügung zu halten«, forderte er so unkonkret wie möglich, denn er spürte, dass die Wolff-Lutters die Existenz der Besucherin am liebsten verleugnet hätten, und hatte die diffuse Ahnung, dass Noras Freundin wichtig werden könnte.

Er bestand darauf, Klara von Traunstein ungestört zu vernehmen. Die 18-Jährige wirkte älter, reifer, was vermutlich an ihrem Selbstbewusstsein lag. Selbst in dieser Katastrophe legte sie eine außergewöhnliche, unorthodoxe Haltung an den Tag. Ihre Schilderung, wie sie Nora-Theres reglos in der Sattelkammer aufgefunden hatte, ließ jenseits des Schocks etwas Abgeklärtes erkennen, eine gewisse Resignation, die seltsam vertraut wirkte.

»Haben Sie irgendeinen Verdacht?«, fragte Aisner und hätte ein Königreich für eine Antwort gegeben.

»Die Rechten von damals«, antwortete Noras Freundin ohne zu zögern. Alois kam nicht dazu, ihr Detailwissen abzuklopfen.

»Klara. Mittag. Essen!« Beate Wolff-Lutters Stimme klang nicht nach Angebot, sie klang nach Befehl.

Beim Abschied kündigte Aisner mögliche weitere Besuche an. Horst Wolff-Lutter warf ihm einen bedeutungsvollen, frostigen Blick zu, der als Mahnung gemeint sein konnte, die Familie in Ruhe zu lassen. Alois jedoch nahm sich daraufhin vor, den Problemen zwischen Noras Freundin und ihren

Eltern erst recht auf den Grund zu gehen. Er hoffte, dass die Quelle Larissa munter sprudeln würde.

Aisner beschloss, Jessica nicht zu den Steinbrechs zu folgen. Zum einen wäre die Befragung vermutlich sowieso gelaufen, und zum anderen wollte er nicht so erscheinen, als traute er seiner Kollegin die Aufgabe nicht allein zu.

Nach kurzem Abwägen der offenen Fragen startete er den Wagen in Richtung Scharzfeld. Er wollte sein Glück versuchen, Bruno Erdner aufzutreiben. Der alte Schäfer wusste vielleicht, wohin Manuel mit dem Wohnmobil hatte fahren wollen. Das würde der Mordermittlung nützen und außerdem – so hoffte der Kommissar – neue Erkenntnisse über Sophies Aufenthaltsort zutage fördern.

Einer kurzfristigen Eingebung folgend, steuerte Aisner den Hof des Biobauern an. Ulf Hartmann, der den Wagen erkannte, empfing den Kommissar mit in die Hüfte gestemmten Händen.

»Ich will weder zu Erkan noch zu Maik«, beeilte sich Aisner zu versichern. Ihm war klar geworden, wie Hartmann sein häufiges Erscheinen deutete: nämlich, als glaube Aisner ihm nicht, dass die ›Lammfromm‹-Jugendlichen harmlos seien. Er brauchte aber die Unterstützung des Biobauern, deshalb wollte er sich um eine Vertrauensbasis bemühen. »Ich hoffe, Sie können mir helfen. Ich suche dringend Bruno Erdner.«

Hartmann schüttelte den Kopf. »Ich kann Ihnen leider nicht helfen. Den würde ich selbst gern sprechen. Also falls Sie ihn finden ...«

»Vielleicht mögen S' mir suchen helfen?« Aisner legte den Kopf leicht schief, eigentlich eine unbewusste Geste. Allerdings hatte Larissa ihn vor einigen Tagen darauf aufmerksam gemacht, dass er dieses Verhalten mit den Wölfen teile. Das im Kampf unterlegene Tier bietet dem Sieger den ungeschützten Hals dar, sodass der nur noch zuzuschnappen bräuchte. Doch den Überlegenen überkommt eine *Beißhemmung*. Solange der

Schwächere die Demutsgeste zeigt und damit den Sieg des Gegners anerkennt, verzichtet der auf den tödlichen Biss. Die offene Unterwerfung diene Wölfen also als Schutzgeste, beendete Larissa ihren Vortrag. Daran musste Aisner jetzt denken und richtete den Kopf sofort wieder gerade. Er hatte keinen Grund zur Demut!

»Ich habe keine Zeit, Ihnen zu helfen«, antwortete Hartmann bestimmt. »Ich kann Ihnen höchstens einen Hinweis geben. Wenn Bruno Erdner weder zu Hause noch bei den Schafen ist, tippe ich darauf, dass er sich in den Wald zurückgezogen hat. Da fühlt er sich sicher.«

»Er fühlt sich im Wald sicherer als zu Hause?«

Hartmann schwieg.

Aisner fragte: »Ein Handy hat er wohl nicht?«

»Doch, ich habe ihm eines gekauft. Aber das wird wie immer bei ihm zu Hause liegen. Bruno ist von der alten Schule, das treiben wir ihm nicht mehr aus.«

Aisner verabschiedete sich und fuhr zur Wohnung des Schäfers am Bühberg. Hier hatte Erdner vor Jahren mit dem von seiner zweiten Ehefrau geerbten Geld ein kleines Blockhaus gekauft. Im großen Garten sah Aisner unzählige Salbeibüsche und andere Kräuter, von denen er Thymian und Weinraute erkannte.

Als sich nach Betätigen des Türklopfers nichts gerührt hatte, wählte er die Mobilnummer, die Hartmann ihm gegeben hatte. Prompt hörte er durch das gekippte Küchenfenster einen geläufigen Standard-Klingelton. Er verharrte wenige Momente, dann machte er sich zum Steinberg auf.

Schon wieder lief jemand krakeelend durch den Wald.

Bruno hätte ihm gern den Mäusebussard auf den Hals gehetzt. Der war wegen seiner Brut gerade übersensibel und reagierte aggressiv, hatte vor ein paar Tagen eine Joggerin attackiert, die dem Horst zu nahe gekommen war. Er müsste mit den Tieren des Waldes koalieren, gemeinsam Eindringlinge vertreiben, die keine Achtung vor der Natur hatten. Die die Reste ihres Picknicks liegen ließen. Die ihre Kippen ins Gehölz warfen. Bruno spürte, wie die Wut ihm die Schultern verkrampfte und ihm den Hals zuschnürte. Sollten die schön zu Hause bleiben, bei ihren magentafarbenen Allerweltsorchideen, oder sich in Vergnügungsparks im Kreischen überbieten. Doch den Wald, das letzte Refugium in dieser verbauten Welt, sollten sie den bedrängten Geschöpfen lassen!

Er hatte Manuel gesehen. Ihn und den Hund, sie mussten von der Klippe gestoßen worden sein, da lagen sie wie eine Opfergabe, dargebracht auf freiem Feld. Er hatte sie wenigstens ins Gebüsch gerollt, etwas anderes konnte er nicht mehr für sie tun.

Er konnte noch nicht weinen.

Er hätte das Weite suchen müssen, laufen, weg, bloß weg. Doch da waren die Schafe, das Einzige, das ihm noch blieb.

Der Störenfried brüllte schon wieder seinen Namen. Vorhin, als sie nach den Kindern riefen, hohe und tiefe, auffordernde, lockende, laute, sich überschlagende und verzweifelte Stimmen, hätte er ihnen weiterhelfen können, vielleicht. Sie hätten weniger trampeln müssen. Hätten sie Respekt vor den Stimmen der Bäume gezeigt und die Pfade der Ameisen und Bilche geachtet, hätte er überlegt, sich zu erkennen zu geben. Mit denen, die das Waldinnere mit Füßen traten, mochte er nichts zu schaffen haben.

## Der Anruf

Verschwitzt und mit Brombeerdornenkratzern auf beiden Unterarmen kehrte Alois aus dem Wald zurück. Erst nach längerem Suchen hatte er den Pfad wiedergefunden, der aus dem Dickicht heraus zu der Weide auf dem Steinberg führte.

Als er sich dem Dorf näherte, zeigte das Piepen seines Telefons den Empfang etlicher Nachrichten an. Er hielt in einer kleinen Seitengasse und hörte die Mobilbox ab. Sowohl Jessica als auch Fred hatten mehrere Male versucht, ihn zu erreichen und um dringenden Rückruf gebeten. Dass sie nicht mal auf Band sprechen konnten, worum es ging! Alois ärgerte sich, weil er nun beide zurückrufen musste, um zu entscheiden, welches Ansinnen wichtiger war.

Freds Nummer war besetzt, die Mailbox offenbar ausgeschaltet, vielen Dank auch! Jessica meldete sich immerhin nach dem fünften Klingeln.

»Artur streitet den Mord an Manuel natürlich ab. Sein Vater wollte mich des Hauses verweisen – pah, da hat er sich die Richtige ausgesucht! Ich habe ihn und seine Frau ins Kommissariat bestellt, einzeln natürlich. Aber was ich dir vor allem sagen will: Die Mutter, Annika Steinbrech, hat mir einen Zettel zugeschoben. Wir sollen die DNA-Proben an den gerissenen Schafen mit Arturs Hund vergleichen. Es geht voran!«

»Sauber!« Alois hatte sich eigentlich mehr erhofft, doch er wollte der stolzen Kollegin nicht die Genugtuung madig machen. »Meinst, die Frau Steinbrech ist sich sicher, oder ist das nur eine Vermutung?«

»Das werden wir erst morgen erfahren, Alo, wenn wir sie allein vor uns haben. Aber ich denke, sie ist sich sehr sicher.«

Aisner spürte einen kurzen Stich, als Jessica ihn Alo nannte. Das tat sonst nur Larissa. Er atmete durch, dann fragte er: »Weißt du, was Fred Neues hat? Ich soll ihn zurückrufen, doch er quasselt die ganze Zeit.«

»Nein, ich habe ihn auch noch nicht erreicht. Ich musste kurz was besorgen und war noch in der Hauptstraße, bin jetzt aber auf dem Weg zum Revier. Lass uns da treffen.«

Wieder parkte Alois neben Jessicas Wagen. Wieder zerrte sie an ihrer Tasche, als er ausstieg. Das Déjà-vu verwirrte ihn. Hoffentlich ging es ihnen nicht so wie in diesem Film mit dem

Murmeltier, dass sie ständig denselben Tag erlebten und nicht vom Fleck kamen!

Im Treppenhaus lief ihnen Herkules entgegen. »Los, ihr beiden, macht gleich wieder kehrt, kommt mit!«

»Wohin denn?«, fragte Henkel im Laufen.

Herkules blieb nicht einmal stehen, als er rief: »Zum Bürgermeister. Es gibt eine Spur.«

Während der kurzen Fahrt erklärte der MoKo-Chef: »Es hat wahrscheinlich nichts mit dem Mord zu tun, ist aber äußerst brisant. Ein Erpresser hat sich gemeldet!«

»Um Gottes willen!«, entfuhr es Aisner. »Hast' schon Spezialisten angefordert?«

»Natürlich, wir kriegen Verstärkung aus Northeim. Und ein Experte aus Hannover ist unterwegs.«

Als sie zu dritt das Wohnzimmer der Familie Nahtlos betraten, beschlich Aisner das Gefühl, dass ihre Anwesenheit Fynns Mutter erschreckte. Er wollte sie gerade beruhigen, da stellte Stefan Nahtlos fest: »Ich bin froh, dass Sie uns eine hohe Priorität einräumen. Wir sind ...«, er schluckte, »... wir sind mit unseren Nerven ziemlich am Ende.«

Herkules, ein muskulöser Mann von 1,99 Metern Höhe, legte dem Bürgermeister eine Hand auf den Arm. »Das ist uns klar«, sagte er. »Und wir haben unsere besten Spezialisten mit ins Boot geholt. Die sind unterwegs, doch wir sollten schon anfangen. Wie genau hat sich denn der Anrufer gemeldet?«

Sylvia Nahtlos knetete ihre Hände. »Das war nur ganz kurz«, sagte sie. »*Ich hab eure Kinder* hat er gesagt, und es klang furchtbar undeutlich. Ich hab dann noch so was wie *keine Polizei* und *Geld* verstanden. Als ich Fynn sprechen wollte, hat er nur *später* gesagt und aufgelegt.« Sie begann zu schluchzen. »Ich habe doch hoffentlich keinen Fehler gemacht?« Sie sah Jessica Henkel an.

»Nein, das war ganz richtig«, erwiderte Henkel resolut, wenngleich sie das Vorgehen bei Entführungen nur aus dem Lehrbuch kannte.

Herkules fragte: »Hatte der Anrufer ... es war doch ein Mann, oder?«, hier nickte Sylvia Nahtlos, »hatte der Mann einen Akzent? Einen ausländischen zum Beispiel?«

Nahtlos überlegte. »Kann sein. Ich habe ihn so schlecht verstanden. Er sprach so undeutlich.«

»Bestimmt hatte er ein Tuch über das Mikrofon gelegt, um die Stimme zu verzerren«, sagte Aisner, um auch etwas beizutragen. Auch er kannte sich mit Entführern und Erpressern nicht aus. Doch ihm war etwas aufgefallen. »Hatten Sie den Eindruck, dass er nur Sie erpressen will? Wenn er *eure Kinder* gesagt hat ...?«

Sylvia Nahtlos stutzte. »Ja, komisch«, sagte sie langsam. »Das war mir gar nicht aufgefallen ... aber jetzt, wo Sie es sagen. Es hörte sich eigentlich so an, als wollte er von uns das Geld für beide haben ...«

»Eine Bitte«, beeilte sich Henkel zu sagen, »vorerst kein Wort zu Frau Leinhos über den Anruf. Und natürlich auch zu sonst niemandem.«

»Okay.« Fynns Mutter überlegte. »Was kann das denn bedeuten? Das mit dem Geld für beide?«

»Die Schlussfolgerung überlassen wir unseren ausgebildeten Experten«, erklärte Fred Herkules schnell. »Wir sammeln vorerst nur die Fakten. Das tun wir so früh wie möglich, damit Ihre Erinnerung noch frisch ist.«

Aisner und Henkel verstanden Freds Warnung: Nur keine Spekulation! Vielleicht kannte der Entführer Sophies Familienverhältnisse und wusste, dass es da nichts zu holen gab, überlegte Aisner. Obwohl er es für wahrscheinlicher hielt, dass Fynns Familie im Fokus stand. Stefan Nahtlos war erst seit etwas über einem Jahr hiesiger Bürgermeister, vorher hatte die Familie in Hessen gelebt. Ob es jemand aus dem dortigen Umfeld war? Wäre das gut oder schlecht?

»Bitte überlegen Sie genau, ob Sie sich in letzter Zeit mit jemandem ernsthaft überworfen haben«, forderte Fred nun. »Sie sind als Bürgermeister sicher einigen Anfeindungen ausgesetzt.« Als Nahtlos nickte, fuhr Fred fort: »Denken Sie nach, ob irgendwer aus dem Rahmen fällt. Das muss nicht unbedingt eine drastische Drohung sein. Es könnte auch sein, dass jemand besonders verbissen wirkt. Sie kennen ja sicher die Redewendung ›stille Wasser sind tief‹.«

Die Frau des Bürgermeisters war in einem Nebenzimmer verschwunden, aus dem sie nun mit zwei Schreibblöcken und einigen Kugelschreibern zurückkehrte. Einen Block und zwei Stifte schob sie ihrem Mann über den Tisch, dann lehnte sie sich zurück und begann, wie es aussah, konzentriert nachzudenken.

*Aktivität tut ihnen gut,* vermerkte Aisner in Gedanken. Er nahm sich vor, die beiden vom Grübeln abzuhalten und so viel wie möglich zu beschäftigen, bis der Spezialist aus Hannover eintraf.

Alle zuckten zusammen, als ein Nebelhorn tutete. Stefan Nahtlos deutete auf sein Smartphone. »Unbekannter Anruf«, flüsterte er.

Herkules nickte ihm zu.

Nahtlos aktivierte geistesgegenwärtig den Lautsprecher, bevor er das Gespräch annahm.

»Zweihundertfuffzigtausend«, nuschelte eine männliche Stimme, die gedämpft und leicht heiser klang.

Nahtlos straffte sich, man sah ihm die Willensanstrengung an. »Bürgermeister Stefan Nahtlos, Bad Lauterberg, am Apparat, wer spricht denn da, bitte?«

»Halt's Maul und hör zu«, blaffte die Stimme von weither. »Ich weiß, ihr könnt die Kohle aufbringen. Bis morgen Abend geb ich euch Zeit. Wenn nicht, passiert was mit euren beiden Hübschen hier.«

»Woher weiß ich, dass ...«, Nahtlos schluckte, »dass Sie ... die Wahrheit sagen?«

»Augenblickchen.« Es war ein schnelles, scharrendes Geräusch zu hören, als schurrte jemand mit einer dünnen Spanplatte über stumpfen Boden. »Ihr sollt …«, hörten sie, und die Stimme klang wesentlich klarer, als wäre der Dämpfer entfernt worden. Der Mann am anderen Ende bemerkte seinen Fauxpas offenbar, denn es ertönten undeutliche Wischgeräusche, vielleicht war das Telefon beiseitegelegt worden, dann ein kurzes Schnaufen und eine Art Brummen, wieder so etwas wie Wischen.

»Mama!« Das war Sophies Stimme, Aisner erkannte sie sicher.

»Sag du auch was«, schnauzte die gedämpfte Stimme, und etwas zischte. »Na los!« Unwillkürlich zuckten Fynns Eltern zusammen, der Mann klang hart und gebieterisch.

»Was denn«, maulte Fynn.

»Das reicht«, murrte der Entführer in den Hörer, und Nahtlos hob zu einer Erwiderung an, da schrillte die Türklingel.

»Was war das?«, herrschte der Anrufer den Bürgermeister an. »Keine Polente, hab ich gesagt. Klar? Sonst stirbt dein Söhnchen!«

Aisner und Henkel waren gleichzeitig aufgesprungen, um die Northeimer oder Hannoveraner Verstärkung einzulassen und schon einmal bezüglich der wichtigsten Ereignisse in Kenntnis zu setzen. Während Aisner die Haustür öffnete, schloss Henkel vorsorglich die Glastür, die den Windfang von der Diele trennte. Nun legte sie den Finger auf den Mund, um die neuen Gäste gleich einzunorden.

»Nanu, haben Sie ein Schweigegelübde abgelegt, junge Frau?«, erklang es jovial aus vollen Lippen, die sich großspurig von einem Fu-Manchu-Bart umrahmen ließen.

»Herr Lautenbach!« Alois merkte, kaum hatte er die Worte ausgesprochen, wie entgeistert er klang.

»Ja, auch Sie noch, Herr Aisner!«, sprudelte Coco Lautenbachs Vater hervor. »Ist vielleicht Ihr Kollege Herr Kellner auch hier, und Sie wollen einen Verein gründen?«

Hinter Lautenbach war Gesine Schindler die Treppenstufen heraufgeschnauft, nun schob sie sich neben ihn, um einen Blick auf das Empfangskomitee zu erhaschen. »Ach, der Mann mit dem ungezogenen Kind!«, keuchte sie.

»Wir sammeln für's Polizeifest«, behauptete Jessy Henkel, »zu Ihnen kommen wir auch noch!«

»Na, na, wer wird denn eine arme Bürgerinitiative anzapfen wollen«, flötete Lautenbach. »Wir sind ja selbst hier, um zu sammeln.« Er stieß Schindler an, die sofort einen Stoß Handzettel mit Wolfswelpenmotiv in die Luft hielt.

»Da müssen wir Sie leider auf ein andermal vertrösten, gnä' Frau, gnä' Herr«, säuselte Alois zurück. »Unser Anliegen hat nun einmal Priorität. Bitte rufen Sie doch nächstes Mal vorher an, damit der Herr Bürgermeister auch zu Hause weilt.«

»Das wollen wir schon vom Bürgermeister selbst hören!«, schnaufte die matronengleiche Schindler und vollführte eine schiebende Handbewegung. »Wir lassen uns doch nicht von zwei Türsteh...«

Lautenbach hatte sie unsanft mit dem Ellbogen angestoßen. »Ist schon gut, ist schon gut. Wir haben verstanden. Aber setzen Sie uns doch bitte noch ins Bild, was für ein Notfall hier eingetre...«

Diesmal war es Jessy Henkel, die unterbrach. »Vielen lieben Dank für Ihr Verständnis. Wir richten Herrn und Frau Nahtlos aus, dass Sie hier waren.« Damit klappte sie die Tür zu; Lautenbach schaffte es gerade noch, den Zipfel seines Gehrocks aus dem Spalt zu ziehen, bevor er eingeklemmt wurde. Die beiden Polizisten lauschten hinter den abgewimmelten Besuchern her, doch viel mehr als die Worte »Ausrede« und »unverschämt« konnten sie nicht verstehen.

»Ich wette, Lautenbach hat unseren Wagen hier parken sehen«, flüsterte Alois. »Der schnüffelt doch überall herum und kennt bestimmt auch die Zivilfahrzeuge.«

»Du meinst, die hatten eigentlich gar nicht vor, zu sammeln?«

Alois zuckte die Achseln. »Ich glaub nicht. Ich glaube, den Mann hat die Neugier getrieben.«

Henkel sah ihren Kollegen an, dessen Blick sinnierend auf die Tür geheftet war. Jeder im Kommissariat kannte die Story, wie Lautenbach Alois hatte für seinen *Club de la Licorne,* eine dieser Möchtegern-Elite-Männervereinigungen, gewinnen wollen. Alois hatte den Mann auflaufen lassen, weil er seine Aufschneiderart verabscheute. Und nun hatte er seit ein paar Tagen mit seinem Sohn, diesem schrägen Fotografen, zu tun, über den der Vater nur als Ingenieursstudent sprach.

Jessica deutete fragend in Richtung Wohnzimmer. Alois nickte und öffnete behutsam die Glastür. Doch Herkules bedeutete ihnen mit einem Seitenblick, sich gleich wieder zurückzuziehen. Beide verstanden und schalteten sofort. Sie wichen zurück ins Treppenhaus, um die Eingangstür im Auge zu behalten. Keiner von beiden wagte, die Frage laut zu stellen, die sie bewegte: In welcher Gefahr schwebten Fynn und Sophie?

Nur wenig später klingelte es erneut, und die Beamten aus Northeim und Hannover, die sich unterwegs verabredet hatten, trafen gemeinsam ein. Nach knapper Einweisung verabschiedeten sich die drei Lauterberger und fuhren zurück ins Kommissariat. Aisner hielt es nicht mehr aus. Sie waren gerade ins Auto gestiegen, da sprach er Fred an: »Was hat der Erpresser noch gesagt? Glaubst du, er meinte es ernst mit ... mit seiner Drohung?«

»Ich denke, Nahtlos hat sich ganz geschickt herausmanövriert«, erwiderte Herkules ausweichend. »Er hat gesagt, es sei normal, dass man beim Bürgermeister klingele, das täten die

Leute alle Naslang, wenn sie sich über Grundsteuer oder Kindergartengebühren beschweren wollten.«

»Hat der das geschluckt?«, fragte Henkel nach.

»Ich glaube schon.« Fred zerrte mit der Hand am Hemdkragen, wie um ihn zu lockern – eine unbewusste Geste. »Ich hoffe.«

## Wolfsmahl

Eagle-Eye hatte Marvin überzeugt, ihn später in den ›goldenen Hirschen‹ zu begleiten. Nicht nur, weil sich da laut seiner Großmutter »lauter Gesocks« herumtrieb, was eine Besichtigung natürlich spannend machte. Er hatte außerdem Coco Lautenbach neulich im Vorbeifahren dort hereingehen sehen und hoffte, ihn zu erwischen. »Ich muss den fragen, was er mit Sophie gemacht hat«, erklärte Eagle-Eye Marvin.

»Und warum gehst du nicht zu ihm nach Hause?«

»Damit er mich in aller Ruhe fesseln kann, und niemand merkt's, oder was?« Eagle-Eye sah seinen Freund kopfschüttelnd an.

Marvin stand der Mund offen. Dann besann er sich, der Behauptung auf den Grund zu gehen. »Fesseln? Wie kommst'n darauf?«

Eagle-Eye sah sich um. Momentan war niemand in der Nähe. Sie standen vor dem angesagten Café ›Soya‹, dessen Besuch sie sich nicht oft leisten konnten, deren überwiegend junge und coole Gäste sie aber gern beobachteten. Auch Fynn und Sophie schlürften hier manchmal einen Chai Latte, das wusste Eagle-Eye, hatte es aber noch niemandem verraten. Aktuell warteten sie auf das Erscheinen der kessen fünfzehnjährigen Aisha, deren weitläufigen Verwandtschaftsgrad Marvin aus Gründen der Aufschneiderei gern etwas verdichtete. Einige coole Jungen in Aishas Gefolge hätte er selbst gern näher kennengelernt, deshalb bemühte er sich um Kontakt, wo immer er eine Möglichkeit dazu sah. Dafür war er bereit, eine halbe Stunde und länger zu warten.

Nachdem er keinen möglichen Lauscher bemerkt hatte, sah Eagle-Eye seinem Freund eindringlich ins Gesicht. »Fesseln und Spiele mit Masken. Habe ich selbst gehört. Hat der Kommissar Mama erzählt, als sie dachten, ich wäre schon im Bett.«

»Okay.« Marvin war nicht ganz sicher, was das zu bedeuten hatte, doch er wollte derlei Treiben keinesfalls miterleben. »Dann also in den Goldenen Hirsch. Aber ich kann heute nicht so spät.«

»Warum nicht? Sind doch Ferien.«

»Aber trotzdem. Soll nicht so lange heute. Sonst krieg ich Ärger. Hat Mama gesagt.«

»Ach so. Na, dann gehen wir früh hin. Wenn wir Aisha gesehen haben – okay?«

Marvin schlug in Eagle-Eyes dargebotene Hand ein.

Aisha tauchte zehn Minuten später in Begleitung mehrerer Verehrerinnen und Verehrer auf, die sich als gelangweilte Schulfreunde tarnten. Sie schlenderten lässig an Marvin vorbei, ohne ihn eines Blickes zu würdigen. Eagle-Eye bemerkte dessen angespannten Kiefer und wusste, dass sein Freund nicht nur enttäuscht, sondern auch sauer war. Die Entdeckung durfte er ihn jedoch auf keinen Fall spüren lassen, also unterdrückte er die Idee, ihn zum Eis einzuladen. Es fehlte nicht viel und Marvins vermeintlich solide Fassade wäre in spitze, schmerzlich piksende kleine Steinchen zerbröckelt.

Also packte Eagle-Eye den Kumpel wortlos am Ärmel und zog ihn vom Café weg. Sie mussten keine 300 Meter laufen, um zum ›Wirtshaus Goldener Hirsch‹ zu gelangen. Eine Zeichnung auf der Fachwerkfassade stellte einen seltsam verzerrten Vierzehnender dar; die Farbe immerhin glitzerte beeindruckend. Die in einen schmiedeeisernen Rahmen eingefasste Außenlaterne warb für eine bekannte Brauerei und spendete auch tagsüber Licht, wenn das Lokal geöffnet war. Vor dem Eingang warb eine Klapptafel für ›Luchsmahl‹ (Rehragout mit Waldpilzen) und ›Wolfsmahl‹ (Lammragout mit Harzer Bergwiesenkräutern), was jemand in sorgsam verschnörkelter Schrift mit weißer Kreide aufgeschrieben hatte. Eagle-Eye ging, ohne zu zögern, auf die Tafel zu und wischte mit dem Hosenbein so oft über die Oberfläche, dass die Schrift unkenntlich wurde.

»Bist du verrückt, Mann?« Marvin wollte keinen Ärger, und schon gar nicht, bevor sie die Gaststätte überhaupt betreten hatten.

»Ich mach das für Sophie. So was soll sie nicht sehen.«

»Sophie, Sophie. Mann! Ich kann's nicht mehr hören. Wach auf, Alter, sie ist nicht mehr mit dir zusammen.«

»Trotzdem.« Eagle-Eye senkte den Kopf. Seine Wangen hatten sich rot gefärbt, und er krächzte beim Flüstern. »Ich liebe sie aber noch.«

Marvin wandte den Blick ab. Sollte er Eagy auf ein Eis einladen? Doch der stapfte geradewegs ins Lokal.

»Warum machen Sie das mit dem Wolfsmahl?«, fragte er schon auf dem Weg zur Theke.

Volker Ledermacher, der Wirt, sah erstaunt auf. »Wie bitte?«

Eagle-Eye zögerte einen kleinen Moment. Dann atmete er tief durch und stellte seine Frage neu: »Das mit dem Wolfsmahl. Das ist doch pervers. Tun Ihnen die Lämmer etwa nicht leid?«

Bevor Ledermacher antworten konnte, legte sich eine schwere Hand auf Eagle-Eyes Unterarm.

»Hör ma...mal zu, Kla...leiner ...« Als der Mann, der links neben ihm auf einem Barstuhl hing, sich zu Eagle-Eye hinüberbeugte, roch er nicht nur den alkoholgeschwängerten Atem, sondern sah auch sein Gesicht. Süffisantes Lächeln, dichte Augenbrauen, lockiges Haar – das war Coco Lautenbach!

Eagle-Eye schüttelte den Arm ab. »Was haben Sie mit Sophie gemacht?«, schrie er Lautenbach an, der ob dieser unerwartet groben Ansprache zusammenzuckte.

Ledermacher, der gerade ein paar Stammgäste verabschiedet hatte, kehrte hinter den Tresen zurück. Er sah Marvin mit unentschlossenem Gesichtsausdruck schräg hinter Eagle-Eye stehen. Er winkte ihn heran und goss ihm ein Glas Orangenlimonade ein, das er ihm wortlos entgegen schob.

Coco hatte seinen Stuhl etwas von dem aufgebrachten Jungen abgerückt und sich zu seiner Seite gedreht, sodass er ihn besser im Blick hatte. Seinen linken Ellbogen legte er auf der Theke ab. Ledermacher brachte ein leeres Schnapsglas vor ihm in Sicherheit.

»Also, Kla...leiner, wo warn wir?«, fragte Lautenbach und rülpste. »Allo, das Wolfsmahl ist die Schpeschjalitet des Hauses. Vorher hieß es einfach nur Lammragout, lllekka, kann ich dir sagn, toootaal lekka.«

»Wo ist Sophie?« Eagle-Eyes Gesicht war rot angelaufen, und er war so laut geworden, dass es dem Wirt zu viel wurde.

Er wandte sich an Lautenbach. »Jetzt sag dem Jungen, was er wissen will. Ich hab kein' Bock mehr auf Randale, das neulich war mir genug.«

Ein Glatzkopf mit solider Biertrinkerwampe schälte sich aus dem Dunkel eines Ecktisches. Er ging zur Theke und brachte sein Glas zum Nachfüllen gleich mit. »Ja, das war was, neulich ...« Mit einem Ton, der zwischen Frage und Amüsement die Balance hielt, wandte er sich an Ledermacher. »Der Edwin, ein ganz Schlimmer, hab ich immer schon gesagt.« Als Ledermacher sich nicht äußerte, brabbelte er weiter. »Der war genau wie früher. Wirklich ein schlimmer Bursche.«

Marvin kannte einen Edwin, nämlich den früheren Nachbarn, der im Garten so üble Türkenwitze abzusondern pflegte, dass Marvins Eltern schließlich eine neue Bleibe gesucht hatten. Sein Vater Tayfun war zwar nicht besonders dünnhäutig, doch er sah, wie seine Frau litt, und handelte. »Meinen Sie Edwin Ringeisen?«, fragte Marvin den Bierfreund.

»Nee, so heißt der nicht. Erdmann oder so.« Er wandte sich wieder an den Wirt. »Stimmt doch?«

Ledermacher wischte unwillig mit der Hand durch die Luft, er wollte jetzt den anderen Fall geklärt sehen.

Coco Lautenbach hatte etwas von Weide und Schäfer gelallt und dann zum Erschrecken aller angefangen, laut zu schluchzen. Als er versuchte, hinter die Theke nach der Schnapsflasche zu langen, hatte Eagle-Eye sie geistesgegenwärtig weggeschoben.

Coco wischte sich mit dem Handrücken über die Nase und sah den Jungen neben sich an. »Ich weiß nicht, wo Sophie ist. Ich schwwa...wa...wöre.«

»Sie müssen es aber wissen!« Eagle-Eyes Stimme überschlug sich fast. »Sie machen doch was mit Trieben und Fesseln und Masken und ...« Auch er verlor die Beherrschung und begann zu heulen.

»Willste'n Schnabbes?«, jammerte Lautenbach. »Ich geb ein' aus.«

»Nein, das wird nix! Du zahlst jetzt mal – und dann ab nach Hause!«, forderte der Wirt.

Der Wampentyp hatte Gesellschaft von einem ähnlich geformten Gesinnungsgenossen bekommen. Sie hockten auf Barschemeln und redeten leise, aber eindringlich über Schlägereien. Marvin hatte interessiert gelauscht, doch die beiden Männer wiederholten sich zunehmend, sodass ihm langweilig wurde. »Ich muss dann auch mal los«, erklärte er in Eagle-Eyes Richtung.

Eagle-Eye schniefte noch einmal vernehmlich, straffte sich dann und wandte sich dem Freund zu. »Ich komme mit.« Da spürte er wieder eine schwere Hand auf dem Arm.

Als Alois Aisner aus seinem Wagen stieg und dem Hauseingang zustrebte, sah er zwei Gestalten auf der Eingangstreppe kauern. Ein zusammengesunkener, schwarzhaariger Mann hatte seinen Arm und Eagle-Eyes Schulter gelegt. Beide zuckten und schluchzten.

»Ja, was tun S' denn hier?«, wandte sich der Kommissar fassungslos an den Fotografen.

»Ich trauere.«

Aisner wurde blass. »Um Himmels willen, was ist mit So...« Er unterbrach sich angesichts des Jungen, dem er das Gespräch nicht zumuten wollte.

»Er war doch sein Freund«, antwortete Eagle-Eye leise.

»Er war ...?« Aisner kam gerade nicht mit.

»Ja, er war schwul«, vervollständigte Coco Lautenbach den Satz. »Und wir waren ein Paar.« Wieder wischte er nachlässig über die tropfende Nase. »Und ich muss ... ich muss einfach wissen, wer Manuel ermordet hat.«

# Mittwoch

## Auf dem Weg

Auf dem morgendlichen Weg ins Kommissariat ging Alois durch den Kopf, was Larissa ihm gerade anvertraut hatte. Sie hege den Verdacht, hatte sie ihm zögerlich beim Frühstück erzählt, dass Nora-Theres und Klara von Traunstein ein Paar seien.

Alois hatte gerade an einem Bissen Vollkornbrot gekaut, belegt mit Eichsfelder Kälberblase, seiner bevorzugten Mettwurst-Spezialität, und musste aufpassen, dass er sich nicht verschluckte. »Was? Nora, a Queerschläger?«

Er dachte an die aparte Hochsteckfrisur und das betont feminine Kleid, das sie bei ihrer Ankunft getragen hatte. Er rief sich Klaras Bild vor Augen: strenger Blazer, kurz geraspelte Haare – und plötzlich passte alles.

»Diese Nora…«, murmelte er kopfschüttelnd, während Larissa anerkennend über seine Wortschöpfung Queerschläger lachte, »immer für eine Überraschung gut!«

Gleich darauf wurden sie wieder ernst angesichts des brutalen Überfalls.

»Meinst du, das könnte mit ihrer sexuellen Orientierung zu tun haben?«, fragte Larissa nachdenklich.

Alois legte sein angebissenes Brot achtlos beiseite und konzentrierte sich. Da war einer dieser Gedanken, die in dem Moment wegflutschen, in dem man meint, sie gefasst zu haben. Und dann hatte er ihn tatsächlich am Schlafittchen.

»Ob es einer auf Homosexuelle abgesehen hat?«, überlegte er laut. »Manuel Erdner war schwul, wie ich gestern Abend erfahren habe. Dann noch Nora …«

Als er den Wagen durch die verschlungenen Gassen und Sträßlein lenkte, tauchte plötzlich vor seinem inneren Auge Jessy Henkel am späten Abend auf, angeschäkert und sorglos in Erwartung des einen oder anderen Abenteuers.

Als Jessica neben ihm parkte und am Riemen ihrer Handtasche zu zerren begann, stellte er sich neben sie. »Bist du bei deinen nächtlichen Beutezügen immer schön achtsam?«

»Was meinst du?« Entgeistert ließ sie die Tasche fahren.

»Na ... i moan ... ich meine, vielleicht ist ein Perverser unterwegs. In sexueller Hinsicht.« Das unbeholfene Gestotter war ihm peinlich, und sein Gesicht lief rot an. »I moan ... man weiß ja nicht, wo er sich rumtreibt.«

»Alo, was denkst du eigentlich von mir?«

»Du suchst doch ... einen Mann. Für eine Nacht oder für mehr, ich weiß nicht ... es geht mich ja nix an, aber ...« Ihm stieg noch mehr Blut in den Kopf, und er drehte sich weg. Kurzes Räuspern half ihm ein wenig. Seine Stimme wurde wieder fester. »Ich habe den Verdacht, dass einer unterwegs ist, der es auf Homosexuelle abgesehen hat. Und ... wer weiß, vielleicht geht er gegen jede Art von Freizügigkeit vor ... und i dacht... ich dachte, du ...«

»Machst du dir etwa Sorgen?« Jessica war um ihn herum gegangen und hatte sich zu ihm gedreht. »Um mich?«

Aisner war froh, dass Kollege Norbert Kellner soeben auf seiner museumsreifen Kawasaki-Geländemaschine um die Ecke gefegt kam. So konnte er winken und grinsen und seine Gesichtshaut wieder auf Normalfarbe bleichen. Dann atmete er noch einmal durch. »Warst gestern Abend wieder unterwegs? Raubtierjagd?«

»Jepp.« Henkel sah ein bisschen enttäuscht aus. Auch sie holte tief Luft, grüßte in Norberts Richtung und wandte sich dann wieder Alois zu. »Und ins Netz gegangen ist mir eine Frau. Hat sich gelohnt.«

»Wie bitte? Du jetzt auch?« Alois konnte nicht verhindern, dass er bestürzt dreinblickte.

Henkel lachte herzhaft. »Du denkst, ich bin zum anderen Ufer geschwommen? Nein!« Sie schüttelte resolut den Kopf. »Nein, nein, Alois, ganz falsch.«

Sie hatte ihre Tasche aus den Fängen der Hebel und Griffe befreit und klappte die Autotür zu. »Ich habe Klara von Traunstein getroffen. Sie kam mir in der Kneipe auf dem Weg von der Toilette schwankend entgegen. Ich habe sie im wahrsten Sinn aufgefangen.«

»War sie allein in der Kneipe?«

»Ja. Ich verstehe natürlich, dass sie nicht mit Noras Eltern zusammensitzen wollte. Aber mit dem Frustsaufen hatte sie es ein bisschen übertrieben.«

»Und du kommst daher, nimmst sie in deine ausgebreiteten Arme und fragst sie aus ...?«

Die beiden hatten sich wie automatisch in Bewegung gesetzt und trotteten hinter Norbert Kellner her die Treppen zum ersten Stockwerk hinauf.

»Ich habe sie nicht ausgefragt, Alois. Aber ich ...«, Henkel seufzte kurz, »habe auch nicht ihren Redeschwall gestoppt.«

»Wie war denn ihre Stimmung? Zornig oder eher traurig?«

»Sie ist voller Wut. Sie muss schon keine Lust gehabt haben, Nora aufs Land zu begleiten, sie ist Großstadtpflanze durch und durch. Dann trifft sie auf diese spießigen Wolff-Lutters, die sie die ganze Zeit scheel ansehen. Und dann auch noch die Nazis!«

»Was? Was denn für Nazis?«

Sie waren bei Aisners Büro angekommen, und Henkel kam mit herein. Sie nahm einen herumstehenden Becher und kippte sich aus der Thermoskanne, die auf dem Tisch stand,

Kaffee ein. »Brrr. Braune Brühe, riecht streng. Passt ja zum Thema.«

»Ist ja auch von gestern«, erwiderte Aisner. »Passt auch zum Thema.«

»Also.« Henkel hatte den Becherinhalt mit Schwung aus dem Fenster gekippt und sich umstandslos aus einer Mineralwasserflasche bedient. Sie setzte sich Alois gegenüber. »Klara und Nora sind gleich am ersten Abend ausgiebig spazieren gegangen. Na ja und haben sich dann auch ... niedergelassen. Irgendwo am Waldrand, wo es blickgeschützt war.«

Alois schüttelte Kopf und Schultern, ohne dass es ihm bewusst gewesen wäre. Er war nicht scharf auf die Bilder, die sich in seinem Kopf formten. »Und dann kam – wer?«, fragte er, um die Erzählung zu beschleunigen.

»Dann kam Artur mit noch einem Typen. Aber zu allererst kam der Hund.«

»Dieser riesige Wolfshund? Dem Artur so nett Befehle zuflüstert?« Alois schüttelte sich erneut, ohne es zu merken. Seit er vor drei Jahren von einem Rottweiler angefallen worden war, hatte er gehörigen Respekt vor größeren Hunden.

»Ja. Klara meinte, die hätten im Wald trainiert. Mensch, Hund, Befehle.«

»Und dann haben die Jungs die beiden Mädchen ertappt? In flagranti?«

»So ist es wohl gewesen.« Henkel erschauerte ebenfalls. »Sie haben den Köter nicht zurückgerufen. Der schnüffelte aufdringlich und fing an zu knurren. Artur hatte diese lächerliche Uniformmütze auf, die bei Steinbrechs an der Garderobe hing. Klara hat mit einem Stein danach gezielt und nur knapp daneben geworfen. Daraufhin wollte Artur den Hund weiter aufstacheln, aber der andere hat ihn gestoppt.«

»Widerlich«, sagte Alois. »Aber was hat das mit rechter Gesinnung zu tun?«

»Ach, die hatten komische Klamotten an, so Camouflage-Zeug.«

»Das ist doch modern. Daraus kannst' denen keinen Strick drehen.«

»Und die Kommentare sprachen auch nicht von Toleranz. Klara hat mir ein paar Ausdrücke gesagt, die möchte ich nicht wiedergeben. Verlottertes Gesocks, von der Bedeutung her, gehört sich nicht für deutsche Frauen und so.«

»Am ersten Abend, sagst du? Das war Sonntag.« Alois trommelte mit den Fingern auf die Tischplatte. »Dann haben die beiden Artur gesehen, als er auf dem Weg zu Manuel war!«

»Nora sollte als Zeugin beseitigt werden. Passt.«

»Dann ist Klara auch in Gefahr! Das kann sie nicht mehr machen: sich betrinken und mutterseelenallein durch die Stadt laufen! Rede ihr das aus, hörst du?!«

»Sie hat mir was von Kampfsportarten erzählt, die sie beherrscht. Aber so betrunken ...«

Alois hörte nicht hin. Er kritzelte Worte auf Papier, strich einen Teil wieder durch, zog Pfeile, seufzte. »Hilf mir, den Krieger zu finden, Jessica.«

»Wie bitte? Diesen Vagabunden? Was willst du mit dem?«

»Ich will eine Gegenüberstellung versuchen. Er hat zwei Typen mit Uniformmützen gesehen.«

»Aber nicht beim Schäfer, oder?«

»Nein. Hier, bei der KGS. Die haben die Reifen vom Umweltschützer zerstochen. Also – glaub i.«

»Das ist Zeitverschwendung, Alo! Was willst du denn damit beweisen? Selbst wenn er die Jungs identifiziert: alles viel zu vage.«

Alois knallte die Faust auf den Schreibtisch. »Das hat alles was mit Wölfen zu tun, glaub's mir! Der Schreiber mit seinen Wolfsvorträgen in der Schule. Die massakrierten Schafe. Manuel, der das Gemetzel beobachtet. Dann auch noch dieser Coco mit seinen Wolfsmasken, der Manuel liebt ...«

Jessica war aufgestanden und stapfte durch den Raum. Sie stemmte die Hände in die Hüften. »Jetzt krieg mal einen klaren Kopf, Kollege! Vorhin erzählst du mir, da ist ein Sex-Killer unterwegs, der was gegen Homos hat. Jetzt kommst du mit Wölfen und Masken. Lass uns bitte systematisch vorgehen. Wie passen denn Fynn und Sophie ins Beuteschema? Oder glaubst du –«

Alois war ebenfalls aufgesprungen. Er trat von einem Fuß auf den anderen. »Keine Ahnung! Ich weiß es nicht. Lauter lose Fäden.« Er wandte sich zur Tür. »Ich gehe den Krieger suchen.«

»Verdammt, warte doch erst mal –« Jessica stampfte auf, doch Aisner lief schon über den Flur zum Treppenhaus, »… warte doch erst mal die Aussage von Annika Steinbrech ab.« Den letzten Halbsatz sagte sie zu sich selbst.

Während Alois die Treppen nahm und überlegte, wo er mit der Suche nach Arno Lengis, dem »Krieger«, beginnen sollte, fiepte sein Smartphone. Er überflog den Beginn der Nachrichten, wie er auf dem Sperrbildschirm angezeigt wurde. »Nora ist außer Lebensgefahr«, schrieb Larissa. Alois fiel der sprichwörtliche Stein vom Herzen. Die zweite Nachricht stammte von Eagle-Eye. Er kündigte an, am Spätnachmittag finde die Veranstaltung der Wolfsgegner statt, und er werde hingehen. Alois musste lächeln: Wie eifrig der Junge versprochen hatte, dort für ihn zu recherchieren! Auch Euphorie war ein Bestandteil seiner Pubertät, nicht nur Protest und Dünnhäutigkeit.

## Wo es nicht stinkt

»Guck! Ich hab's!« Sophie hatte für einen Moment ihren Hunger vergessen, sie triumphierte.

»Pssst!« Fynn rückte dicht an sie heran. »Sei leise! Der darf das nicht merken!«

In dem Moment bremste der Fahrer, und Sophie, die aufgerichtet auf der abgeschabten Sitzbank gekniet hatte, verlor den Halt und kippte rücklings. Sie schrie auf. Im Fallen krallte sie sich an Fynns Hoodie-Ärmel fest. Fynn streckte sich geistesgegenwärtig nach vorn und stützte ihren Rücken ab, doch Sophies rechtes Knie schurrte über eine hervorstehende Metallöse, die Haut schrammte ab.

»Fuck!« So trotzig sie auch sein wollte, sie konnte nicht verhindern, dass der Ausruf in ein Schluchzen überging.

Fynn seufzte. Er konnte doch auch nichts tun!

Nicht mal ein sauberes Papiertaschentuch gab es hier in diesem abgeranzten Abteil! Er hämmerte unwillig gegen die Abtrennung. Seine Stimme überschlug sich fast. »Anhalten, Mann! Wir brauchen ein Pflaster!«

»Ich dachte, wir wollten ruhig sein ...« Sophie klang widerspenstig, wahrscheinlich konnte sie sich nicht mehr zusammenreißen. Er doch auch nicht.

»Jetzt nerv nicht. Das ist doch was anderes«, zischte Fynn. »Er muss wissen, dass du verletzt bist. Der will ja, dass wir heil bleiben, sonst klappt das mit dem Lösegeld nicht. Aber mit dem Fenster, das darf er natürlich nicht mitkriegen.«

Fynn lehnte sich wieder zurück. Sophie hatte sich neben ihn gekauert und begann das blutende Knie mit dem Zipfel eines Geschirrtuchs abzutupfen, das sie aus einem Unterschränkchen gezogen hatte. »Lass das!« Er riss ihr das Tuch aus der Hand. »Mensch, mit diesem Drecksfetzen infizierst du dich bloß. Lass lieber bluten.«

Als er Sophie ansah, merkte er, wie blass sie geworden war. Eine ungebändigte Haarsträhne fiel ihr ins Gesicht, aber hier und heute wirkte das weder keck noch verführerisch. Die Haare begannen fettig zu werden und wirkten einfach nur ... nachlässig. Fertig, abgeranzt, wie die Umgebung.

»Hast du auch so Hunger?«, fragte sie und blickte ihn resigniert an.

Hatte er nicht. Trotzdem ging es so nicht weiter. »Halten, Mann!« Seine Stimme überschlug sich, da merkte er, wie entkräftet auch er war. »Wir müssen essen. Und brauchen Mullbinden.«

Sie wussten genau, dass er sie hören konnte. Schließlich hörten sie auch das Autoradio, wenn er es lauter drehte. Jetzt drang nur ein undefinierbares Brummen zu ihnen nach hinten, hinter die Abtrennung, doch das Brummen konnten auch Fahrgeräusche sein, der Wagen war ein älteres Baujahr. Fynn wünschte, er hätte auf das Kennzeichen geachtet. Doch warum hätte er das tun sollen? Sie waren schließlich arglos zu Manuel in den Wohnwagen ... Moment mal! Das war es! Er musste seinen Eltern am Telefon einfach irgendwie klarmachen, dass es Manuels Wagen war. Die Nummer würde die Polizei schnell raushaben. Dann konnten sie danach fahnden!

Sophie zitterte leicht. Fynn war klar: Sie wollte tapfer sein und nicht weinen. Sie griff halbherzig nach der Wasserflasche und nahm einen Schluck – ein neuer Versuch, den Hunger zu stillen.

»Scheiß-Maske. Der ignoriert uns einfach.« Fynn spürte, wie Trostlosigkeit in ihm wuchs. Sein Herz schlug irgendwie so verzagt, und seine Brust fühlte sich dumpf an.

*Die Maske* nannten sie ihn, weil sie sein Gesicht nicht kannten. Immer wenn er durch das Schiebefenster in der Trennwand Kontakt mit ihnen aufnahm, hatte er dieses graue Ding aufgesetzt. Beim ersten Mal hatten sie sich höllisch erschrocken, denn eine Wolfsfratze mit gefletschten Zähnen starrte sie an, und sie waren auf Manuels Gesellschaft vorbereitet gewesen.

Fynn nahm auch einen Schluck aus der Wasserflasche. Er wollte aufstehen und rumlaufen, was tun, nachdenken, doch das ging nicht, wenn er eingepfercht zwischen Tischchen, Schränkchen und Klotür auf einer harten Liegefläche hockte. Am Abend nach der Fotosession hatten sie sich wie im Paradies gefühlt. Ein Wohnwagen mitten in der Natur, man konnte sich zurückziehen, quatschen, übernachten, das bedeutete Freiheit und Unabhängigkeit. Es hatte nach dem Aufwachen lange gedauert, bis sie begriffen hatten, dass jemand den Wagen gekapert hatte, dass Manuel nicht mehr bei ihnen war, sondern einer, der es nicht nett meinte.

Sie konnten Tag und Nacht nicht voneinander unterscheiden, denn die kleinen Fenster waren abgedunkelt, Manuels Sichtschutz, der für sie zum Gefängnis wurde. Sie hatten längst die Orientierung verloren. Mal fuhren sie, mal standen sie, und sie wussten nie, wie lange, weil sie zwischendurch einnickten. Sie konnten von Scharzfeld bis nach Italien gefahren sein – oder immer nur im Kreis. Sie mussten herausfinden, ob sie noch in Deutschland waren!

Fynn richtete sich auf und kniete sich auf die Bank, wie es Sophie vorhin getan hatte. Sie war so stolz gewesen, und er hatte ihr Werk noch gar nicht begutachtet.

»Ey, geil!« Sie hatte tatsächlich mit ihren Fingernägeln ein beträchtliches Stück von der Verdunklungsfolie gelöst. »Toll, wie du das gemacht hast, ohne was einzureißen. Das sieht man echt nicht!«

Er hob die rechte untere Ecke der Folie an und lugte nach draußen. Sofort zog er den Kopf zurück: »Au, das blendet voll! Muss Mittag oder so sein.«

»Lass mich!« Sophie stieß ihn beiseite, wahrscheinlich wollte sie den Lohn ihrer Arbeit selbst ernten.

Fynn wich zurück, stöhnte aber demonstrativ. Immerhin würde er sich blitzartig überlegen müssen, wie er seinen Eltern beim nächsten Anruf Informationen zukommen ließ, ohne *Maske* misstrauisch zu machen. Beim vorigen Mal war er viel zu zögerlich gewesen. Bevor er dazu kam, zu erzählen, dass sie in einem Wohnwagen umhergefahren wurden, hatte ihr Entführer längst das Telefon weggezerrt.

»Was siehst du?«, fragte er Sophie. »Fällt dir was auf?« ›Blöde Frage!‹, schalt er sich selbst, doch Sophie brummte irgendwie zustimmend.

»Die Autokennzeichen«, flüsterte sie. Sie wandte ihren Blick kurz vom Fenster ab und zu ihm hin, sie sah dabei fragend aus, zweifelnd. Als er nur erwartungsvoll zurückblickte, hob sie wieder vorsichtig die Folie, als habe sie es mit einem empfindlichen Schmetterlingsflügel zu tun, und sah hinaus. Sie kniff zunächst die Lider zusammen und öffnete sie Stück für Stück.

›Mädchen sind doch besser im Finetuning‹, dachte Fynn. Er strich Sophie liebevoll über die Schulter.

»Also, die meisten Autos, die ich sehe, haben das Kennzeichen HI. Das ist doch Hildesheim, oder?«

»Was, weiter weg sind wir nicht?!« Fynn konnte nicht anders, er musste sich selbst überzeugen. Als er die Nase an den schmalen Fensterausschnitt drückte, bremste *Maske*. Der Junge wurde mit dem Kopf hart gegen die Scheibe geschleudert, er schrie auf. Seine Finger hatten die Folie fest umklammert, als er nun weg glitt, riss sie ein Stück ein.

»Vorsicht!«, kreischte Sophie, und vor Schreck ließ er tatsächlich los.

Wie in Trance drückte sie die schwarze Folie mit Spucke an der Fensterscheibe fest; es wurde wieder stockdunkel in ihrem Abteil, eine Sekunde lang, dann hatte *Maske* das Schiebefenster in der Absperrung aufgeschoben.

»Hier!« Er zielte mit dem Smartphone auf Fynn, nötigte ihm den Hörer in die Hand.

Diesmal unterließ Fynn den Fehler, zu protestieren oder Zeit mit einer Weigerung zu vergeuden. Er war nicht vorbereitet, doch aberwitzigerweise schoss ihm in diesem Augenblick ein Gespräch mit dem Vater durch den Kopf, bei dem es um den ehemaligen Hildesheimer Oberbürgermeister und eine Spendenaffäre gegangen war. Der Name des Mannes fiel ihm nicht ein, nur ein lateinischer Spruch, den hatte ihm sein Vater nebst ›ora et labora‹ und ›medias in res‹ ans Herz gelegt, »wenn du mal bei deinem Lehrer punkten willst«.

»Liebling?«, fragte seine Mutter, und ihre Stimme zitterte. Im Hintergrund konnte Fynn ein Schniefen hören. »Liebling, geht es dir gut?«

»Ja, ich kriege Medizin. Pecunia non olet.«

»Fynn?!« Das war sein Vater, alarmiert, aufmerksam. »Fynn? Ist die Medizin von Machens?«

Machens! Genauso hieß der Ex-Oberbürgermeister.

»Was faselst du da!« *Maske* riss ihm das Smartphone aus der Hand.

»Ja!«, schrie Fynn noch dem Telefon hinterher. »Machens, ja!«

Sie hörten undeutliches Gemurmel, nachdem ihr Entführer das knarzende Schiebefenster mit einem Ruck zugezogen hatte.

»Wir hätten ihnen sagen sollen, dass es nur einer ist«, murmelte Sophie wie zu sich selbst.

»Kannst du ja machen!«, giftete Fynn zurück. »Wenn du so schlau bist!« Was dachte sie sich! Er war genauso hungrig und erschöpft wie sie.

»Was war das mit der Medizin?«, fragte sie nach einer kleinen Pause zaghaft.

»Ein Hinweis«, gab er schnippisch zurück. Sie schwieg, wandte den Kopf ab.

»So wird das nix!«, hörten sie *Maske* wettern und zuckten gleichzeitig zusammen. »Ich will eine Garantie!« Darauf folgte ein Brummeln und Granteln, dem sie keine einzelnen Worte entnehmen konnten. Schließlich verstummte die nörgelnde Stimme. Das Schiebefenster schnarrte auf, zwei Papiergeschosse flogen herein, dann wurde es wieder finster. Die vordere Wagentür flog mit Wucht auf und wurde nach kurzer Zeit zugestoßen.

Die Wurfgeschosse entpuppten sich, kaum war das Papier entfernt, als handwarme Burger. Sophie, die sonst kein Fleisch anrührte, zögerte keinen Moment. Sie biss in den nach Frittierfett stinkenden Klops und akzeptierte das nährstofflose Brötchenimitat.

Fynn nahm ebenfalls einen gewaltigen Bissen.

»Das vorhin war ein Hinweis auf Hildesheim«, nuschelte er in unbestimmte Richtung. »›Pecunia non olet‹ bedeutet ›Geld stinkt nicht‹, so hieß mal ein Verein hier, der Spenden gesammelt hat. Mein Vater weiß Bescheid.«

»Cool!« Sophie musterte ihn anerkennend.

*Was ein paar Kalorien ausmachen*, dachte Fynn. Er hoffte, Sophies Zuversicht wäre gerechtfertigt. Blitzschnell erhob er sich und spähte aus der folienbefreiten Fensterecke. Ihm schoss durch den Kopf, dass er Sophies Vermutung noch gar nicht überprüft hatte! Schließlich hatte sie nur Zeit für einen kurzen Blick auf die Straße gehabt.

Fynn ließ die Augen mit Anstrengung umherschweifen; die Aussicht war arg eingeschränkt. Er sah einige PKWs am Straßenrand parken. Drei Kennzeichen konnte er erkennen. HL. Nicht HI. Er unterdrückte ein Stöhnen. Sie waren höchstwahrscheinlich in Lübeck. Und seine Eltern würden sich damit verausgaben, in der falschen Stadt zu suchen!

## Ausgepackt

Alois hatte befürchtet, dass Annika und Hagen Steinbrech zusammen im Kommissariat eintreffen würden, auch wenn sie einzeln bestellt worden waren. Die Frau wäre dann womöglich wieder eingeschüchtert.

Doch Steinbrechs Freude an der Provokation hatte einen anderen Weg gefunden. Er hatte eine Bescheinigung gefaxt, versehen mit zwei unleserlichen Stempeln, die einen dringenden beruflichen Termin auswies, der sein Erscheinen bei der Polizei zum geforderten Termin unmöglich mache. Aisner reichte den Zettel an einen bärbeißigen Innendienstkollegen weiter, der Spaß daran haben würde, diverse Bestätigungen nachzufordern. Jessy und er indes waren froh, dass sie Annika Steinbrech in Ruhe befragen konnten.

»Sie wissen, dass wir in Artur keinen Waisenknaben sehen ...«, begann Henkel. Sie brach den Satz abrupt ab, als wäre ihr spontan eingefallen, die Reaktion der Mutter darauf erleben zu wollen.

Ihre Zeugin, fern vom Wirkungsbereich der Familie, wirkte heute sehr viel selbstbewusster. »Was genau werfen Sie meinem Sohn vor?«, fragte sie mit ruhiger, fester Stimme. Dazu straffte sie sich sichtbar.

»Wir verdächtigen ihn verschiedener Dinge«, übernahm Aisner absprachegemäß. »Erstens der Sachbeschädigung. Zusammen mit einem Mittäter soll er Reifen an mindestens einem PKW zerstochen haben. Welcher der beiden es genau war, wird eine Gegenüberstellung in Kürze klären.«

Alois blätterte in einem Stoß Papiere, um die erste Anschuldigung wirken zu lassen. Er schätzte Annika Steinbrech so ein, dass sie aus der Erwähnung einer nahenden Gegenüberstellung von selbst schließen würde, dass sie konkrete Verdachtsmomente hatten.

»Zweitens verschweigt er uns sachdienliche Hinweise im Zusammenhang mit zwei Verbrechen am Steinberg in Scharzfeld, die zur Aufklärung beitragen könnten. Damit macht er sich selbst verdächtig. Es geht zum einen um die Tötung zweier Schafe. Die Überprüfung der DNA an den getöteten Tieren wird klären, ob es sich beim Angreifer um einen Wolf oder einen Hund gehandelt hat. Wir hatten zu diesem Zweck um die Fellprobe Ihres –« Alois las vom Blatt vor – »irischen Wolfshundes gebeten.«

Per Blickkontakt gab er Jessica das Signal, jetzt wieder zum persönlicheren Tonfall überzugehen.

»Ihnen selbst gefällt doch auch nicht, wie Artur uns gegenüber agiert, Frau Steinbrech, das ist uns nicht verborgen geblieben. Auch Sie denken doch, dass er etwas vor uns verbirgt. Sie haben ja erlebt, wie er sich beim Thema Feuerzeug in seine eigenen Behauptungen verstrickt hat.«

Arturs Mutter zog die Augenbrauen kaum merklich hoch und fixierte Henkel interessiert. Die Kommissarin fuhr fort: »Schließlich haben Sie uns den Tipp gegeben, die DNA des Hundes mit den Schafsrissen abzugleichen. Die Überprüfung hatten wir bereits eingeleitet, dennoch möchte ich mich an dieser Stelle für Ihr Vertrauen bedanken.«

Jetzt gab Jessica den aufmerksamen Blick zurück.

Annika Steinbrech räusperte sich. »Ich will ehrlich sein. Ehrlicher, als es mir zu Hause möglich war. Ja, ich bin sicher, dass Artur etwas verbirgt. Und Sie haben Recht, mir passt weder seine Art noch sein Umgang. Ich habe sogar Angst davor, dass er abrutschen könnte, wenn ich ... wenn mein Mann und ich nicht aufpassen.« Jetzt fasste sie auch Aisner ins Auge, bevor sie sich wieder Henkel zuwandte. »Aber er ist kein Mörder. Und ich merke doch, worauf Ihr Verdacht hinausläuft: Sie glauben, dass Artur etwas mit Manuel Erdners Tod zu tun hat.«

Alois nickte. »Das zweite Verbrechen am Steinberg. Der Tod des Manuel Erdner war eindeutig Mord.«

Arturs Mutter war bei den Worten des Kommissars in sich zusammengesunken. Jetzt besann sie sich offensichtlich, richtete sich wieder auf und atmete tief durch. »Mein Sohn ist kein Mörder, das müssen Sie mir glauben!« Sie zitterte leicht, atmete noch einmal und fuhr dann, ruhiger, fort. »Deshalb will ich Ihnen bei der Aufklärung dessen helfen, was er wirklich angerichtet hat. Ich bin keine Verräterin. Ich hasse mich selbst dafür, dass ich hinter seinem Rücken mit Ihnen rede. Aber ich sehe keine andere Möglichkeit, ihm zu helfen.«

»Wow!«

Hatte Jessica das wirklich gesagt, oder kam es Aisner nur so vor? Sie war jedenfalls von der Klarheit und Haltung dieser Frau genauso beeindruckt wie er selbst, das sah er ihr an. Sie hatten Annika Steinbrech als unscheinbar und unterdrückt abgestempelt. Hier zeigte sie ihre andere Seite.

»Wir verstehen Ihren Zwiespalt ganz genau und wissen Ihre Offenheit sehr zu schätzen, gnä' Frau«, sagte er. Hatte er das jetzt wirklich gesagt? Er würde Jessica nachher fragen. Jetzt schloss er einmal kurz die Augen, um seine Konzentration wiederzuerlangen. »Dann schlage ich vor, Sie berichten uns der Reihe nach, was Sie wissen.«

Annika Steinbrech rückte ihren Stuhl zurecht. Sie räusperte sich erneut. »Könnte ich ein Wasser haben?«

»Wasser oder Kaffee?« Alois fühlte sich wie ein Charmeur alter Schule; hätte er noch einmal »gnä' Frau« angefügt, wäre er sich selbst wie der Wiener vorgekommen, der er nicht war.

»Beides?« Ihre Zeugin ließ ein zögerliches Lächeln sehen.

Noch einmal beglückwünschte Aisner sich, dass Hagen Steinbrech so widerborstig gewesen war, die Vorladung abzuweisen. Hätte er seine Frau zum Termin begleitet, würde sich die Wahrheitsfindung ungleich schwieriger gestalten. Er beschloss, Getränke für sie alle aufzutragen, denn deutete er die Bitte richtig, könnte die Erzählung ein Weilchen beanspruchen.

»Artur und zwei oder drei seiner Freunde haben sich darauf versteift, gegen die Rückkehr der Wölfe vorzugehen.« Hier unterbrach sich Annika Steinbrech, um vom Kaffee zu trinken; Aisner hatte den Eindruck, sie müsse ihre Gedanken sammeln. Dieser Anschein bestätigte sich, als sie nach kurzer Pause fortfuhr. »Ich kann nicht verhehlen, dass die Haltung meines Mannes ihren Teil dazu beitragen mag. Er ist Jäger und sieht jedes Raubtier als natürlichen Feind.«

Wieder entdeckte Aisner in der Mimik der kleinen, zurückhaltenden Frau einen Zug, der ihn überraschte: Sie lächelte ganz leicht, und dieses Lächeln – man bemerkte die Nuance nur bei genauem Hinsehen – war nachsichtig, eine Spur herablassend. So hätte er sie sich in unbeobachteten Momenten vorgestellt, jedoch nicht in ihrer Anwesenheit. Wie verhuscht sie zu Hause gewirkt hatte, als Artur ihr in den Keller gefolgt war! Wie eingeschüchtert, wenn ihr Mann ihr über den Mund fuhr!

»Artur ist bei allem Imponiergehabe noch ein Kind«, fuhr sie fort. »Eifrig und leidenschaftlich, damit will er seinen Vater beeindrucken.«

Jessica nickte. Sie schenkte Kaffee nach und nickte erneut, als Zeichen, dass sie jetzt wieder vollkommen aufmerksam sei.

»Artur und seine Kumpels nennen sich selbst ›Schafsschupos‹. Ich weiß nicht, ob das Arturs Idee war oder Justus', jedenfalls setzen sie diese blauen Bahnmützen auf, das ist ihre Schupo-Uniform. Artur hat den Hund dressiert.« Sie holte einmal tief Luft. »Er ist ziemlich gut darin. Und ich bin sicher, er hat ihn auf die Schafe gehetzt. Sie wollen die Risse natürlich einem angeblichen Wolf unterschieben, damit sich, wie in Schleswig-Holstein, eine empörte Menge gegen die Rückkehr wehrt.«

»Eine Frage hätt' i«, sagte Alois. »Woher wissen S' das alles? Ihr Sohn wird Ihnen seine Pläne nicht unter die Nase reiben – gell?«

»Nein, natürlich nicht. Aber die Jungs waren so unvorsichtig, in unserem Gartenpavillon beim Biertrinken darüber zu reden. Ich brachte ein paar Setzlinge aus, wie man es am besten macht, zur Blauen Stunde, um den Pflanzenschock zu vermeiden. Sie erwarteten mich um diese Zeit nicht im Garten, deshalb bemerkten sie mich nicht.«

War da ein leicht bitterer Zug um ihren Mund gewesen? Ein kleines Zeichen des Unwillens darüber, von ihrer lauten, rücksichtslosen Familie übersehen und überhört zu werden?

Jessica, die Alois' Nachdenklichkeit bemerkt haben musste, schaltete sich ein. »Und so haben Sie auch von den zerstochenen Reifen erfahren?«

»Nein.« Annika Steinbrech rutschte auf dem Stuhl ein Stück nach vorn, dann wieder zurück. »Artur hat meinem Mann ein Video vorgeführt, das Justus aufgenommen hat. Es zeigt, wie Artur sich abmüht, einen Autoreifen zu zerstechen.

Hagen hat schallend darüber gelacht. Ich habe gerade den Abendbrottisch gedeckt, sie haben sich gar nicht darum gekümmert, ob ich etwas mitkriege oder nicht.«

Sie trank so ausgiebig von ihrem Wasser, als wollte sie die Kränkung wie einen festsitzenden Kloß lösen. Aisner überlegte, wie sich so etwas in eine Liebesbeziehung einschleichen konnte: eine Gleichgültigkeit, die bis zur Ignoranz des anderen ging. Bestimmt hatte es als Lappalie begonnen, als kleine Enttäuschung über fehlende Dynamik vielleicht. Er hörte Annika Steinbrech leise aufstoßen, wie als Kommentar seiner Überlegungen.

»Die Flugblätter drucken sie übrigens bei Justus' Großonkel. Wie man sich das vorstellt, in einem Keller. Er war Drucker und hat noch einen Tiegel, eine alte Druckerpresse, mit der er manchmal Einladungskarten fürs Heimatmuseum herstellt. Justus hat sich alles zeigen lassen, der Onkel war ganz erfreut, dass sich der Junge so für sein Handwerk interessiert.« Sie lachte kurz, trocken, sarkastisch auf. »Ich schreibe Ihnen die Adresse auf.«

Henkel hatte ihr Zettel und Stift zugeschoben; Aisner wartete das Schreiben ab. Ihm kam es vor, als male sie jeden einzelnen Buchstaben, so als wolle sie das, was folgen musste, hinauszögern.

»Wir sind noch nicht fertig, gnä' Frau.«

»Ich weiß.« Sie schluckte.

»Es wird nicht besser, wenn man's aufschiebt.«

Sie nippte am Kaffee, verschluckte sich, hustete.

»Ihr Sohn Artur Steinbrech hat gestern frühmorgens eine junge Frau zusammengeschlagen und schwer verletzt. Es handelt sich um – «

»Nora.«

»Wolff-Lutter, Nora-Theres. Sie kennen sie?«

»O ja, von früher. Die beiden gingen in dieselbe Schulklasse. Was glauben Sie: die waren mal ein Herz und eine Seele. Ich weiß nicht, was dann passiert ist.«

Jessica meldete sich, einer spontanen Eingebung folgend: »Waren die beiden mal … zusammen?«

Annika Steinbrech schluckte wieder. »Ich weiß nicht, ob sie mal kurz ›miteiander gegangen‹ sind, wie man das nannte. Artur mochte Nora sicher ganz gern. Aber er war immer sehr verschlossen in … solchen Dingen. Ich weiß es also nicht.«

»Bleiben wir bei den Fakten.« Alois hatte sich auf diesen Part vorbereitet. »Vor fast genau drei Jahren wurde Nora-Theres einer Tat beschuldigt, die sie nicht begangen hatte. Der Zeuge Maik Hofstätter belastete sie, auf einen jungen Mann, der schwer verletzt aufgefunden worden war, mit der Mistgabel losgegangen zu sein. Wie sich später herausstellte, handelte es sich bei dem Opfer um einen abtrünnigen Gesinnungsgenossen der rechten Kameradschaft ›Sonnenbrüder‹, der auch Ihr Sohn nahestand. Nora-Theres hatte schließlich maßgeblichen Anteil daran, dass der wirkliche Angreifer überführt wurde. Das nahm man ihr in der Szene sehr krumm.«

»Artur hat mit diesen Leuten nichts mehr zu tun.« Arturs Mutter war auf ihrem Stuhl nach vorn gerutscht, hatte sich aufgerichtet und die Hände auf die Knie gelegt, ganz aufrechte Staatsbürgerin. »Mein Mann hat es Ihnen neulich schon klargemacht.«

*Interessant,* dachte Alois, *wenn es brenzlig wird, zaubert sie doch ihren Mann aus dem Hut.* Laut sagte er: »Womöglich hatte er so oder so noch eine Rechnung mit ihr offen?«

Annika Steinbrech stieß einen Laut aus, der nach Luftentweichen klang.

»Sehen wir vom Motiv einmal ab«, sagte Jessy und kassierte einen dankbaren Seitenblick von Alois, »so bleibt uns die Tat. Sie können also bezeugen, dass Ihr Sohn Artur –«

»Der Justus … ich meine: Justin … war auch dabei!«

»… dass Ihr Sohn Steinbrech, Artur, gemeinschaftlich mit dem Biedermann, Justin, die Ihnen bekannte Wolff-Lutter, Nora-Theres, angegriffen und verletzt hat, sodass sie zeitweise in Lebensgefahr schwebte.«

Annika Steinbrech schniefte jetzt. Sie war im Stuhl bis zur Lehne zurückgerückt und hatte die linke Hand auf den Mund gepresst. Ihre Augen waren niedergeschlagen.

Jessica Henkel stand auf und öffnete das Fenster. Als sie an ihren Platz zurückkehrte, hielt sie kurz neben dem Stuhl der Zeugin inne. »Sie brauchen jetzt Mut, Frau Steinbrech.« Henkel setzte sich wieder und blickte die Frau an.

Annika Steinbrech schluckte.

Henkel wartete. Aisner hielt still.

»Alles, was Sie sagen, ist wahr. Artur kam gestern mit Blut an Hose und Shirt an und sagte nur: *›Die Jägerin hat ihren Meister gefunden‹*. Er übergab mir die Anziehsachen zum Waschen, als wäre es eine Ehre, und begann, seine Lederstiefel von damals mit kaltem Wasser und Natron zu reinigen.« Annika Steinbrech trank gierig aus ihrem Wasserglas, als ginge es auch bei ihr um Reinigung. »Ich habe nur gefragt: *›Theres, die Jägerin?‹*, und er lachte. Stellen Sie sich vor: der Name Theres bedeutet ausgerechnet ›die Jägerin‹. Irre. Artur klang irre! Sie müssen sich das vorstellen: Er lacht, als er mir mitteilt, dass er seine Jugendfreundin vernichtet hat. Vernichten wollte.« Sie sah zu Henkel, sie sah zu Aisner. »Ich betete die ganze Zeit zu Gott, dass er es nicht geschafft hat. Denn ich weiß: Artur ist kein Mörder.«

Als Aisner die wankende und doch so um Haltung bemühte Frau nach Abschluss der Formalitäten hinausbegleitete, wisperte sie ihm zu: »Er hat keine Schuld an Manuels Tod. Glauben Sie mir, das wüsste ich!« Sie strauchelte kurz, lehnte sich für den Bruchteil einer Sekunde an ihn. Dann zog sie ihr korrekt gebügeltes Blusenkleid über die gerade Taille und schluckte leise. »Was passiert denn jetzt mit ihm? Mit meinem Sohn?«

»Sagen wir's mal so: Er sollte den Hund schleunigst an ein anderes Herrchen gewöhnen.« Aisner verbesserte sich: »Oder Frauchen. Herrchen oder Frauchen.« Doch das hörte Annika

Steinbrech nicht mehr, denn sie hastete schon die kalte, steinige Treppe hinunter.

»Was für eine Familiengeschichte«, ächzte Henkel. »Ich könnte jetzt einen ordinären selbstgebrannten Schnaps brauchen, um die Story runterzuspülen. Irgendwas Unkompliziertes, Ehrliches.«

»Ich hätt' was Feines«, erklärte Alois mit feierlicher Miene. »Aber des derfst nicht verraten.«

Mit einem Schlüsselchen, das ganz offen und unverdächtig in einer Muschelschale mit Krimskrams auf seinem Schreibtisch lag, öffnete er ein Miniköfferchen in der zweituntersten Schublade.

»Da. Wachauer Marillenbrand, ein kleiner Geheimvorrat.« Er tröpfelte ein wenig vom Flascheninhalt in zwei fingerhutgroße Gläschen und zwinkerte Jessica verschwörerisch zu. »Gegen die Dramen unseres Alltags.«

## Wiedergetroffen

Eagle-Eye hatte sich dazu durchgerungen, auch ohne Marvin zur Veranstaltung der Wolfsgegner zu gehen. Sein Freund hatte abgewunken: »Wird bestimmt grotten-langweilig! Ich zieh mir lieber'n Film rein.« Doch er, er würde gehen. Schließlich hatte er Alois versprochen, für ihn die Augen offen zu halten. Das war der Grund, den er sich eingestand. Doch vor allem würde es Sophie gefallen, wenn er sich für Tiere einsetzte, und das war sein Herzensgrund.

Als er von der Straßenseite gegenüber sah, wie viele Menschen dem Eingang des Versammlungslokals zuströmten, spürte er seine Knie weich werden. Vor allem, als er sah, welche Menschen das waren. Er erkannte Gregor Lautenbach. Der war nicht sein Freund, erst recht nicht, seit er wusste, wer das unübersehbare Herzchen an seine Büro-Außentür gesprüht hatte. Nur wenige Schritte hinter ihm watschelte Gesine Schindler, die neue FWG-Vorsitzende. Eagle-Eye drückte sich hinter eine Litfaßsäule. Als er wieder hervorlugte, erstarrte er. Ausgerechnet Schindler und Lautenbach, vor denen er sich verbergen wollte, sahen mit großen Augen zu ihm hin! Die Frau, die ihn neulich bei seiner Plakatverschönerungsaktion gestellt hatte, deutete mit massigem Arm direkt auf ihn. Gregor Lautenbach schüttelte missbilligend den Kopf, und Eagle-Eye erwartete, dass er ›Promenadenmischung‹ rufen würde, wie er seine Kumpels und ihn vor einiger Zeit benannt hatte. Stattdessen zockelten die beiden Lokalpolitiker gemeinsam weiter. Nanu? Er blickte um sich, dabei sah er das Plakat, hinter dem er gestanden hatte. ›Wolfslust‹ prangte in großen Lettern über dem Bild eines mächtigen Mannes mit dunkelgrauer Maske, der breitbeinig dastand und eine junge Frau im durchsichtigen weißen Hemdchen umklammerte. Sie hielt die Augen geschlossen und hatte den Oberkörper theatralisch nach hinten gekrümmt. Eagle-Eye fiel es schwer, den Blick abzuwenden, aber das musste er, denn ihm wurde heiß und kalt, und die Intensität fühlte sich ungesund an. Sophies Foto schoss ihm in den Kopf. Doch daran wollte er jetzt ganz und gar nicht denken.

Er musste seine Aufmerksamkeit ablenken, am besten auf etwas Alltägliches. Sollte er da drüben wirklich hineingehen? Was, wenn nur peinliche Leute kämen? Lehrerinnen zum Beispiel, uncoole Nachbarn oder gar Nora-Theres' Eltern? Womöglich hatte Alois es sich anders überlegt und beschlossen, selbst zu recherchieren? Oder seine krasse Kollegin, diese Wildwestdingsda, hätte sich unter die Leute gemischt und würde ihn lauthals ansprechen? Oder aber – sein Herz rumorte – Sophie wäre endlich wieder aufgetaucht und käme gleich angetänzelt. Sie hätte sich mit Skandinavien gestritten, weil der sich nicht für Schafe interessierte, und suchte nun Trost bei Leuten, die wussten, worauf es ankam ...

Eagle-Eye überquerte die Straße und traf zeitgleich mit seiner Grundschullehrerin Britta Heitermann am Eingang der Gaststätte ein. Er seufzte kurz, aber innig. Immerhin: Wenn schon Lehrerin, dann wenigstens die. Nicht nur, weil sie ihn vorgestern aus dem Wassertretbecken gezerrt hatte, sondern vor allem, weil sie in den ersten Schulklassen dafür gesorgt hatte, dass sich die Hänseleien wegen seines Vornamens nicht gar zu sehr aufschaukelten.

»Wie geht es dir?«, fragte sie und sah ihn so an, dass er wie schon oft vermutete, sie habe ihn mit einem Blick durchschaut.

»Geht so.«

»Etwas besser als ... neulich?«

Ihm war klar, dass sie ihn niemals bloßstellen würde. Vor den anderen Leuten heute Abend würde sie weder das Wort Liebeskummer aussprechen noch wissen wollen, ob er sich beim Wassertreten erkältet hätte. Und doch: Was dachte sie sich bei dieser Frage? Erwartete sie etwa, dass er ihr sein Herz ausschütten würde?

»Mmh. Geht so«, brummelte er und sah sich demonstrativ im Flur des Lokals um, so als wäre er verabredet.

Ein Glück! Die Heitermann hatte es kapiert, hängte ihren Trenchcoat in der Garderobe auf, nickte ihm noch einmal zu und lief weiter in den Gastraum. Eagle-Eye folgte nach einer Kunstpause.

Der Saal war schon von so vielen Menschen gefüllt, dass die aufgestellten Stühle nicht reichten und ein Hilfskellner Klappstühle aus einer rückwärtigen Diele anschleppte. Eagle-Eye war es ganz recht, dass alle mit Platzsuchen und Zurechtrücken beschäftigt waren, denn so konnte er sich unbehelligt zu einem der hinteren Fenster durchschlängeln, wo er außerhalb der Sichtachse der Besucher war und auch die Podiumsgäste keinen direkten Blick auf ihn hatten. Außerdem gab es eine bequeme Fensterbank, und er musste nicht hundert Leute fragen, ob der Platz neben ihnen noch frei wäre.

Ein kleiner, hagerer, heiserer Typ eröffnete die Versammlung, indem er »Ruhe jetzt mal« kläffte und sich dann kritisch im Raum umsah. »Wir alle hier sind wohl extrem besorgt, dass man jetzt weitere Raubtiere im Harz ansiedeln will«, erklärte er, woraufhin sich halbrechts vor Eagle-Eye Protest rührte. Na klar: Gesine Schindler und ihr Parteifreund Lautenbach! Sie murrten vor sich hin, und Eagle-Eye meinte, das Wort *Krafttier* verstanden zu haben.

Doch auch einige Reihen vor den Politikern war Unruhe entstanden. »Naturschutz gibt's nicht zum Nulltarif«, rief jemand, ein langer Mann im Grobstrickpulli, den Eagle-Eye von hinten nicht erkannte.

»Moment, Herrschaften!«, keifte der Redner, »immer schön ruhig bleiben, wir haben ja nachher eine Diskussion, bei der alle ihre Meinung sagen können. Doch wir beginnen mit einem Einführungsreferat. Ein Experte wird uns gründlich aufklären! Ich begrüße Herrn Steinbrech von der Kreisjägerschaft!«

Viele applaudierten, doch es rief auch jemand »o nein!«, und eine Frauenstimme murrte halblaut: »Was heißt hier aufklären? Der ist total einseitig!«

Eagle-Eye schrak zusammen, als er eine Stimme dicht neben sich hörte. »Echt was los hier, geht gut ab, was?« Er brauchte einen Moment, bis er sich erinnerte, woher er den Mann kannte. Es war der Glatzkopf, der im ›Goldenen Hirschen‹ pausenlos getrunken und auf Marvin eingeredet hatte. Auch jetzt hielt er einen großen Bierhumpen in der Hand, den er neben Eagle-Eye auf der Fensterbank abstellte. Er selbst lehnte sich mit dem Rücken gegen das Holz.

»Mm-mh.« Das Rezept, das bei der Lehrerin gewirkt hatte, könnte auch hier funktionieren, hoffte Eagle-Eye. Er starrte demonstrativ den heiseren Mann auf der Bühne an, der jetzt eine Art Verbeugung vollführte, als sein angekündigter Redner erschien.

»Dieser Jäger da vorn, das ist'n übler Typ, sag ich dir.« Der Glatzenmann dachte nicht daran, sich von schroffem Verhalten abschrecken zu lassen.

Eagle-Eye ächzte.

*Fehler!*, merkte er gleich darauf. Sein Nebenmann missdeutete den Seufzer wohl als Schicksalsergebenheit, jedenfalls grunzte er zufrieden. *Opfer gefunden!* Oder vielleicht schmeckte ihm auch einfach nur das Bier so gut? Der Schluck, den er nahm, war tief; wie passte all die Flüssigkeit nur in seinen Schlund?

Vor lauter kräftigem Glucksen dicht neben sich konnte Eagle-Eye sich kaum auf den neuen Redner konzentrieren. Hagen Steinbrech war Arturs Vater, das wusste er, doch er hatte ihn noch nie gesehen. Artur hatte vor drei Jahren Nora-Theres übel mitgespielt und war Mitglied einer Wehrsportgruppe gewesen, und Alois hatte mit Larissa abends über Arturs strenges Elternhaus gesprochen, doch er, Eagle-Eye, sollte davon nichts mitbekommen, also hatten sie sich in seiner Anwesenheit in Acht genommen. Gehört hatte er natürlich trotzdem einiges, er war ja nicht vollpanne!

»Man wirft uns Jägern gern mal vor«, sagte Steinbrech gerade, »wir wollten alles abknallen, was vier Beine hat und nicht schnell genug auf dem Baum ist.« Er kassierte Lacher in den ersten Reihen. »Aber natürlich ist das mit dem Wolf eine ganz andere Dimension. Meine Damen und Herren: Der Wolf bedroht unsere Kinder! Er schreckt die Touristen ab, gefährdet unsere Einnahmequellen. Ja, die Leute in den Großstädten haben gut reden, wenn sie sich für die Rückkehr von Meister Isegrim einsetzen. Das sind alles Theoretiker! Vor denen steht nicht plötzlich ein zähnefletschendes Grautier, wenn sie Waldi um zwei Straßenecken führen. Vom hohen Ross herunter ist der Blick auf die Wahrheit verzerrt!«

Die Formulierung *›der Saal kocht‹* ging Eagle-Eye durch den Kopf. Er hatte das irgendwo gelesen und fand, hier traf es zu. Viele Menschen johlten und grölten ihre Zustimmung; die

Leute in den ersten Reihen klatschten nicht nur, sie stampften mit den Füßen auf. Manche riefen »Bravo!«. Er selbst konnte nicht klatschen. Er wusste nicht recht, was ihn davon abhielt. Das mit den Großstädtern fand er nämlich auch: Die sollten mal schön die Klappe halten! Doch irgendetwas an Hagen Steinbrechs Rede erschien ihm unecht, gestellt; irgendwie kamen die Worte nicht von Herzen, sondern aus dem Zylinder.

»Ey, geil, Junge, oder?«, fragte der Biertrinker feixend und zwinkerte ihm vertraulich zu. Eagle-Eye rückte ein paar Zentimeter von ihm ab, mehr ging nicht, da war die Wand.

Steinbrech hatte zwei, drei Schluck von einer klaren Flüssigkeit aus einem Wasserglas getrunken, jetzt fuhr er fort. »Kennen Sie die Szene aus dem Film ›Der dritte Mann‹, in der Harry Lime vom Riesenrad auf die Menschenmenge heruntersieht und fragt: *Kommt es wirklich auf jedes dieser Pünktchen an?*« Er zeigte nacheinander auf Leute im Publikum, von denen manche erschraken. »Genauso behandeln die Großstädter uns auf dem Lande. Dabei sind wir es, die die Einfälle der selbst ernannten Naturschützer ausbaden müssen! Ich möchte mal die Damen und Herren aus Hannover, Hamburg und Berlin sehen, wenn sie im einsamen Häuschen am Waldrand leben und nachts das unheimliche Heulen aushalten müssen! Und morgens trauen sich die Kinder nicht aus dem Haus, weil sie nicht schon wieder diesem Zähnefletschen ausgeliefert sein wollen!«

Wieder applaudierte die Mehrheit im Saal. Doch zunächst unmerklich, dann immer klarer mischte sich ein Störton in den Klangteppich. Eagle-Eye registrierte, dass der Typ im Grobstrickpulli protestierte. Gleich darauf sah er einen schwarzgekleideten Mann mit den buschigen dunklen Augenbrauen, der direkt vor der Bühne stand und die Zuschauer mit der Kamera fixierte. Klick, klick, ding, dong, wie eine Gewehrsalve, zielgerichtet und entschieden. Das war Coco Lautenbach! Eagle-Eye hörte Buhrufe; Coco rief auch etwas, wurde jedoch von Geschrei übertönt.

»Das wär was für Edwin!«, nuschelte sein glatzköpfiger Nebenmann und stieß ihn wieder mit dem Ellbogen an.

»Was denn für'n Edwin?«, fragte Eagle-Eye, benommen, reizüberflutet.

»Na, der Schäfersohn. Der kloppt sich gern.«

»Was? Der Schäfersohn? Der war doch total peacy ...«

»Mensch, Kleener, du hast auch keine Ahnung, wa? Es gibt doch zwei Söhne vom Schäfer! Der Edwin, den kenn ick gut, das ist der Ältere. Mit dem bin ick selbst mi'm weeßen Lamborghini rumjegurkt, wir ha'm de Mädels aufgerissen. War jeliehen, die Karre, aber das sah man nich. Ha'm jesacht, wir wär'n vom Film, wa.« Der Mann hatte den soundsovielten Maßkrug gefüllt und roch selbst schon leicht vergoren. Er giggelte lauthals. »War'n wir ja irgendwie ooch. Bloß eben Bühnentischler, wa, keene Darsteller.« Er gluckste in sich hinein.

Eagle-Eye sah sich im Saal um. War eigentlich irgendjemand außer ihm wegen der Schafe hier? Er hielt Ausschau nach dem Strickpullitypen, der schien wenigstens am Thema interessiert zu sein. Vielleicht erkannte er ihn sogar, wenn er ihn von vorn sah. Da! Er stand mit Coco Lautenbach am Rand der Bühne und redete auf ihn ein. Coco schien nicht gerade stabil zu stehen, sein Zucken sah aus wie Schluchzen, und alles, was er sagte, klang wie *»Manuel«*.

Der Moderator berief eine Pause ein; in einer halben Stunde sollte es weitergehen.

Eagle-Eye schüttelte, als wäre er ein Hund, die vielen Eindrücke wie Regentropfen von sich ab. Er sollte für Alois recherchieren! Und immerhin hatte er schon einiges ermittelt. Also hämmerte er die Nachricht *›Manuels Bruder Edwin ist verdächtig!‹* in die Smartphone-Tastatur und schickte sie an den Kommissar.

Sein Glatzennachbar hatte sich auf den Weg zum Tresen gemacht. Eagle-Eye atmete auf, rückte wieder ein wenig Richtung Fensterbankmitte und stellte seinen Rucksack neben sich auf die Sitzfläche.

»Hey da.« Schon wieder fühlte er sich fixiert. Coco Lautenbach hielt geradewegs auf ihn zu, dabei stiefelte er durch die Sitzreihen hindurch. Etliche Plätze waren vorübergehend leer, die Leute hatten sich im Innenhof zum Rauchen versammelt oder besorgten sich an der Theke flüssigen Nachschub. Wer noch oder schon wieder saß, rückte beiseite, als der Fotograf mit den schwarzen, wirren Haaren vorübereilte.

»Hey, Igel. Wie geht's dir?«

»Mm-mh.«

»Was machst du überhaupt hier? Bist du mit deinen Eltern da?«

»Nee. Wozu. Ich informier mich hier.«

»Du informierst dich? Das ist ja wohl die abgefuckteste Begründung, die ich je gehört habe!«

»Wieso.« Eagle-Eye begann, mit den Beinen zu schlenkern. »Und selbst?«

»Ja Mann, was wohl! Ich will mir diese Wolfshasser angucken. Vielleicht finde ich hier den Mörder von –«

Der Mann mit dem Grobstrickpullover war von hinten an Coco herangetreten. Er legte ihm eine schwere Hand auf den Unterarm. »Gehen Sie. Sie tun sich hier keinen Gefallen, glauben Sie mir.« Der Mann war groß und schlaksig und hatte ein kantiges Gesicht. Eagle-Eye kannte ihn nicht, und doch kam er ihm seltsam vertraut vor. Seine uneitle, aber dennoch bestimmende Art machte Coco ruhiger.

»Jaja, bin schon lammfromm.« Dabei grinste er schief und zwinkerte Eagle-Eye aus verquollenen Augen zu.

»Beim Thema Wolf gehen die Emotionen mit den Leuten durch«, sagte der andere. »Das ist das letzte, was Sie jetzt gebrauchen können.«

Coco Lautenbach zwinkerte wieder, doch diesmal sah Eagle-Eye unter zusammengekniffenen Augenbrauen die Tränen entstehen, die er zu unterdrücken suchte. »Manuel«, klagte er. »Manuel, mein lammfrommer Wolf ...« Er jaulte auf. Als er Eagle-Eyes skeptischen Blick bemerkte, sagte er: »Doch, er war auch ein Wolf. Aber ein lieber. Ein ganz, ganz lieber! Oder, Herr Hartmann?«

Der große Mann nickte. Dann legte er den Arm halb um Coco Lautenbachs Rücken und schob ihn zur nächstgelegenen Tür.

Zu Eagle-Eyes Leidwesen kam der Glatzkopf zurück, einen neuen Humpen in der Hand. Umstandslos schob er den Rucksack des Jungen beiseite und nahm wieder auf der Fensterbank Platz. Er dunstete so deutlich Biergeruch aus, dass Eagle-Eye nach Luft schnappte.

Im gleichen Moment stieß der Moderator sein Trinkglas mehrmals mit einem Feuerzeug an. Es war ein ungewöhnliches Stück, dem Klang nach aus Metall, mit schwarzer Gravur, die einen Hund mit gefletschten Zähnen zeigte.

Der Biertrinker hielt Eagle-Eyes Luftschnappen offenbar für ein Zeichen von Verblüffung, wenn nicht gar Begeisterung. »Dufte Feuerzeug, was?« Er zerrte einen Gegenstand aus der Hosentasche, streckte ihn dem Jungen entgegen. »Habe auch so eins. Sonderedition für die Jägerschaft. Es gab fünf Tiere zur Auswahl.« Das Feuerzeug in der Hand des Mannes zierte ein stattlicher Eber.

»Wie passend«, sagte Eagle-Eye und wandte seinen Blick schnell zur Bühne.

»Leute!«, rief der Moderator im Takt seiner improvisierten Trommel, »Leute, nehmt die Plätze ein. Weiter geht's!«

Eagle-Eye bemerkte, wie Gesine Schindler, die Krafttier-Frau, Richtung Bühne strebte. Da erhob er sich und hastete auf leisen Sohlen der Ausgangstür zu.

## Aufgelöst

Bruno drehte seit dem Vorfall immer eine Extrarunde um die Weide. Er vergewisserte sich, dass die Reparatur am Zaun weiterhin hielt. Würde er nur die leiseste Unruhe bei seinen Schafen bemerken, er würde sich ein Nachtlager hier oben einrichten!

Er müsste nicht unbedingt in das Zuhause, das die Blockhütte ihm bot. Immerhin konnte er dort den Aufgesetzten rütteln, sicherstellen, dass die Salbeiblätter benetzt waren; die nächste Charge für den Wochenmarkt vorbereiten. Andererseits: So groß waren die Erlöse vom Likörverkauf auch wieder nicht.

Im Blockhaus hatte er ein bequemes Bett, und er hatte schon vor Jahren dafür gesorgt, dass sich die Erinnerungen an seine beiden Ehefrauen in Grenzen hielten. Sabrinas Tüll- und Glitzerdeko hatte er von Anfang an gehasst und nur Edwin zuliebe ein paar paillettenbesetzte Bilderrahmen aufgehoben, damit sein Ältester nicht den Eindruck hätte, die Erinnerung an seine Mutter sei nichts wert. Belindas gerahmtes Herbarium dagegen hatte er vor allem deshalb abgehängt, weil es ihm auch nach all den Jahren noch Schmerz bereitete, es zu betrachten. Mit welchem Blick für die Kostbarkeit der gesammelten Pflanzen sie deren Vorzüge präsentiert hatte! Wie behutsam sie den Saft aus ihnen herausgepresst hatte, so als hätte sie Angst gehabt, ihnen wehzutun!

Bruno musste schlucken, als er an Belindas pflanzenkundliche Expertise dachte, die weit über naturwissenschaftliches Interesse hinausging. »Hätte ich im Mittelalter gelebt, ich wäre eine Kräuterhexe geworden«, hatte sie behauptet. Sie kannte sich mit Heilkräutern aus und wusste genau, aus welchen Blättern sie Tee zubereiten, aus welchen Früchten sie Marmelade kochen konnte. Von ihr hatte er das Rezept für den Salbeilikör, der erprobtermaßen gegen Schweißausbrüche und Halsschmerzen half und das Immunsystem stärkte. Er verkaufte ihn gegen gutes Geld auf Wochen- und Weihnachtsmärkten, und die Leute kamen jedes Jahr wieder, auch wenn sie ihn selbst noch genauso scheel anblickten wie eh und je.

Nein, ins Blockhaus zog ihn nicht viel. Im Gegenteil, jetzt würde er auch noch die Erinnerungen an Manuel beiseite räumen müssen. Auf der Weide war alles in Ordnung. Und die Leute, die zur Kontrollrunde eingeteilt waren, wurden neuerdings von Ulf Hartmann persönlich überwacht. Der hatte wohl Angst um den Ruf seines Resozialisierungsprojekts und versuchte alles zu unterbinden, was dem Ruf von ›Lammfromm e.V.‹ schaden konnte – also auch Versäumnisse bei der Aufsicht der Schafe.

Brunos Füße hatten sich wie ein Uhrwerk in Gang gesetzt, und er hatte sie nicht angehalten. Als er seine Aufmerksamkeit auf den schmalen Pfad lenkte, stellte er fest, dass er Richtung Norden unterwegs war; instinktiv hatte er weder den Weg ins Dorf noch den zum Campingplatz eingeschlagen.

Er überlegte kurz, ob er noch Bärlauch schneiden sollte, die zarten Blätter mit dem würzigen Geschmack, der jeden Quark, jede Soße veredelte. Er wuchs in den lichten Buchenwaldabschnitten in Hülle und Fülle. Früher, als er jung war, hatte Bruno sich mit der Bärlauchernte beeilt, denn die Leute aus dem Dorf trampelten sich halbtot, um ihre Körbe und Taschen zu füllen. Heute dagegen sahen sie sich vor, denn man konnte die Pflanze angeblich leicht mit den giftigen Maiglöckchen verwechseln. So wie im Herbst Champignons mit Knollenblätterpilz. Ha! Bruno schnaubte. Was für ein Idiot musste man sein, um Geruch und Blattwuchsform nicht voneinander unterscheiden zu können oder um weiße für braune Lamellen zu halten!

Die Leute gaben sich als Pflanzenliebhaber aus, wenn sie Orchideen aus tropischen Regenwäldern in ihren Fensterbänken ausstellten, doch in Bezug auf die heimische Flora waren sie die erbärmlichsten Dilettanten! Sie pflanzten Schopflavendel in ihre künstlich gealterten Kübel und wunderten sich, wenn die ans Mittelmeerklima gewöhnte Pflanze im Winter wegstarb! Auch im Harz wollten sie in ihren Gärten mit

Fuchsien, Kamelien und Honoki-Magnolien glänzen, statt die wunderbaren Buschwindröschen, Leberblümchen, Lerchensporne und Seidelbaste willkommen zu heißen! Was nicht exotisch war, wurde nicht beachtet.

Bruno fühlte sich verzagt angesichts der pfauengleichen Attitüden seiner Mitmenschen. Er mit seiner abgegriffenen Kappe und seinen fadenscheinigen Cordhosen gehörte nicht wirklich dazu. Manchmal landete er wie ein Außerirdischer, der ominösen, aber wirksamen Nektar brachte, auf ihren Märkten. Dass sie so über ihn tuschelten, dass er es mitbekam, hielten sie entweder für normal oder für legitim.

Natürlich würde er sich nicht finden lassen! Er war doch nicht die Trophäe, die, dankbar, beachtet zu werden, die Erfolgschronik einer Kriminalkommissarin oder eines hyperaktiven Bürgermeisters schmückte! Er konnte ihnen sowieso nicht helfen. Weder wusste er, wer seinen Jungen auf dem Gewissen hatte, noch hatte er die Entführung der Kinder beobachtet. Er war seiner Schafherde und allenfalls noch den Besitzern der Tiere verpflichtet. Der Rest der Menschheit konnte ihm gestohlen bleiben. Er gehörte der Wiese, dem Wind, dem Wald.

Sein Weg bog jetzt rechts ab, Richtung Fliegerdenkmal. Er sah vor sich freies Feld, es wurde bewirtschaftet, doch heute war keine Sämaschine unterwegs; er hatte Ruhe. Ruhe? Sein Auge blieb an einem weißen Gefährt hängen, das seinen Blick wie magisch anzog. Was war mit diesem Störenfried in der grünen Landschaft? Etwas alarmierte ihn, er musste nur darauf kommen, was es war!

Wie auf der Pirsch näherte Bruno Erdner sich dem Wagen. Es war ein älterer 3er BMW. Ein Wagen, den er niemals gekauft hätte, doch über den er trotzdem viel hatte diskutieren müssen ... klar! Edwin wollte so einen unbedingt haben, damals. Er hatte 2002 seinen Führerschein gemacht, doch statt froh zu sein, mit Papis altem Saab Fahrpraxis erlangen zu können, hatte er sich über »den uncoolen

Schlitten« lustig gemacht und angekündigt, er werde einen schicken Wagen erwerben. Natürlich hatte Sabrinas Mutter Elisabeth im Hintergrund die Strippen gezogen – dieses elende, verblendete, materialistische Weibsstück! Eines Tages jedenfalls kam Edwin vorgefahren im weißen 3er BMW – vor Stolz geschwellt, als wäre es einzig und allein sein Verdienst, sich dieses Auto leisten zu können. Bruno wollte gar nicht wissen, was für Aufreißertouren sein Sohn damit zu unternehmen gedachte.

Der alte Schäfer tapste eilig über den Acker, der ihn von dem Wagen trennte. Noch konnte er das Nummernschild nicht erkennen, doch etwas sagte ihm, es wäre das richtige. Dann entzifferte er das doppelte E. EE: Edwin Erdner! Er hatte aus lauter Eitelkeit schon damals seine Initialen im Nummernschild haben wollen – damals, als es noch richtig Geld kostete! So würde er es auch heute handhaben; natürlich, dies hier war Edwins Auto.

Bruno wagte sich behutsam näher. Die Scheiben waren beschlagen, vielleicht hatte der BMW über Nacht hier gestanden. Doch wo war dann Edwin? Hatte er etwa im Wagen übernachtet, so wie früher, wenn er eine der von ihm so genannten »süßen Discomäuse« verführt hatte?

Bruno fröstelte. Der Wagen war leer. Niemand hatte darin geschlafen, weder sein ungeliebter Sohn noch ein Entführungsopfer. Bruno begann zu zittern.

## Hinweise

»Uns hat tatsächlich der Schäfer angerufen, dieser Bruno Erdner, den die Kollegen nicht finden können«, tat Fred Herkules kund. »Und wisst ihr was? Er hat seinen eigenen Sohn beschuldigt. Also – seinen älteren Sohn, er heißt Edwin. Und der soll laut dem Schäfer den Bruder auf dem Gewissen haben, also den Manuel Erdner.«

Stefan Nahtlos, obwohl nur wenige Schritte von Herkules entfernt, konnte nicht weiter zuhören. Er zitterte vor Tatendrang. »Pecunia non olet. Hildesheim!«, rief er. Er konnte seinen Stolz nicht verhehlen. »Dass meinem Fynn das eingefallen ist!« Den missbilligenden Blick seiner Frau, die sich als Fynns Mutter mindestens die Hälfte seiner Pfiffigkeit als Verdienst anrechnete, übersah er. »Sie müssen Ihr Augenmerk auf Hildesheim richten!«, forderte er den Kriminalhauptkommissar auf. »Konzentrieren Sie dort Ihre Kräfte. Da werden Sie die beiden finden, garantiert! Fynn und Sophie. Ihnen geht es gut, noch. Sie müssen sie nun aber endlich auftreiben!«

Er ließ Tränen seine Wangen herunterkullern. *Waren es Tränen der Erleichterung?*, fragte sich Herkules. Er hoffte es. So wie er hoffte, dass sie gerechtfertigt wären.

Auch Alois hatte einen Hinweis auf den älteren Sohn des Schäfers erhalten. »Manuels Bruder Edwin ist verdächtig«, lautete die Nachricht. Unterschrieben war sie mit »Hilfskommissar Eagle-Eye Bokelmann«.

## Vorlieben

»Nun zu Bruno Erdner«, murmelte Aisner, sah Jessy an und seufzte.

Sie nickte. »Ich weiß. Unsere Baustelle.«

Laut Herkules wollte der alte Schäfer auf der Weide am Steinberg auf seine Befragung warten. Jessica versuchte es mit einem Witz: »Hoffentlich finden wir ihn unter all den Schafen.« Sie erinnerte sich nur zu gut an Alois' Bericht über das schwierige Gespräch anlässlich der Tierrisse.

Sie fanden ihn am Rand der Schafweide, kauernd auf einem dreibeinigen Sitzstock, wie Jäger ihn zum Ansitz mitnehmen. Seine Pakol-Mütze war in den Nacken gerutscht; er schien nicht zu bemerken, dass leichter Nieselregen seine Stirn und Wangen mit einem dichter werdenden Gespinst aus feinen Tröpfchen benetzte.

»Der Mann hat Trapper-Qualität«, stellte Henkel fest, und es klang ehrlich bewundernd.

»Zumindest hat er Nehmer-Qualität«, sagte Aisner, und es klang eingeschüchtert.

»Ich kann nicht ins Blockhaus«, brummte Erdner, als sich die beiden Kommissare von der Seite näherten. Er machte sich nicht die Mühe, ihnen den Kopf zuzuwenden. »Kann nirgends rein. Kann nur laufen und laufen. Musste aber mal Pause machen.«

»Wir respektieren Ihr Befinden«, sagte Henkel, die eine Idee von der Aufgewühltheit des Mannes hatte. »Glauben Sie mir, wir wollen Ihnen ganz bestimmt nicht noch mehr zusetzen.«

Alois hob zu seiner ersten Frage an, doch Jessica schüttelte leicht, aber entschieden den Kopf. Er beschloss, sich auf ihr Empfinden zu verlassen. Deshalb sparte er sich auch die Bitte, die Unterredung unter irgendeiner Art von Dach fortzusetzen. Nach der Aufregung und dem Hin und Her der vergangenen Stunden spürte Aisner seine Knochen und hätte ebenfalls eine Pause gebrauchen können.

Henkel hatte sich auf einem Dolomitbrocken schräg vor dem Schäfer niedergelassen, sodass sie sich mit ihm auf Augenhöhe befand. Aisner lehnte sich halbherzig gegen einen Baumstumpf. Angewidert zog er seine Hände zurück, mit denen er seine schmerzenden Lendenwirbel gegen den Stamm hatte abpolstern wollen. Die durchweichte Rinde war klebrigkühl und schmierig. Es nieselte spärlich, doch unaufhörlich.

»Habe Edwins Auto gefunden«, begann Bruno Erdner plötzlich. »In der Feldmark. Versteckt. Ist mit Manuels Wohnwagen weg.«

»Haben Sie Ihren Sohn Edwin mit dem Wohnwagen gesehen?« Aisner konnte sich die Nachfrage nicht verkneifen. Der Schäfer sah zu Henkel und schwieg.

Jessica sagte nichts. Sie sah den Schäfer nicht einmal direkt an, vermerkte Aisner, sondern schien ihren Blick ziellos über Gras, Fels und Schafe in die diesige Weite schweifen zu lassen.

Erdner räusperte sich. »Weiß es einfach.«

Henkel nickte. »Wir brauchen eine möglichst genaue Beschreibung des Wohnwagens, damit wir nach ihm fahnden können. Modell. Farbe. Kennzeichen.«

»Kastenwagen, ein alter, wie er früher vom Roten Kreuz gefahren wurde. War da ausgemustert, glaube ich. Farbe war mal hell. Nicht direkt weiß …«

»Cremefarben?«

»Hm.«

»Hat er irgendwelche Streifen oder Symbole, das rote Kreuz vom DRK?«

»Nee, war glaub ich ab.«

»Hersteller?«

Aisner bewunderte Henkels Geduld. Gleichzeitig fragte er sich, ob sich das lohnte. Vielleicht sollten sie jemanden befragen, der sich was aus Autos machte. Wie um zu bekunden, dass er nicht zu diesem Personenkreis gehöre, zuckte der Schäfer als Antwort auf Henkels Frage die Schultern.

»Das Kennzeichen?«

»Na ja, OHA. War ja schon lange zugelassen, da waren wir noch nicht im Landkreis Göttingen.«

»OHA reicht uns nicht, Herr Erdner. Wie geht es weiter?«

Schulterzucken.

Jessica tauschte einen Blick mit Alois. Sie würden jemand anderen fragen müssen. Er wusste auch schon, wo er suchen wollte, und wäre zu gern aufgebrochen. Doch sie hatten nur ein Auto, er konnte Jessy nicht allein hierlassen. Sie waren noch nicht fertig.

»Haben Sie junge Leute hier an oder in der Nähe der Weide gesehen, die nicht zu ›Lammfromm‹ gehörten?«, schnitt Jessica das nächste Thema an.

Der Schäfer schüttelte nur den Kopf.

»Bitte überlegen Sie nochmal. Ein junges Mädchen vielleicht?«

Kopfschütteln.

»Auch nicht am Sonntag?« Henkels Tonfall hatte nun eine leichte Färbung von Verzweiflung.

»Hab ich nicht gesehen.«

»Wussten Sie, dass Ihr Sohn Edwin hier war?« Alois konnte nicht mehr stillhalten.

Kopfschütteln.

»Wissen Sie, was er hier gewollt haben kann?«

Brummen.

Jessica sah mit hochgezogenen Augenbrauen zu Alois hinüber. Er verstand das Signal als Aufforderung, sich zurückzuhalten. Doch langsam reichte es ihm! Er spürte den Drang, diesen muffigen alten Mann bei seiner Ehre zu packen, ihn zu fragen, ob er überhaupt wolle, dass der Mord an seinem Sohn Manuel aufgeklärt würde. Er wollte ihm zuzusetzen.

Aisner hatte Glück. Ein Mofa kam von der Steinkirche aus angeknattert. Jungs von Hartmanns Hof! Nun konnte er diesem Stumpfsinn hier entfliehen und tätig werden, ohne Jessicas Strategie zu durchkreuzen. Er stieß sich von dem glitschigen Baumstumpf ab und ging den Neuankömmlingen entgegen. Der hinten sitzende Mitfahrer war abgestiegen und lief zu Fuß weiter, sonst hätte das Fahrzeug den Anstieg nicht bewältigt.

Aisner hörte Jessica noch mit halbem Ohr »Hat Edwin in der Gegend noch andere Kontakte?« fragen und wünschte ihr, dass mehr als ein Kopfschütteln oder Schulterzucken als Antwort herausspränge.

Erkan hatte das Mofa gelenkt, den anderen Jungen kannte Aisner nicht. »Hi!«, stellte der sich vor, nachdem Alois Namen und Funktion genannt hatte. »Und du heißt – wie?«, musste Aisner nachfragen.

»Hai. Hein Hai aus Heinsdorf.«

Aisner klappte die Kinnlade herunter.

Erkan grinste. »Cool, Mann, was?«

Aisner schnaufte.

»Ehrlich, Mann. Der heißt so. Ohne Verarsche.«

Aisner atmete tief durch. Letztlich konnte es ihm egal sein, ob dieser Ex-Straftäter Hein Hai oder Henning Hering hieß – er brauchte nur eine Beschreibung von Manuels Wohnwagen. Die allerdings musste zuverlässig sein.

Er klappte den Mund wieder zu. »Sagt mal, Jungs, wisst ihr das Kennzeichen von Manuels Wohnwagen?«

»Klar Mann.« Erkans Antwort kam ohne Zögern. »GY 6. Vorne OHA natürlich.«

»GY? Für *Gay*, oder wie?«

»Ja, Mann, logisch.« Erkan grinste. »Gay Sex. Haben wir drüber gelacht. Deutlicher ging ja wohl nicht, Mann. Und das in dem Dorf hier.«

Hein guckte fachmännisch aus der Wäsche. »Aber der Schlitten war geil.«

»Aha. Warum denn?« Aisner blühte auf: Hier schienen die Informationen förmlich zu sprudeln. Nicht mehr dieses dröge Gewarte auf gütiges Entgegenkommen in Form einer kleinen Auskunft!

»Na, war ein alter Mercedes L 407 D. So 'ne Kiste, die nicht totzukriegen ist. Fährt bei uns in Heinsdorf auch einer, der Obermacker. Harte Socke. Hat die Karre zum Fummelmobil umgebaut.«

Aisner war etwas überfordert. »Fummelmobil? Wie? Gay-Sex?«

Beide Jungs lachten.

»Nee, mit dem Fummelmobil, das ist der aus Heinsdorf. Manuel hat den Kasten auch so umgebaut, dass er da übernachten kann«, erklärte Erkan schließlich. »Auch mit Klo und so. Aber das wollte er haben, um bei der Weide zu bleiben. Das mit dem Kennzeichen GY 6 war mehr so Verkündung. So wie andere AH 18 nehmen.«

Alois seufzte unwillkürlich. Verbot oder Erlaubnis symbolträchtiger Autokennzeichen waren in Deutschland Ländersache. In Niedersachsen war AH 18 erlaubt und von Neonazis gern genommen. In Brandenburg wurde dieses Wunschkennzeichen zurückgewiesen. In seiner Heimat, Österreich, war die 18 als Teil des KFZ-Kennzeichens seit 2015 grundsätzlich verboten. Noch einmal seufzte er, nostalgisch. Dann konzentrierte er sich.

»Also ein MB L 407 D, Kennzeichen OHA – GY 6«, fasste Aisner seine bisherigen Erkenntnisse zusammen. »Farbe?«

Wieder lachten beide.

»War mal Elfenbein, würd ich meinen«, sagte Hein. »Aber jetzt mehr wie so'n Golden Retriever, der im Schlamm gewühlt hat.«

Aisner wunderte sich über die Offenheit des Jungen, der ihm soeben zum ersten Mal begegnet war und der als straffällig Gewordener einen Polizisten eigentlich als natürlichen Feind ansehen sollte. Auch Erkan schien in Heins Anwesenheit lockerer als je zuvor. Aisner dachte an Maik. »Seid ihr beide jetzt zur Kontrollrunde eingeteilt?«, erkundigte er sich.

»Nee«, rief Erkan über die Schulter zurück. »Sollen nur mal Lämmer zählen.« Damit verschwanden sie in Richtung der Herde, wobei sie, wie es Aisner schien, tunlichst der Ecke zustrebten, die am weitesten von Bruno Erdners Sitz entfernt war.

Der Schäfer hatte sich erhoben und faltete sein Dreibein zusammen. Jessy Henkel lief quer über den Rasen auf Alois zu.

Er rief ihr entgegen: »Habe gerade den Wohnwagen zur Fahndung ausschreiben lassen.«

»Und ich weiß, wem wir wegen Edwin Erdner auf den Zahn fühlen müssen«, sagte Jessy, als sie zu ihm aufgeschlossen hatte. »Nämlich seiner Großmutter, einer Elisabeth Mansfield. Die hat den besten Kontakt zu ihm. Aber erst mal brauche ich einen Kaffee.«

»I a. Mit Wachauer Schuss?«

Jessy schüttelte sich leicht, Alois hätte nicht sagen können, ob es Abwehr, Frösteln oder wohlige Vorfreude war.

## Pause

Aisner kam nicht dazu, den Wachauer Marillenbrand aus dem Geheimfach zu holen. Als sie gerade den heißen Kaffee eingegossen hatten, betrat Fred Herkules das Büro. »Jessy, Alois, ihr macht erst mal Pause.«

»Aber …«, begann Aisner.

»Kein Aber. Ihr habt gewühlt wie die Wilden, und ihr habt so viel gefunden, dass jetzt andere weiter wühlen können. Bei der Suche nach Sophie und Fynn und Edwin Erdner könnt ihr im Moment nicht helfen.«

»Wir könnten Edwins Großmutter befragen«, warf Henkel ein, doch sie klang alles andere als eifrig.

»Das werdet ihr auch machen, später. Jetzt ruht ihr euch aus. Ihr schlaft mindestens acht Stunden am Stück! Das ist eine Anordnung.«

Henkel seufzte ergeben, Aisner blickte auf. »Danke, Fred.«

Als Alois die Flasche Marillenbrand aus dem hintersten Winkel der untersten Schublade seines heimischen Schreibtischs zu Tage gefördert hatte, hörte er die Haustür zuklappen.

Es klang erstaunlich verhalten, weder nach Larissas entschiedener Art noch nach Eagys pubertärem Zorn. Er musste sich vergewissern, wer da gekommen war, und trat in den Flur. Sie waren sogar beide zusammen eingetroffen! Alois wollte eben einen ironischen Spruch wegen des geräuscharmen Türschließens loslassen, da bemerkte er ihre bedrückte Stimmung. Larissa hatte den Arm um Eagle-Eyes Schulter gelegt, der Junge sah ernst aus.

»Wir haben Nora-Theres besucht«, sagte Larissa, die Alois' Ratlosigkeit bemerkt hatte.

»Was? Ist s' wieder zu Hause?«

»Nee, Alo, noch lange nicht.« Eagle-Eye klang fast sachlich, doch beim Weiterreden überschlug sich seine Stimme. »Es ist noch gar nicht klar, ob sie wieder richtig gesund wird. Und sie weiß nicht, wer das war. Sie hat keinen gesehen. Aber es hat ewig gedauert, bis sie uns das endlich gesagt hat. Weil sie … weil sie nämlich nur ganz langsam … sprechen kann.« Ihm traten Tränen in die Augen.

Alois zögerte, und Larissa deutete es richtig: Er befürchtete, sie hätten Nora mit ihrem Besuch zugesetzt. Sie beschloss, ihn zu beschwichtigen. »Keine Angst, wir haben Nora nicht überanstrengt. Außerdem ist Klara bei ihr, die passt auf sie auf wie ein Schießhund.«

Alois wäre beinah die Bemerkung herausgerutscht *»Ihr braucht Nora nicht mit Fragen zu malträtieren, denn wir wissen, wer sie misshandelt hat«*, doch er beherrschte sich noch rechtzeitig. Keine Tatsachenbehauptungen, auch wenn er noch so überzeugt von der Richtigkeit war! Er spürte jetzt deutlich seinen Widerwillen, sich weiter zusammenzureißen. Fred hatte Recht: Er musste dringend schlafen.

# Donnerstag

## Wiedererkannt

Alois traute seinen Augen nicht. Er hatte noch gar nicht in Erwägung gezogen, eine aktive Suche nach dem *Krieger* einzuleiten, da stolperte der quer über den Parkplatz des Polizeikommissariats. War in ›Stalingrad‹ etwas schiefgelaufen, hatte sich ›Köln‹ als untauglich erwiesen, der ›Cousin‹ sich disqualifiziert? Es musste anstrengend sein, jeden Tag eine neue Legende zu erfinden, die den verpfuschten Lebenswandel kaschierte. Alois empfand Arno Lengis gegenüber eine gewisse Anerkennung, auch wenn der Mann ihn nervte. Doch vor allem brauchte er ihn jetzt.

»Melde mich zum Dienst!« Alois erhob sich vom Schreibtischstuhl, deutete ein Zusammenschlagen der Hacken an und überlegte, welchen Dienstgrad er adressieren sollte. *›Herr General‹* schien ihm übertrieben. *Leutnant* vielleicht?

Arno Lengis schien keinen Wert auf eine ausdrückliche Ansprache zu legen. »Stillgestanden!«, deklamierte er umstandslos.

Alois war sich nicht sicher, wie der Formaldienst in der deutschen Bundeswehr ablief. Er hatte nur äußerst verblasste Erinnerungen an das österreichische Bundesheer. Die Kenntnisse des *Kriegers*, so hoffte er, wären allerdings noch deutlich älter, wenn auch deutscher. Sollte er, Alois, einer Art Theaterstandard genügen, dann würde es reichen, hoffte er.

»Achtung!«, brüllte Lengis.

Alois reckte den Kopf in die Höhe und trat mit dem rechten Fuß entschlossen ein paar Zentimeter nach vorn. Er bemühte sich, konzentriert dreinzublicken.

»Rührt euch!«

Alois nutzte das Kommando, um sich zu setzen. Hatte er es mit seiner Einlage nicht sowieso reichlich übertrieben? Schließlich war er der Herr im Hause. Doch er war es auch, der etwas wollte.

»Wären der Herr …« Mist, wieder stockte er, weil er den militärischen Grad nicht nennen konnte, »… Herr Major« sagte er aufs Geratewohl, er fand, dass sich das gut anhörte, »wären der Herr Major zu einer Gegenüberstellung bereit?«

Der *Krieger* trug zu seinem Wehrmachtsmantel rehbraune Lackschuhe mit Schnalle; Aisner gestattete sich, diesen Umstand zu übersehen.

»Wer sich eines Vergehens schuldig macht, gehört von mir überführt und gemeldet.«

»Eines Parkplatzvergehens?«, improvisierte der Kommissar.

»Besonders eines Vergehens der genannten Art«, bestätigte Lengis. »Ein dilettantischer Träger improvisierter Uniformmützen wird sich zu verantworten haben.«

Aisner frohlockte. »Kann der Herr Major …« – kein Protest, also ein Treffer, der Dienstgrad – »die Personen, die sich der erschlichenen Uniform bedient haben, für eine Phantomzeichnung beschreiben?«

Das konnte der *Krieger* nicht. Dennoch blickte er verschwörerisch aus der Wäsche. »Ich weiß, wo deren Versteck ist. Um das zu melden, bin ich hier.«

Lengis beschrieb die Lage eines senfgelb gestrichenen Bauwagens, der am Ende einer Sackgasse am Flüsschen Oder abgestellt war. »Da haben sich die Halunken rumgedrückt. Habe es genau gesehen. Hatten die blauen Mützen auf und schwere Stiefel an.«

Aisner hoffte, dass sein Besucher sich das nicht ausgedacht hatte. Er würde nachher dort vorbeifahren und prüfen, ob es diesen Bauwagen gab.

Lengis hatte sich schon zur Tür gewandt, da rief Aisner ihn noch einmal zurück. »Können Sie – könnte der Herr Major wohl noch einen Blick hierauf werfen?« Er hielt ihm sein Smartphone mit dem Schnappschuss von Jessica unter die Nase, den er neulich im Flur der Steinbrechs aufgenommen hatte. »Ist das eine der Uniformmützen?«

»Jawohl!« Lengis salutierte. »Und das ist auch einer der Halunken. Gute Arbeit, Herr Feldwebel.«

## Elendes Warten

Sophie stöhnte. Fynn hatte zwar so lange Theater gemacht, bis *Maske* eine Mullbinde und ein Fläschchen Wundspray besorgt hatte, weshalb Sophies Knie nun mit einem weichen Verband gepolstert war. Dennoch litt sie unter Schmerzen.

»Du musst dich doch nicht hinknien«, sagte Fynn unwillig. »Ich kann doch rausgucken.« Er fragte sich allerdings, was es denn schon zu sehen geben könnte.

»Das Hinknien ist überhaupt nicht mein Problem«, gab Sophie zurück. Sie ließ den Fetzen Schwarzfolie, den sie wegen des Risses vorsichtig hochgehalten hatte, wieder los. »Aber die Autokennzeichen.«

Fynn sah sie abwartend an.

»Ich dachte doch, ich hätte ›HI‹ gesehen. Jetzt sehe ich ›H‹. Hannover. Nicht Hildesheim.«

Fynn wandte seinen Blick ab. Er fühlte sich wie ein Häufchen Elend. Die Zuversicht, die er nach dem Telefonat mit seinem Vater gespürt hatte, war verblasst wie eine Fata Morgana.

»Hey, Fynn, was ist? Sprich doch mit mir!«

Fynn schluckte. Dann sah er Sophie an, die immer noch wie erstarrt neben ihm auf der harten Sitzbank kniete.

»Ich wollte es dir nicht sagen…«

»Was denn?«

Fynn schluckte noch einmal.

»Verdammt, Fynn! Was denn?«

»Ich habe auch keine Hildesheimer Kennzeichen gesehen. Sondern ›HL‹, Lübeck.«

Sophie überlegte kurz. »Das ist zu krass.«

»Ja, ich habe sie auf die falsche Fährte gebracht. Mein Vater denkt doch jetzt, wir sind in Hildesheim.«

Fynn war zum Heulen zumute, doch es kamen keine Tränen. Er war seit Stunden müde, doch es kam kein Schlaf. Wie elend ihm war!

Sophie ließ sich herunter, rückte ganz dicht neben Fynn.

»Das mit den Kennzeichen … das ist doch gar nicht so schlecht. Vielleicht sind wir doch in Hildesheim, aber es parken eben auch mal Autos aus Lübeck und Hannover hier.«

Fynn druckste herum. Er hätte sich am liebsten die Nase zugehalten. »Wir müssen uns mal wieder richtig waschen. Mit Seife und so«, sagte er schließlich.

»Findest du etwa, dass ich stinke?« Sophie rückte von ihm ab und begann zu schniefen.

Fynn schniefte ebenfalls. Er wollte etwas wie ›sorry‹ sagen, aber es kamen keine Worte. Dafür kamen jetzt die Tränen. Er wischte sich mit dem Handrücken über Augen und Nase.

»Ist ja kein Wunder, wenn wir ewig die gleichen Klamotten anhaben.« Sophie zog einmal herzhaft die Nase hoch, dann verzog sie die Mundwinkel. »Aber glaub bloß nicht, dass ich mich jetzt ausziehe.«

Fynn lachte nicht, er grinste nicht einmal. Er wandte sich ab.

Sie donnerte mit der Faust gegen die Abtrennung. »Ey, hey, du Maske.«

Fynn fand das falsch, doch der Impuls, Sophie zu stoppen, war zu schwach.

»Ey, du Maske! Scheiß-Maske. Wir brauchen was!« Sophie hatte einen Schuh ausgezogen und schlug damit gegen die Trennwand, bis ihr der Arm wehtat. »Ey! Mann! Maske! Scheiß-Maske! Kack-Maske! Wichs-Maske!«

»Hör auf!« Fynn wollte Sophie am Arm von der Wand zurückziehen. Da klatschte sie ihm mit der freien Hand ins Gesicht. »Lass mich! Du stinkst selbst!«

»Hoffentlich drehen die nicht durch.«
Jessica Henkel war zu Aisner und Herkules getreten, die auf dem Flur vor Freds Büro zusammenstanden.

»Wen genau meinst du?«, erkundigte sich Herkules.

»Die Kinder, Fynn und Sophie. Und auch ihre Eltern. Und den Entführer.«

»Und uns«, sagte Aisner, doch keiner der anderen lachte.

»Die Eltern halten sich erstaunlich wacker«, wusste Fred Herkules zu berichten. »Sie haben große Hoffnung wegen dieses konkreten Hinweises auf Hildesheim.«

»Aber mal unter uns: Warum dauert das so lange?«, fragte Alois. »Wir haben die Automarke, die Farbe, sogar das Kennzeichen. Und die Stadt!«

»Wenn der Wohnwagen in einer Scheune abgestellt ist, nützt uns das alles gar nichts«, sagte Henkel. »Genau wie mir die Telefonnummer von Edwins Erdners Großmutter nichts nützt, wenn sie nicht abhebt.«

»Gibt es denn außer dieser Großmutter keinen, den wir nach ihm fragen können?«, sagte Aisner ungläubig.

»Na, der alte Schäfer weiß schon mal nichts über seinen Sohn, das hast du ja selbst erlebt«, erwiderte Henkel. »Und seine Mutter ist unbekannt verzogen. Ich habe stundenlang nach einer Spur von ihr gesucht, aber sie muss ins Ausland gegangen sein.«

»Und Edwins letzte uns bekannte Adresse in München stimmt auch nicht mehr«, sagte Fred. »Er ist zwar noch gemeldet, wohnt aber wohl schon länger nicht mehr dort.«

»Man müsste frühere Freunde von ihm auftreiben«, dachte Henkel laut nach. »Vielleicht sogar hier in der Gegend.«

»Mensch. Madl!« Aisner hatte sich mit der Hand an die Stirn geschlagen. »I muss den Eagy was fragen!«

Er tapste in sein Büro, das Smartphone ans Ohr gepresst.

Jessy sah Fred an. »Jetzt kommt Eagle-Eye ins Spiel. Die Geheimwaffe.«

Fred musste lächeln. »Adlerauge, unser verdeckter Ermittler.«

Alois hatte den Jungen erreicht. »Ich muss dich dringend was fragen. Du hast doch für mich bei dieser Versammlung ermittelt. Und mir eine Nachricht geschrieben, dass Edwin Erdner verdächtig ist. Wie kommst du auf ihn?«

»Der kloppt sich gern.«

»Ah … äh, na ja, das … woher weißt du das überhaupt?«

»Von Glatze. Also … von so ’nem Mann, der viel Bier trinkt. Der hat mir erzählt, Edwin ist dauernd bei Schlägereien dabei. Fast wie’n Hobby.«

»Ja, aber, Eagy … das macht ihn noch nicht eines Mordes verdächtig.«

»Wieso. Wenn er so brutal ist und so?«

»Hm, na ja. Aber sag, dieser Mann, weißt du, woher der den Edwin kennt?«

»Ich glaube, von früher.«

»Früher?« Aisner spürte Ungeduld hochkochen. »Was heißt das, Eagy? Von vorigem Jahr oder seit seiner Kindheit?«

»Mann, seit hundert Jahren. Woher soll ich das wissen.«

»Also, ein ...« Alois hatte etwas über Ermittlerqualitäten sagen wollen, doch Eagle-Eye unterbrach ihn: »Die haben zusammengearbeitet. Beim Film. Aber nicht als Schauspieler.«

Aisner überlegte kurz. »Nicht schlecht. Eagy, weißt du noch mehr über den Mann? Weißt du, wie er heißt?«

»Nee.«

»Oder wo er wohnt?«

»Quatsch.«

Aisner holte tief Luft. Ruhig bleiben! »Eagy, wir müssen dringend wen sprechen, der Edwin Erdner kennt. Überleg noch mal genau, ob dir was einfällt. Wir müssen diesen Mann, mit dem du gesprochen hast, suchen.«

»Also, ich sag doch, der hat eine Glatze. Ist klein und mega-dick. Und trinkt gern Bier.«

Alois seufzte auf, es klang fast wie ein Jaulen.

»Und … äh, weißt du was? Bestimmt kennt der Wirt ihn. Der war doch dauernd am Tresen und hat sich neues Bier geholt.«

»Ja, das könnt' … vielleicht a Hoffnungsschimmer … danke, Junge!«

Bevor Eagle-Eye fragen konnte, ob Alois mit seinem Ermittlungsergebnis zufrieden sei, hatte der Kommissar die Verbindung beendet.

»I geh kurz in d' Kneipen«, rief er Jessica zu.

Als sie ihn eine Viertelstunde später auf dem Flur wiedertraf, sah sie ihn fragend an. Doch Aisner schüttelte nur den Kopf. »Zu viele Glatzköpfe holen sich Bier an der Theke.« Jetzt schüttelte Henkel den Kopf.

»Wir warten also weiter darauf, dass wir jemanden finden, der Edwin Erdner kennt«, stellte Herkules fest, nachdem Aisner ihm von dem unbekannten Glatzkopf berichtet hatte. Fred bemühte sich um professionelle Sachlichkeit, doch seine Stimme klang matt.

»Plant man denn eigentlich, das Lösegeld zu übergeben?« Alois fühlte sich von Informationen abgeschnitten, seit die Entführungsspezialisten die Betreuung der Familie Nahtlos übernommen hatten.

»Man ist wohl dabei, das vorzubereiten, ja«, sagte Fred. »Doch noch hat der Entführer sich nicht wieder gemeldet. Man kennt also keine Modalitäten der eventuellen Übergabe.«

»Der hat sich noch nicht wieder gemeldet? Ist das gut oder ...« Die Worte blieben Aisner im Hals stecken.

Herkules wischte mit einer raschen Handbewegung durch die Luft. »Überlassen wir diesen Part den Spezialkräften aus Hannover.«

## Das Phantom

Aisner ging im Kopf die Möglichkeiten durch, die Jessy und ihm zur Verfügung standen, um Licht ins Dunkel zu bringen. Es lief alles auf ein Ziel hinaus: Sie mussten mehr über Edwin Erdner herausfinden. Es würde ihnen nichts anderes übrig bleiben, als jeden, der die Familie des Schäfers etwas besser kannte, zu löchern. Er schrieb eine Liste: Ulf Hartmann, die Schafsfreunde Südharz, frühere Lehrerinnen und Lehrer, Freunde und Verwandte von Bruno Erdners erster Ehefrau Sabrina, Manuels Umfeld ... auch Constantin Lautenbach, Coco. Natürlich! Aisner schluckte. Darauf hätte er längst kommen können, das lag doch auf der Hand! Der Liebhaber musste etwas über Manuels Bruder wissen. Er lief zu Jessica, um sich mit ihr abzustimmen.

»Ich wollte dir gerade sagen, dass ich zu Edwins Großmutter Elisabeth fahre«, empfing sie ihn. »Ich habe versucht, nähere Verwandte von dem Mann ausfindig zu machen, aber sie ist meine einzige konkrete Spur. Sie geht immer noch nicht ans Telefon, und ich will wissen, ob sie wirklich nicht zu Hause ist. Vielleicht können mir sonst die Nachbarn was sagen.«

Aisner setzte die Kollegin kurz über seine Liste ins Bild, und sie legten die Großmutter und Coco Lautenbach als Prioritäten fest. Danach sollte Jessica Ulf Hartmann befragen, denn Alois würde er nicht gern empfangen. Hartmann konnte ihnen vielleicht bezüglich möglicher Kontakte zwischen Edwin und den anderen Schafbesitzern weiterhelfen.

Henkel startete schon das Auto, während Alois seine Sachen zusammensammelte. Da bollerte es an die Tür.

»Lengis, das ist doch dein Kandidat, oder?« Innendienstkollege Harald Maier war eingetreten.

»Mein Kandidat?« Alois sah auf. »Was soll das heißen?«

»Du hast viel mit ihm zu tun.«

»Mmh«, knurrte Aisner unentschlossen. »Warum fragst überhaupt?«

»Der ist gerade … außer Gefecht gesetzt worden.«

Aisner bemerkte das auf den *Krieger* gemünzte Wortspiel gar nicht, so erschrocken war er. »Was, diesen alten Mann haben s' …? Ist a Spinner, aber … was ist passiert?«

»Schlag auf den Kopf und Tritte … vermutlich. Spaziergänger am Oderweg haben ihn gefunden. Haben uns und das DRK angerufen. Ist nicht lebensbedrohlich, sagen die Sanitäter. Aber auch nicht ohne. Muss überprüft werden. Er wird ins Krankenhaus gebracht.«

Alois sah den Zusammenhang sofort. Oderweg – das war ein schmaler Spazierpfad am Flüsschen Oder, der auch an der von Arno Lengis genannten Stelle mit dem Bauwagen vorbeiführte.

»Ihr gebt's mir sofort Bescheid, wenn er vernehmungsfähig ist, gell?«

»Wird gemacht, Kollege.«

Alois machte auf dem Weg zu Coco Lautenbach einen Abstecher an die Oder. Tatsächlich, da stand genau an der vom *Krieger* beschriebenen Position ein gelber Bauwagen. Er war an einer von Sträuchern und wilden Clematis überwucherten Stelle dem oberflächlichen Blick geschickt verborgen. Der einstmals gewiss strahlende Anstrich hatte zwar unter diversen Schichten aus Staub und Dreckspritzern gelitten, war aber noch erkennbar.

Der Kommissar stieg aus, vergewisserte sich der Waffe im Holster und näherte sich dem Bauwagen. Traf sein Verdacht zu, hatten Artur und sein Freund Justin, der sich seit Wehrsportgruppentagen Justus nennen ließ, den *Krieger* angegriffen. Er musste damit rechnen, dass sie in der Nähe waren. Am Bauwagen angekommen, wandte er einen alten Trick an. Er rüttelte einmal kurz und heftig an dem abgestellten Anhänger. Wären sie darin, würde er eine Reaktion bemerken: ein Zurückziehen der Gardinen am Fenster, ein Öffnen der Tür, um nachzuschauen – oder wenigstens einen unterdrückten Fluch. Es blieb jedoch still.

Alois rief im Kommissariat an, um die Kollegen in Kenntnis zu setzen und eine Durchsuchung des Bauwagens anzuraten. Da erfuhr er, dass Annika Steinbrech angerufen und ihren Sohn als vermisst gemeldet hatte. *Vielleicht hat sie ihn sogar gewarnt, und er ist abgetaucht,* ging es Aisner durch den Kopf. Er jedenfalls konnte hier nichts weiter tun.

Vor Lautenbachs Haustür hatte er reichlich Zeit, sein Spiegelbild zu prüfen. Was hatte er neulich gedacht: Tagesschausprecher-Haarschnitt? Ach was – jetzt, da die Haare nicht ganz frisch gewaschen, dafür aber frisch verstrubbelt waren, fand er die Frisur recht lässig.

»Na, Herr Kommissar, immer noch beim Sammeln fürs Polizeifest?«

Die Stimme gehörte nicht zu Constantin Lautenbach. Aisner drehte sich um. Ach, natürlich, deshalb hatte sie so seltsam vertraut geklungen: Cocos Vater Gregor stand hinter ihm.

»Heute sammle ich Informationen«, gab er zurück.

Als Lautenbach keine Anstalten machte, weiterzugehen, sprang dem Kommissar der Schalk in den Nacken. »Was bevorzugt man eigentlich im Einhornclub«, fragte er mit

Unschuldsmiene, »die Wolfswillkommenskultur von Gesine Schindler oder die *Luponar*-Pläne Ihres Sohnes?«

Lautenbachs Gesichtshaut verlor an Farbe.

»Was hat das alles denn mit dem *Club de la Licorne* zu tun!«, wetterte er.

»Ah, i vergaß«, ätzte Aisner, »da san S' ja alle ganz seriös.«

»Was wollen Sie denn jetzt wieder damit sagen?«, schimpfte Lautenbach. Seine Gesichtsfarbe kehrte schlagartig zurück und schwoll zu einem veritablen Purpur an.

»Nun, i frag mi, warum Sie als Vater von Ihrem Sohn immer nur als Ingenieursstudenten sprechen. Dabei hat er ja viel mehr … Interessen.« Aisner lächelte maliziös. »Und … äh: Fähigkeiten. Und Wolfsmasken für die … Freunde.«

Gregor Lautenbach sah Aisner entgeistert an. »Nicht so laut!«, raunte er.

»Ah, so, der Herr. Sie selbst haben aber doch dieses Gespräch auf der Straße ang'fangen.«

Aus den Augenwinkeln bemerkte Aisner, wie sich ein großer Mann schräg von der Seite näherte. Dunkle Mähne, federnder Gang – das war Coco. Aisner erwartete einen lästerlichen Spruch, doch der Fotograf blickte ihm nur aus verquollenen Augen entgegen.

»Ich muss Sie kurz sprechen«, begrüßte Aisner ihn und betonte das Wort »kurz«.

Lautenbach senior verkrümelte sich eilig.

Coco schloss die Tür auf.

Auf dem Kommodenschränkchen in der Diele sah Aisner schmale Werbeprospekte liegen. Der Blickfang auf dem Titel war die Maske eines Wolfs, der schmachtend dreinzublicken schien. In der Titelzeile entzifferte Aisner die Worte ›Wolf‹ und ›Spiel‹ – mehr sah er auf die Schnelle nicht. Er erwog kurz, den Hausherrn darauf anzusprechen, verwarf den Gedanken aber wieder. Coco Lautenbach würde sicher nur zu gern auf sein *Luponar* und alles, was damit zusammenhing, eingehen. Er jedoch hatte ein anderes Anliegen.

»Was können Sie mir über Manuels Bruder erzählen?«

»Edwin?« Lautenbach zuckte die Schultern, während er seinen Gast in das Zimmer mit dem Laufsteg bat. Der Paravent, hinter dem bei Aisners erstem Besuch der zarte Tino aufgetaucht war, war ein Stück beiseitegeschoben worden, sodass sich dem Besucher nun mehr von den silbrig gefärbten Fichten offenbarte. Warum das ein angemessener Rahmen für ›Verbotene Triebe‹, Cocos Fotoserie, sein sollte, leuchtete Aisner nicht ein. Aber wer weiß, was sie beim Fotoshooting mit den Bäumen machten … Alois zuckte unwillkürlich mit den Schultern, wie beim Schüttelfrost. Er war einfach zu konventionell für diese Welt.

»Sie meinen Edwin?«, fragte Coco erneut.

»Genau den. Wir müssen so viel wie möglich über ihn erfahren. Wissen Sie zum Beispiel, wo er wohnt?«

»Er hat mal für eine Filmfirma gearbeitet, ich glaube, als Kulissenbauer, und er hat mal in München gewohnt. Das ist alles, was ich über dieses Scheusal weiß.«

»Scheusal?« Aisner merkte auf. »Dann wissen S' wohl doch a Kleinigkeit mehr über ihn.«

»Das ist Manuels Formulierung – ich meine: war.« In Cocos Augenwinkeln sammelten sich bereits wieder Tränen.

Aisner sah diskret zur Seite, während Coco sich mit einem zerknitterten Taschentuch über die Augen fuhr.

»Aber Sie müssen doch g'wusst haben, warum er seinen Bruder so bezeichnet hat.«

»Ach, ich hab nicht so genau hingehört oder es wieder vergessen. Schließlich hab ich mich nicht für Edwin interessiert, sondern für …« Der Name ging in einem Schniefen unter.

»Wollen S' mir etwa weismachen, Sie hatten eine Liebesbeziehung mit Manuel Erdner und haben nicht über seine Familie geredet? Nie? Das kauf ich Ihnen nicht ab!«, beharrte Aisner.

»Irgendwas mit Tierquälerei war da, glaub ich«, sagte Lautenbach zögerlich. »Und Prügelei. Aufschneiderei, Angeberei, Lügen, so was in der Art.«

»Hat Edwin Manuel geschlagen?«

»Bestimmt.« Lautenbach fuhr sich mit beiden Händen durch die Locken. Eine Geste der Anspannung, wie Alois von Larissa wusste, die sich im Rahmen ihres Psychologiestudiums auch mit Körpersprache befasst hatte. Was mochte sich hier ausdrücken?

»Warum sind S' so nervös?« Aisner sah seinem Gegenüber direkt in die Augen.

»Ich … ich weiß nicht, mehr so ein Gefühl. Ich glaube, dass Manuel bei Edwin nichts zu lachen hatte.«

»Hat er ihn gequält?«

»Ich glaub schon. Edwin ist ja zehn Jahre älter, sogar noch etwas mehr. Garantiert hat er Manuel manipuliert, als er klein war. Manu hat's nur angedeutet. Aber ich glaube, er hat ihn zusehen lassen, wie er Tiere gefoltert hat. Das habe ich mir zusammengereimt. Das muss für Manu die Hölle gewesen sein. Er ist ja so tierlieb … war, meine ich.«

»Hören S', wir brauchen unbedingt die aktuelle Adresse von Edwin Erdner. Wenn Sie sie nicht kennen – wer könnte uns helfen?«

»Na, Bruno natürlich, sein Vater!«

Aisner wollte gerade zu einer Erklärung ansetzen, da vibrierte sein Smartphone. Als er sah, wer anrief, forderte er noch schnell »Melden Sie sich bitte, wenn Ihnen noch was einfällt!« und erhob sich zum Gehen. Derzeit war für ihn hier nichts mehr zu holen.

Während Lautenbach ihm die Haustür aufhielt, nahm er das Gespräch an.

»Eagy? Was gibt's denn?«

Aisner lenkte seinen Wagen fast zeitgleich mit Jessy Henkel auf den Parkplatz hinter dem Kommissariat ein. Diesmal nahm er ihr den letzten Stellplatz vor der Nase weg, stürzte aus dem Wagen und machte im Laufen eine entschuldigende Geste. Neben ihm her rannte Eagle-Eye, der sich anstrengen musste, um Schritt zu halten.

Fred war im Büro, zum Glück.

»Hör mal, kannst du bitte jeden verfügbaren Innendienstler auf die Mitglieder der Kreisjägerschaft ansetzen?«, fragte Aisner hastig, während er Eagle-Eye auf einen Stuhl bugsierte. »Wir suchen einen glatzköpfigen, korpulenten Mann, etwa 1,70 Meter groß. Er besitzt ein besonderes Feuerzeug. Eines aus Metall mit Gravur. Auf einer Seite ist ein Wildschwein zu sehen.«

»Er ist verdächtig, weil …?«, fragte Herkules.

»Gar nicht. Er ist nicht verdächtig, aber er scheint Edwin Erdner besser zu kennen.«

Jessica betrat das Büro mit konsterniertem Blick. »Wo hast du denn den Wiener Schmäh gelassen?«, fragte sie Alois, obwohl sie genau wusste, dass er nicht aus der Hauptstadt, sondern aus Rohrbach in Oberösterreich stammte. »Erst nimmst du mir den Parkplatz weg, dann fängst du ohne mich an. Keine guten Manieren.«

»Eagy hat sich an etwas erinnert, wie wir vielleicht den Glatzkopf identifizieren können.«

»Den Glatzkopf, aha.« Henkel maß Alois mit unwilligem Blick.

»Das ist einer, der Edwin Erdner kennt. Und der hat in der Anti-Wolfsversammlung … ach, egal, er hat so ein besonderes Feuerzeug wie Artur.«

»Mit Gravur?«

»Genau. Und diese Feuerzeuge gab's bei irgendeiner Aktion der Jägerschaft. Und i dacht … also, der Plan ist: Eagle-Eye beschreibt den Mann so genau wie möglich, und ich fahre zum Goldenen Hirschen. Der Wirt könnte …«

Aisner hatte so hastig gesprochen, dass Herkules, der etwas sagen wollte, nicht zu Wort kam. Jetzt unterbrach er ihn mit einer entschiedenen Geste. »Bevor du hier alle Pferde scheu machst, hören wir uns an, was Jessica ermittelt hat.«

Die Kommissarin winkte ab. »Es ist gut, dass Eagle-Eye uns helfen kann. Ich habe nicht viel. Ulf Hartmann kann sich nicht vorstellen, dass einer der Schafbesitzer Edwin kennt, denn der war längst in München, als Bruno die Herde der Schafsfreunde Südharz übernommen hat. Er will sich aber trotzdem umhören. Ich fand den übrigens nett.« Hier vergewisserte sich Henkel mit einem Seitenblick, dass Alois die Spitze mitbekommen hatte. »Und Elisabeth Mansfield, Edwins Großmutter, ist am Montag zusammen mit ihrem Ehemann tatsächlich zu einem Kurzurlaub aufgebrochen und hat ihr Handy ausgeschaltet, meinten die Nachbarn. Sie erwarten sie aber morgen zurück.«

Fred Herkules klopfte auf den Tisch. »Also gut, dann nehmt euch die weiteren Leute auf Alois' Liste vor. Ich werde mal unseren Sonderermittler Eagle-Eye zu Harald Maier bringen.«

Keine 20 Minuten später rief Jessica, die Alois begleitet hatte, bei Herkules an. »Wir brauchen den Glatzkopf nicht mehr! Volker Ledermacher, der Wirt vom Goldenen Hirsch, weiß, wie die Frau heißt, bei der Edwin Erdner wohnt. In Hildesheim übrigens.«

Ledermacher kannte Edwin Erdner nicht besonders gut. Er erinnerte sich jedoch bestens an den Mann, der am Sonntag eine Schlägerei angezettelt hatte. »Der hatte nicht mal besonders viel getrunken, war aber total dünnhäutig. Irgendjemand erwähnte eine Jennifer Loop, die jetzt in Hildesheim leben soll, da flippte er total aus. Der andere hat gar nichts Schlechtes über sie gesagt, nur, dass er mal mit ihr zusammen gewesen war. Doch diesem Edwin reichte das schon. Der fiel über ihn her wie der Blitz. Er hat so auf ihn eingedroschen, dass wir vier Leute brauchten, um die beiden zu trennen.«

»Mit dem Namen der Frau, da sind Sie sich sicher?«

»Na klar, den kann man sich doch gut merken. Ich musste gleich an Jennifer Lopez denken.«

»Sagen S', haben Sie oder wer anders Anzeige erstattet?«

»Nein, um Himmels willen! Was glauben Sie, wie das läuft, wenn ein Wirtshaus erst mal einen schlechten Ruf hat? Da kann man gleich …«

»Entschuldigen Sie«, mischte Henkel sich ein, »wir dachten da eigentlich eher an den verletzten Mann. Wenn er so verdroschen wurde …«

»So schlimm war es nachher gar nicht. Er wollte deshalb jedenfalls nicht extra zu den B… zum Kommissariat gehen.«

Aisner und Henkel wechselten einen Blick. Sie konnten sich schon vorstellen, wie dem Mann die Anzeige ausgeredet worden war.

»Wir müssen dann mal weiter«, sagte Alois, »und vielen Dank! Sie haben uns sehr geholfen.«

»Ja, aber Moment mal, wieso wollt ihr eigentlich –« Aber Henkel und Aisner waren schon aus der Tür. Der Wirt würde seine Neugier noch eine Zeitlang aushalten müssen.

Der Name Jennifer Loop und ihre Adresse waren schnell an die Hildesheimer Kollegen weitergegeben worden. Die Hoffnung der Lauterberger, dass man dort Edwin Erdner auffinden möge, erfüllte sich allerdings nicht.

»Der Mann ist ein Phantom!«, schimpfte Jessica Henkel. »Der kann sich doch nicht in Luft aufgelöst haben. Verdammt!«

»Himmiherrgottsakra!«, bestätigte Aisner.

»Nun atmet mal durch!«, forderte Herkules. »Wir sind doch jetzt einen Riesenschritt weiter.«

Die Polizisten aus Hildesheim hatten vorgeschlagen, dass die Befragung von Erdners Lebensgefährtin durch die Kollegen aus Bad Lauterberg per Videokonferenz stattfinden solle. Sie selbst wollten die Konferenz vor Ort begleiten.

Herkules zeigte sich sehr zufrieden mit dieser Lösung. »Dann verlieren wir keine Zeit mit langen Erklärungen, sondern können die Frau direkt fragen, was wir wissen wollen. Und außerdem kann gleich einer der Entführungsspezialisten dabei sein.«

Sie hatten sich darauf verständigt, dass Fred Herkules die Befragung vornahm. Jemand anders sollte nur eingreifen, wenn es unbedingt nötig wäre, das galt auch für den Spezialisten aus Hannover.

»Danke, Frau Lopez ... Frau Loop, sorry, dass wir Ihnen ein paar Fragen stellen dürfen.«

»Wo ist Edwin?«, kam die sorgfältig geschminkte Brünette ohne weitere Begrüßung zur Sache. Sie warf ihre glatten, langen Haare wie einen Vorhang nach hinten über die Schulter.

»Unsere bisherigen Hinweise ließen die Vermutung zu, er wäre in Hildesheim«, sagte Fred. »Doch das glauben wir jetzt nicht mehr, denn dann wäre er sicher bei Ihnen.«

»Davon können Sie ausgehen.«

»Ein weiterer Hinweis führt zu seiner Großmutter Elisabeth Mansfield, doch dort ...«

»So heißt die mit Nachnamen? Cool!«

»Wissen Sie, ob er eine Verabredung mit ihr hatte?«

»Ja, glaube schon. Er wollte mit ihr irgendwas besprechen. Familienangelegenheit, hat er gesagt. Mehr weiß ich nicht.«

»Wann wollte er denn zurückkehren?«

»Na, längst!« Jennifer Loop verzog theatralisch ihre Stirn. *Daher hat sie also ihre Falten,* dachte Herkules. Von weitem wirkte ihr Gesicht fast jugendlich, doch wenn sie näher an die Kamera herankam, sah sie weniger vorteilhaft aus. Die dichten, künstlichen Wimpern lenkten den Blick allerdings von der Stirn weg, zu ihren Augen hin. Jetzt zog sie geziert an einem Bändchen, das am Kragen ihres leichten, petrolfarbenen Pullöverchens angebracht war. »Und jetzt ist schon Donnerstag, und ich erreiche ihn nicht mal. Geht gar nicht!«

»Sie haben sicher eine Mobilnummer von ihm?«

»Davon können Sie ausgehen.«

»Und er nimmt nicht ab?«

»Ein-, zweimal hatte ich ihn am Apparat. Aber da hat er nur gesagt, es wäre was dazwischengekommen, und es würde etwas länger dauern. Und er würde sich selber melden, ich bräuchte es nicht andauernd versuchen.«

»Ist Ihnen jemand bekannt, zu dem er gefahren sein könnte?«

»Ach, ist er denn nicht mehr in Bad Lauterberg? Ich dachte, er ist vielleicht zu seinem Vater.«

»Da ist er leider nicht. Frau Loop, bitte überlegen Sie, ob Ihnen jemand an einem anderen Ort einfällt. Eine Bezugsperson.«

»Bezugsperson?«

»Weitere Verwandte, Cousinen, Onkels, dergleichen, denen er vertraut, zum Beispiel.«

»Hat er nicht, soviel ich weiß.«

»Freunde, vielleicht auch von früher?«

»Da war so ein Kollege beim Film, Hartmut oder so. Aber da würde er bestimmt nicht hinfahren.«

»Warum nicht?«

»Die haben sich gefetzt, kann ich Ihnen sagen.«

»Wo wohnt den dieser Hartmut? Und wissen Sie den Nachnamen?«

»Nein, den Namen weiß ich nicht. Aber er wohnt irgendwo bei Ihnen da unten. Barbis oder Braunlage, irgendwas mit B.«

Aisner blickte Henkel an. Womöglich ihr Glatzkopf. Die Innendienstler sollten vielleicht doch weiter nach ihm suchen.

»Hat er auch Freunde außerhalb von Niedersachsen? In München vielleicht, wo er früher gelebt hat?«

»Ach was. Da hat er sich's mit allen verscherzt. Fragen Sie mich nicht, wie er das immer hinkriegt. Aber nach München ist er bestimmt nicht.«

»Andere mögliche Bezugspersonen? Hat er vielleicht ein Hobby oder …«

»Na klar! Hobby sagt man dazu wohl nicht, aber er betet doch immer mit denen und so.«

»Eine Glaubensgemeinschaft?«

»Ich sage ja Sekte dazu. Aber das will er nicht hören.«

Herkules seufzte. »Bitte sagen Sie uns alles, was Sie darüber wissen. Namen, Standort, Be…«

»Bezugspersonen, ich weiß schon. Da ist dieser Bruder Anselm, der ist so eine Art Leiter. Wohnt in Köln, da ist auch der Hauptsitz.«

Jennifer Loop gab, unter gezierten Fingernagelgezupfe und Haaregewerfe, den Namen der Gemeinschaft, ›Lichtgestalten‹, an sowie auch die Vornamen einiger Mitglieder, mit denen Edwin in näherer Verbindung zu stehen schien. Mit weiteren Kontakten ihres Lebensgefährten konnte sie nicht aufwarten.

»Diese Sekte oder Religionsgemeinschaft ist eine Spur«, meinte Herkules nach Abschluss der Befragung, und der Entführungsspezialist nickte.

Jessica Henkel war schon dabei, die Daten weiterzugeben.

»Hast es wohl eilig heute?«, fragte Herkules mit amüsiertem Lächeln.

Henkel lächelte nicht zurück. »Ja, hab ich. Du nicht?«

## Opfer

Alois hatte die Nachricht erhalten, dass der Krieger vernehmungsfähig sei. Er beschloss, sofort ins Krankenhaus zu fahren und bei dieser Gelegenheit auch Nora-Theres einen Besuch abzustatten. Er hielt vor seinem Lieblingsblumengeschäft. Als er die Schaufensterdekoration sah – kräftige Ranunkeln in allen erdenklichen Farben –, fiel ihm ein, dass er Larissa schon lange keinen Strauß mehr geschenkt hatte. Ranunkeln waren ihre Favoriten, und so bestellte er einen großen Blumenstrauß in allen verfügbaren Pink-Schattierungen, den er später auf dem Heimweg abholen würde.

»Ich brauche außerdem eine kleine Aufmerksamkeit für eine junge Dame, die im Krankenhaus liegt.«

Der Florist überlegte einen Moment. »Nora-Theres Wolff-Lutter?«

Alois stutzte. »Stimmt. Wie kommen Sie darauf?«

»Noras Zustand ist Stadtgespräch«, sagte der Florist mit feinem Lächeln, das Alois, ebenso wie die Doppeldeutigkeit der Worte, entging. »Und dass Larissa und Sie sich mit ihr verbunden fühlen, weiß man auch. Also habe ich eins und eins zusammengezählt.«

Während des Wortwechsels hatte der Mann begonnen, orange, violette und gelbe Blüten zusammenzustellen. »Für Nora-Theres auch Ranunkeln, ist das okay?«, fragte er, als er Alois' Blick bemerkte.

»Ja, eh, machen S' nur.«

Bevor der Florist Alois den Strauß überreichte, drehte er ihn noch einmal zu allen Seiten. Er hatte noch purpurrote, hellrosafarbene und weiße Blumen hinzugefügt.

»Des ist rund«, kommentierte Alois, »und schön bunt. Strahlt was Optimistisches aus. Sehr gut.«

Als Aisner Nora-Theres' Krankenzimmer ansteuerte, sah er Klara von Traunstein im Flur auf einer kleinen Holzbank sitzen. Sie starrte vor sich hin. Die Zimmertür flog auf, und Beate und Horst Wolff-Lutter preschten heraus, die Gesichter hart, die Lippen schmal. Sie liefen an Klara vorüber, ohne sie eines Blickes zu würdigen. Auch Aisner übersahen sie – ob tatsächlich oder geflissentlich, hätte er nicht zu sagen vermocht.

Als Noras Eltern durch den Flur geeilt waren und auf den Hauptgang abbogen, erhob sich Klara. Sie nickte Aisner zu und hielt ihm wortlos die ausgestreckte Hand entgegen. Er begrüßte sie. Zusammen betraten sie das Krankenzimmer, einen Raum, der für zwei Betten ausgelegt war, in dem Nora-Theres jedoch als einzige Patientin lag. *Natürlich bezahlen die den Einzelzimmerzuschlag,* schoss es Aisner in den Kopf. *Allein schon aus Gründen der Diskretion.*

Das Mädchen sah so verändert aus, dass Aisner sie auf den ersten Blick nicht erkannte. Abgesehen davon, dass ein Kopfverband den Großteil ihrer Haare verdeckte, war ein Auge noch fast zugeschwollen, und großflächige Blutergüsse färbten die Haut dunkel. Selbst er als Polizist, der überdurchschnittlich viele Gewaltopfer zu sehen bekam, war von dem Anblick schockiert. Er hoffte, dass Nora ihm das nicht ansah. Ganz bewusst formte er den Mund zu einem Lächeln. »Grüß di!« Mehr wusste er vorerst nicht zu sagen. Er entfernte das Einwickelpapier und präsentierte den Ranunkelstrauß.

Nora-Theres verzog die Mundwinkel, es war wohl ein Lächeln damit gemeint. Aisner sah ihr förmlich an, dass diese kleine Bewegung wehtat.

»Re -- gen -- bog«, stieß Nora hervor. Sie sprach heiser und leise, und es sah beschwerlich aus, wie sie jeder Silbe heraushalf. Es war, als müsste sie ihre Sprache neu zum Leben erwecken.

Aisner verstand den Sinn nicht, wollte das aber nicht zeigen, um Nora-Theres eine Erklärung zu ersparen. Klara bemerkte seine Unsicherheit dennoch. »Ja, du hast Recht, Schatz, der Blumenstrauß ist in den Farben des Regenbogens. Wie nett!« Sie lächelte Alois offen an, der jetzt begriff, was der Florist da angefertigt hatte: ein Bekenntnis.

»Gibt's hier a Vasen?« Aisner sah sich im Raum um. Ein Einbauschrank, der bis zur Zimmerdecke reichte, sah billig und schlicht aus und verbreitete mit seinem sterilen Weiß die typische unpersönliche Atmosphäre. Jemand hatte bunte Poster mit Tesafilm auf die Türen geklebt: eine Rose, eine grüne Hügellandschaft, ein Pferd. Das zweite Bett war mit einer

Plastikfolie abgedeckt, in deren Mitte eine Kuhle eingedrückt war. Über der Einfassung am Fußende hing eine ordentlich zusammengefaltete dunkelgrüne Wolldecke.

»Schlafen Sie hier?«, fragte er Klara.

»Manchmal, wenn Nora schläft, mache ich ein Nickerchen.« Sie zögerte kurz, dann fügte sie hinzu: »Das Krankenhauspersonal ist sehr kulant.« Jetzt deutete sie auf die Blumen. »Ich gehe mal eben eine Vase besorgen.«

Aisner zog einen der vier Stühle, die um einen kleinen runden Esstisch gruppiert waren, zu Noras Bett heran und nahm Platz. Er verspürte den Impuls, ihre Hand zu halten, doch weil beide Arme unter der Bettdecke lagen, unterließ er eine Berührung.

Was konnte er ihr sagen? Einer jungen Frau, die fast gestorben wäre? Ihm kamen nur Banalitäten und Floskeln in den Kopf. Er sah sie an, dann fiel ihm das Pferdeposter am Schrank ein.

»Ich wünsche Ihnen, dass Sie bald wieder reiten können.«

Nora-Theres nickte sacht, selbst das schien ihr Schmerzen zu bereiten. Dann sah Aisner die Tränen. Er hatte genau das Falsche gesagt.

Das Klopfen an der Tür erschien ihm wie eine Erlösung. Zuerst trat Klara mit der Vase ein, direkt hinter ihr folgten ein Pfleger und eine Ärztin. Aisner war nicht mit sich im Reinen und verabschiedete sich unbeholfen, doch Klaras Dank für seinen Besuch klang aufrichtig.

Der *Krieger* lag in einem Vierbettzimmer, direkt am Fenster. Er pustete theatralisch, als Aisner den Raum betreten hatte. »Puh, schlechte Luft hier, was? Ich würd so gern lüften, aber das sind hier ja alles so Sensibelchen, die meinen, sie sterben gleich an einem kleinen Luftzug.«

Aisner musste lachen. Arno Lengis schien nicht ernsthaft verletzt zu sein.

»Sie sind bald wieder draußen«, versicherte er, »dann haben Sie wieder so viel Luft, wie Sie wollen.«

Lengis erinnerte sich in aller Klarheit daran, was passiert war.

»Ich war da zufällig an der Oder, bei diesem Bauwagen.«

Schon wieder musste Aisner lachen, bemühte sich aber, es abzudämpfen.

Der Krieger runzelte die Stirn. »Jedenfalls sah ich diese falsch Uniformierten. Der eine hatte lauter Zeugs dabei, Karton, Kiste, was weiß ich.«

Er hatte beobachtet, wie der Junge die Sachen in den Bauwagen lud. Dann schloss der die Tür ab, und Lengis nahm an, die beiden wären aufgebrochen, um neue Sachen zu holen. Er näherte sich dem Fenster, auf einen Spalt in der Gardine hoffend, durch den er ins Innere spähen könnte.

»Plötzlich stand der mit den Kartons neben mir und fragte: ›*Was wollen Sie hier?*‹ Ich mich natürlich dumm gestellt, da sehe ich aus dem Augenwinkel eine Gestalt schräg hinter mir. Der andere. Er hatte die Schirmmütze ziemlich tief ins Gesicht gezogen, das fällt mir noch auf. Dann sehe ich ihn ausholen, und ehe ich begreife, was passiert, hat er mir eins übergezwiebelt.«

Lengis musste kurz bewusstlos gewesen sein, denn er hatte nicht bemerkt, wie die Spaziergänger auf ihn stießen. Womöglich waren die gerade zum richtigen Zeitpunkt gekommen, mutmaßte Aisner. Denn wie er Artur und seinen Freund einschätzte, hätten sie weiter auf ihr Opfer eingeprügelt, so wie sie es bei Nora-Theres getan hatten.

»Ich bin wieder klar im Kopf gewesen, als die Leute vom DRK kamen.«

Aisner hatte noch eine Frage, allerdings kaum Hoffnung auf Antwort. »Sie haben nicht zufällig auf die Uhr gesehen, bevor das beim Bauwagen passiert ist?«

»Nein, die Zeit müssen Sie rekonstruieren. Die Sanis haben bestimmt ein genaues Protokoll.«

»Gut. Das war es soweit. Ich wünsche Ihnen schnelle Genesung!«

Vor der Tür wandte Aisner sich noch einmal um. »Alles Gute, Herr Major!«

Vom Flur aus hörte er, wie hinter der Tür reges Gemurmel einsetzte. Was wohl der Krieger nun alles über Stalingrad erzählen würde? Wahrscheinlich hatte er ihm mit der Nennung seines imaginären Dienstgrads einen großen Gefallen getan.

## Das Raubtier

Als Aisner auf dem Heimweg zum Blumenladen fuhr, waren alle Parkplätze in der Umgebung des Geschäfts besetzt. Er drehte eine Schleife, um eine Lücke zu finden. Da sah er Jessy. Aisner stutzte, denn sie trug einen kurzen Rock, schwarze Strümpfe und Stiefeletten mit Absatz. So hatte er sie noch nie gesehen! Doch, es war Jessica. Was tat sie hier in diesem Aufzug? Für ihre ›Raubtierjagd‹ war es entschieden zu früh; die Bars würden erst in ein, zwei Stunden öffnen.

Henkel überquerte zielstrebig die Straße. Da … das war doch … Aisner kannte die Visage, kam aber gerade nicht darauf, wer der Typ war. Und Jessy? Warf sich dem an den Hals! Sie strich ihm über die Wange, zog seinen Kopf zu sich und küsste ihn mitten auf den Mund.

Alois spürte einen Stich, so deutlich, dass er ihn nicht einmal sich selbst gegenüber verleugnen konnte. *Das war's also*. Was war es gewesen? Ihm fiel die Beschreibung ›bittersüße Erfahrung‹ ein, die er in einer Filmkritik gelesen hatte. Er erinnerte sich an den Moment, in dem ihm Jessicas Feinfühligkeit zum ersten Mal aufgefallen war. Da war ihr stilles Einverständnis mit Annika Steinbrech gewesen, das Aisner ihr nicht zugetraut hatte. Henkel hatte im Kommissariat den Stempel

›Wildwest-Jessy‹ aufgedrückt bekommen, und er passte auch auf sie. Einerseits. *Ich habe sie jetzt zum ersten Mal als Frau wahrgenommen,* dachte Aisner. So würde Larissa vielleicht darüber reden.

Larissa! Er hatte beinah vergessen, weshalb er hier Schleife um Schleife fuhr. Er steuerte den Blumenladen an und stellte den Wagen quer vor dem Kundenparkplatz ab. Zwei Minuten später legte er bestellten Strauß auf den Beifahrersitz.

Jessy. Lari. Jessy. Er brauchte wohl doch noch einen Moment für sich. Kurz entschlossen fuhr er in Richtung Luttertal, stellte den Wagen auf dem Parkplatz am ehemaligen Forsthaus ab und lief die Straße an der Geraden Lutter entlang.

Gegenüber dem Waldcafé Hohensee quälte sich ein Greis aus einem ausladenden Van und hinkte auf eine Weide, auf der einige Galloway-Rinder grasten. Aisner schüttelte den Kopf. Er wusste, dass der Mann die Rinder nur zum Spaß hielt, *just for fun,* wie er ihn selbst hatte sagen hören. Jetzt unterstützte er die Agitation einiger Touristiker gegen den Wolf. Was für eine Welt! Man konnte sich gegen das Überleben von Wildtieren einsetzen und selbst Lebewesen als Spielzeug halten – und wurde noch geachtet und anerkannt. Der Mann war bekanntes Mitglied in Gregor Lautenbachs *Club de la Licorne* und zählte sich selbst zur Elite.

Aisner lief schneller. Erst als er die entlegene Wassertretstelle erreichte, bemerkte er, wie weit er gegangen war. Er legte Rechenschaft über seine Gedanken ab und stellte fest, dass er immer weniger über Jessy hatte sinnieren müssen. Zeit zur Umkehr! Er watete durch die im April noch eisig kalte Lutter und genoss das kribbelnde Gefühl an den Beinen, nachdem er Strümpfe und Schuhe wieder angezogen hatte.

Auf dem Rückweg fiel ihm ein, wer der Typ war. Er hatte ihn noch nicht persönlich gesehen, deshalb war die Erinnerung so seltsam schwammig gewesen. Jessica hatte ihm ganz beiläufig sein Foto im Internet gezeigt und erklärt, das sei Andreas Sonneborn, der Wolfsberater der Kreisjägerschaft, mit dem sie jetzt öfter zu tun habe. Aisner hatte weder aufgehorcht noch sich besonders gewundert. Jetzt fragte er sich natürlich, was die Kollegin ihm hatte mitteilen wollen. Es war wohl an dem Tag gewesen, an dem er eine Anspielung nach der anderen auf ihre Beutezüge von sich gegeben hatte. Vielleicht hatte sie das einfach sattgehabt und deshalb einen feinen kleinen Hinweis platzieren wollen. Ob sie Sonneborn erst durch den aktuellen Fall kennengelernt hatte? Oder hatte sie schon vorher in irgendeiner Bar ein Auge auf ihn geworfen und die Recherche über Wölfe dazu genutzt, den Kontakt auszubauen? Ach, er wollte es lieber gar nicht wissen.

Larissa war außer sich vor Freude, als er ihr die Blumen überreichte. »Wahnsinn, diese Farben! Und die Blüten! Ranunkeln sind einfach noch schöner als Rosen. Und wie toll, dass du daran gedacht hast – genau wie Eagy. Ich habe schon zwei klasse Männer!«

Alois grinste verlegen. Er hatte an gar nichts gedacht, jedenfalls nicht daran, wovon sie ausging. Er würde den Teufel tun, ihr anzuvertrauen, worüber er nachgegrübelt hatte.

Während sie drei Sektgläser auf die Anrichte stellte, fiel ihm ein: Sie hatte heute ihre Bachelor-Urkunde abgeholt, natürlich! Sie war per Einschreiben verschickt worden, deshalb wusste Larissa, was der Umschlag enthielt.

Sie hatte die Ranunkeln in einer bauchigen weißen Keramikvase angeordnet und prüfte nun mit kritischem Blick, auf welchem Tisch sie am besten zur Geltung kommen würden. Schließlich platzierte sie sie auf einem niedrigen Beistelltischchen, auf dem schon ein schwarzer Hut mit quadratischem Deckel und seitlich angebrachter Quaste lag – eine Art Doktorhut, nur flacher.

»Von Eagy. Ein Absolventenhut. Cool, oder?« Larissa setzte ihn mit Schwung auf. Dann sah sie Alois tief in die Augen. »Meinst du, dass ich den auch zum Negligee tragen kann?«

»Äh … ja …«, machte Alois unbeholfen, da sah er Eagle-Eye in der Tür stehen. »Später, gewiss.«

Alois fragte nicht, ob es richtig sei, einem Dreizehnjährigen Sekt anzubieten. Er erwähnte auch keinen Cognac und sparte sich das Wort ›Naps‹.

Er war heilfroh, dass er diesen großen Blumenstrauß erstanden hatte, denn Larissa war der Tag augenscheinlich sehr wichtig. Sie hatte nicht nur zwei Flaschen Sekt kaltgestellt, sondern außerdem eine Vielzahl verschiedener Häppchen vorbereitet. Da fand sich Thunfischcreme mit Kapern auf Vollkorntoast. Mit Currymayonnaise gefüllte Eihälften. Pumpernickel mit Hüttenkäse und Trockentomaten. Emmentaler-Spießchen mit blauen und grünen Weintrauben. Dreiecke aus Bauernbrot mit Salami.

»Lecker, Mama«, nuschelte Eagle-Eye zwischen zwei Bissen. »Und auch so tolle vegetarische Sachen!«

Larissa und Alois wechselten einen Blick. Früher war der Junge ein begeisterter Fleischesser gewesen; seit er Sophie besser kannte, bevorzugte er pflanzliche Nahrung.

»Was treibt dich denn grad so um?«, fragte Larissa Alois, um von dem Mädchen abzulenken.

»Ach, so dies und jenes.« Alois dachte kurz nach. »Zum Beispiel, wer alles den Wolf für seine Zwecke vereinnahmen will.«

»Was meinst du damit?«

»Denk an Gesine Schindler. Die versucht, mit dem Wolf als Krafttier zu punkten. Ich weiß zwar nicht, wen außer Esoterikern sie damit erreichen will. Aber vielleicht reicht ihr das ja. Auf jeden Fall ist das Wahlwerbung mit Wolfhilfe.«

Larissa nickte.

»Wir hatten heute so komische Flyer im Briefkasten«, sagte Eagle-Eye. »Ich hole mal einen.«

Er kehrte mit einem Prospekt zurück, wie Alois sie bei Coco Lautenbach gesehen hatte. Jetzt betrachtete er ihn genauer. ›*Wer will mit dem Wolf spielen?*‹, lautete die Überschrift über dem Bild mit der Wolfsmaske. ›*Luponar Göttingen: Gay Club & more…*‹, verhieß die Unterzeile.

»Siehst? Schon wieder Propaganda mit dem Wolf.«

»Und wer vereinnahmt ihn noch?«, fragte Larissa.

»Die Gegner der Naturschützer. Die haben jetzt einen neuen Kanal, auf dem sie nerven können. I sag euch, denen ist der Wolf hochwillkommen. Der gibt a prima Feindbild ab.«

Eagle-Eye nickte und rülpste leicht. Er hatte sein gut gefülltes Sektglas vollständig geleert.

»Und noch was«, fuhr Alois fort. »Für die Zerstörung auf Brunos Weide hat man den Wolf als Vorwand benutzt. In Wirklichkeit hat a dressierter Hund die Schafe gerissen, das ist so gut wie sicher. Jessy und ich …«, hier stockte er, für die beiden anderen unmerklich, »… wir lassen nicht locker, bis wir es bewiesen haben.«

»Tja. Wer mit Wölfen spielt, muss sich nicht wundern, wenn man die Jagd auf ihn eröffnet«, sinnierte Larissa.

»Hicks.« Das war Eagle-Eye. »Oder wenn man ihn für ein Schaf hält.«

## Hinter der Maske

Als Sophie aufwachte, sah sie Fynns Gesicht und erschrak. Was war passiert? Wer hatte ihm das angetan?

Gierig trank sie einen großen Schluck Wasser aus der halbvollen Flasche. Es hatte einen grauenhaften Plastik-Nachgeschmack. Sie hatten sich angewöhnt, sparsam mit Getränken umzugehen, denn es gab nicht viel, und sie wussten nie, wann sie die nächste Flasche erhalten würden. *Maske* schien immer die Zeit abzupassen, wenn sie beide schliefen, denn sie fanden den Nachschub, wenn sie gerade wach geworden waren. Diesmal lag nichts Neues auf der winzigen Anrichte. Dennoch überlegte Sophie zweimal, bevor sie den Verschluss wieder zudrehte und die Flasche in die Ecke neben der Sitzbank stellte. Verdammt, sie hatte solchen Durst!

Sie schluckte, denn die Erinnerung kehrte zurück. Sie hatten sich in den Haaren gehabt, oder eher hatte Fynn sie in den Haaren gehabt, und sie hatte ihn gekratzt. Aber konnte es sein …? Sie setzte sich auf und beugte sich zu ihm herüber. Er atmete tief und gleichmäßig. Das im Gesicht waren Kratzer, ganz klar. Aber so viele? Die Augen waren rot und verquollen. Hatte er geweint? Aber doch nicht ihretwegen …?

Ihr Blick fiel auf die Trennwand, und sie sah den länglichen Schmutzfleck. Ach ja – sie hatte mit ihrem Schuh dagegen geschlagen, um *Maske* auf sich aufmerksam zu machen. Was wollten sie noch? Wahrscheinlich Wasser. Oder etwas zu essen. Sie wusste nicht, wann sie das letzte Mal etwas bekommen hatten, ihrem Gefühl nach musste es länger als ein Tag her sein. Studentenfutter war es gewesen, ein paar läppische Erdnüsse und Rosinchen, der kleine Beutel hatte neben einer neuen Plastikflasche gelegen.

Fynn bewegte sich, er zog Schleim die Nase hoch und drehte sich zur Wand. Die Nase, genau! Ihr Streit hatte angefangen, weil sie stank. Sie roch schon längst nicht mehr unter den eigenen Achseln, wie sie es nach dem ersten Aufwachen getan hatte. Da hatte sie noch mit dem kleinen Deoroller aus ihrer Handtasche Abhilfe schaffen können, doch darin war nur noch ein Rest gewesen, inzwischen war er leer.

Ob Fynn wirklich noch schlief? Oder wollte er nichts mehr mit ihr zu tun haben und verstellte sich nur? Sie berührte ihn sacht an der Schulter. Er ließ ein undeutliches Brummen hören, das klang nicht nach wachem Bewusstsein. Was konnte sie jetzt tun? Die Absperrwand ließ sie lieber in Ruhe. Die lose Schwarzfolie wollte sie auch nicht anheben. Zum einen war der Riss noch länger geworden, und sie hatte Angst, dass ein Stück abriss und *Maske* entdeckte, dass sie einen Ausguck hatten. Zum anderen graute ihr davor, weitere neue Autokennzeichen zu Gesicht zu bekommen. Sie fröstelte. Es wäre vielleicht am besten, sie würde auch noch ein bisschen schlafen, dann würde sie auch Hunger und Durst nicht spüren. Ob sie sich ankuscheln konnte? Oder riskierte sie damit eine Handgreiflichkeit, eine grobe Zurückweisung? Sie beschloss, es zu versuchen.

Im Halbschlaf spürte Sophie Hände, die sie wegschoben. Sie hörte Getrampel von vielen Füßen, von derbem Schuhwerk. Sie fühlte boxende Ellenbogen, sie wurde gerüttelt, sie … hey, das tat weh! Auch in den Ohren, Mann, das stach! Panik erfasste sie, als sie merkte, dass sie wach war und der Lärm gleich neben ihrem Kopf begann. Doch da war …

»Sophie!« Fynn rüttelte sie.

Sie schnellte hoch, stieß sich den Kopf an Fynns Kopf, es schmerzte, die Wut stieg in ihr hoch. Doch dann verstand sie das Gebrüll. »Hey! Seid ihr da drin?«

Impulsiv bollerte sie gegen die Wand, da, wo von außen geklopft wurde.

»Da is wer«, hörten sie eine tiefe Männerstimme.

Fynn reagierte ebenfalls ohne Worte. Er hockte sich auf die Sitzbank und riss die Schwarzfolie ab, soweit er konnte.

»Gucke mal, da!« Das war eine andere Männerstimme, deutlich höher als die erste.

Sie hörten metallisches Klappern, einen Fluch, ausgestoßen von einer Frauenstimme, ein Donnern gegen die Tür, dann ging es ganz schnell. Licht fiel ein wie feindliche Truppen, ausgeschickt zum Blenden der Gegner. Sie schlugen sich die Hände vor die Augen.

»Hallo, ihr beiden«, sagte die tiefe Stimme, und es klang sanft. »Keine Angst! Wir sind hier, um euch zu befreien. Gewöhnt euch erst mal an die Helligkeit.«

Sophie spreizte vorsichtig den Zeigefinger ab, dann, als sie mit dem Licht klarkam, den nächsten, ganz langsam. Nach und nach erfasste sie die Situation. Diese Leute da draußen hatten die Tür aufgebrochen, ein Mann und eine Frau in Uniform standen vor der Öffnung und starrten ihnen erwartungsvoll entgegen. Eine dritte Person, wahrscheinlich der zweite Mann mit der höheren Stimme, war im Fahrerraum vor der Trennwand zugange.

Fynn hatte sich gefasst. »Ich geh mal aussteigen«, sagte er mit hohl klingender Stimme.

»Tut mir leid«, sagte Sophie zusammenhanglos. Sie meinte die Kratzer. Fynn erwiderte nichts, vielleicht hatte er sie verstanden.

Sophie setzte sich auf den Boden und rutschte auf die schmale Türöffnung zu. Ihre Beine fühlten sich taub an, die Muskeln windelweich. Die Frau hakte sie unter und half ihr hinaus. Sie konnte besser stehen, als sie erwartet hatte. Sie seufzte erleichtert.

Fynn stand vornübergebeugt und massierte seine Knie. Von der Seite sah sie seine gerötete Gesichtshaut. Was hatte sie bloß getan? Was war in sie gefahren? Sophie kroch zurück ins Wageninnere und langte nach der Wasserflasche. Wortlos reichte sie sie Fynn. Er drehte sich nach ihr um. Sein Blick war dankbar – und gleichzeitig ganz, ganz weit weg. Sie begann zu schluchzen, konnte es nicht stoppen.

Sollte sie zu ihm sagen ›vergib mir‹? Sollte sie versuchen, ihn in den Arm zu nehmen? Immerhin hatte er sich gegen das Ankuscheln vorhin nicht gewehrt. Oder sollte sie ihn erst einmal in Ruhe lassen?

Sie befanden sich auf einem geräumigen Parkplatz, der von schmucklosen mehrstöckigen Bauten umgeben war. Die unterschiedlichsten Autotypen standen in den Parkbuchten, doch Sophie hatte unbewusst nur Augen für die Autokennzeichen. Mehrere ›K‹ sah sie, Köln. Ein ›H‹. Dann ›DO‹, ›BN‹, ›EU‹ und ›LEV‹, die kannte sie nicht. Sie waren so weit weg von Hildesheim wie der Mond. Wie hatten die Leute sie gefunden?

Ihr Blick wanderte zurück zu den Polizisten. Sie wollte zu ihnen gehen und sie fragen, wie das alles war. Da bemerkte sie deren Blickrichtung. Alle drei sahen zu einem Polizeiauto hin, das gar nicht weit entfernt stand. Es schien dort Scherereien zu geben, jedenfalls standen zwei weitere Polizisten davor und gestikulierten wild, einer schrie etwas. Intuitiv wusste Sophie, um wen es ging. Sie rannte zu dem Auto hin; die verblüfften Beamten unterließen es, das erbarmungswürdig aussehende Mädchen aufzuhalten. Sie riss die hintere Tür auf.

»Ich will dich sehen, du Feigling!«, brüllte sie.

Im Fond des Polizeiwagens kauerte ein aufgedunsener Mann in grauen Jeans und dunkelblauem Polo-Shirt, das über dem Bauch spannte. Sie hatte sich das Gesicht hinter der Maske anders vorgestellt, irgendwie markant. Was sie sah, waren jedoch Schweinsäuglein, fahle Fettwangen und ein fliehendes Kinn. Das einzig Interessante waren die Augenbrauen: dunkel und dicht und kühn geschwungen.

Ein Polizeibeamter fasste Sophie am Ellbogen. Sie reagierte flink. Bevor der Polizist sie zurückgezerrt hatte, spuckte sie Edwin Erdner mitten ins Gesicht.

# Freitag

## Befriedigung

»Was ich dich fragen wollte, Jessica«, begann Alois. Er hatte sein Unschuldsgesicht aufgesetzt.

»Ja?« Die Kommissarin blickte auf, und Alois erschien sie etwas müde um die Augen.

»Was genau hast du eigentlich immer mit diesem Wolfsberater zu tun?«

»Wieso? Wir haben ihn doch neulich wegen der Giftköder eingespannt.«

»Hm – und danach?«

»Ja, was denn danach? Da muss man doch mal nachfragen, was aus der Sache geworden ist. Schließlich haben wir ihm ein Stück unserer Arbeit zugeschustert. Und da muss …«

»Jessica?«

»Ja?«

»Muss i meinen Marillenbrand zum Zungelösen einsetzen, oder erzählst mir's auch so?«

Henkel schob die Protokollausdrucke, die sie durchzusehen hatte, beiseite. Sie legte beide Unterarme auf dem Tisch ab und faltete die Hände. »Du hast uns gesehen, richtig?«

»Ja eh.«

»Aber du spionierst mir nicht hinterher, oder?«

»Aber geh.«

Henkel sah ihn abwartend an.

»I hab gestern aan Parkplatz beim Blumenladen gesucht. Da knutschst du mitten auf der Straß' mit diesem Typen, den du mir neulich im Internet gezeigt hast.«

Jessica lachte. »Habe ich dir nicht erzählt, ich bin ein Raubtier auf Beutezug? Da passt einer, der den Wolf versteht, doch nicht schlecht, oder?«

Alois spürte einen Pieks, den Nachhall eines Stiches. Nein, er musste seine Gedanken nicht auf Larissa im Negligee lenken. Er stand das hier durch.

»Du, Jessica?«

»Ja, Alois?«

»Siehst echt heiß aus in dem Rock. Kein Wunder, dass der Typ …«

»O nein, Kollege. Bitte keine Macho-Sprüche.«

»Aber das war doch … a Kompliment?!«

»Okay, danke. Aber das ist so – « Es klopfte an der Bürotür. »– das erkläre ich dir ein andermal.«

Fred Herkules lugte ins Zimmer. »Wart ihr schon bei Edwin Erdners Großmutter?«

»Nein«, antwortete Henkel, »die soll heute Mittag zurückkommen. Ich habe das auf dem Zettel.«

»Okay.« Fred trat ein. »Dann leiht mir mal euer Gehör.«

Jessica sah Alois mit ratlosem Gesichtsausdruck an.

»Fred liebt die Beatles«, erklärte Alois. »Die singen Sachen wie*: lend me your ears …*«

»Du willst uns was vorsingen, Fred?«

Herkules lachte gutmütig. »Mir ist zwar vielleicht nach Singen zumute, jetzt, wo die Entführungsspezis wieder abgedampft sind. Aber mein Timbre ist eher zum Weglaufen. Deshalb verlege ich mich aufs Sprechen.«

Er berichtete von seinen Recherchen im Umfeld Edwin Erdners und seiner Lebensgefährtin. Jennifer Loop, so hatte er herausgefunden, pflegte einen Lebensstandard, der nur mit überdurchschnittlichem finanziellen Einsatz sicherzustellen war. »Kosmetik, Mode vom Feinsten, Schmuck, Fernreisen – um es auf den Punkt zu bringen«, erläuterte Herkules.

»Erstaunlich«, fand Aisner. »I moan, nicht dass sie's will, sondern dass sie's kriegt. So a Bombe ist s' a wieder net.«

»Was soll denn ein Mann wie dieser Edwin machen? Wenn der sich keine Frau kauft, kriegt er keine«, kommentierte Jessica lakonisch.

»Ja, aber er muss das Geld erst amal haben.«

»Und hier«, griff Herkules wieder ein, »hier sehe ich einen Ansatzpunkt für das Motiv. Der Mann braucht immer wieder neues Geld, um seine Freundin zu befriedigen.«

»Brrr«, machte Jessica.

»Bitte berücksichtigt das bei euren weiteren Recherchen.« Herkules erhob sich. »Und versucht auch, den alten Schäfer, Bruno, noch einmal zu befragen.«

## Edwins Antrieb

Während er auf das Protokoll der Kölner Polizei über die Festnahme des Entführers und Befreiung der Geiseln wartete, begann Aisner, im Internet nach der Religionsgemeinschaft ›Lichtgestalten‹ zu suchen. Als *Sekte* hatte Jennifer Loop die Gruppe bezeichnet. Für ihn wollte das nicht recht zusammenpassen: Einerseits schien Edwin Erdner ein ernsthaft praktizierender Christ zu sein, auf der anderen Seite sollte es ihm nur um den schnöden Mammon gehen.

Aisner klickte und klickte. Er staunte und staunte und wurde nicht fertig mit Staunen. Während man in der säkularen Welt um das sogenannte Gendersternchen stritt, also um den geschriebenen Ausdruck sexueller Vielfalt, drängten freikirchliche Gemeinschaften wie die ›Lichtgestalten‹ Schwule und Lesben in die Schmuddelecke. Homosexualität bezeichneten sie als Krankheit und ›Symptom der Ur-Sünde‹.

Alois dachte an Coco Lautenbach und seine Trauer um den Geliebten. Das sollte Sünde sein? Ur-Sünde gar? Etwas Menschlicheres als Cocos echte Tränen konnte sich Aisner kaum vorstellen. Wie verbohrt mussten Menschen sein, um derlei innere Werte nicht gelten zu lassen? Wie mochte einer wie Edwin Erdner reagieren, wenn er erfuhr, dass sein Bruder Männer begehrte?

Sie würden abwarten müssen, was Jessica Henkel von Edwins Großmutter erfuhr. Doch Aisner beschloss, sich noch einmal mit Volker Ledermacher in Verbindung zu setzen, in dessen Gasthaus Edwin die Schlägerei angezettelt hatte. Wer weiß – vielleicht war es auch um Homophobie gegangen.

Der Wirt des ›Goldenen Hirschen‹ überlegte nicht lange. »Jetzt, wo Sie es erwähnen, erinnere ich mich ganz klar daran. Bevor über Jennifer Loop gesprochen wurde, gab es so ein typisches Stammtischgerede über Schwule.«

»Wissen S' noch, wer in das Gespräch verwickelt war? Können S' mir Namen nennen?«

»Hm, eigentlich, glaube ich, die üblichen Verdächtigen. Schmidt, Klapprodt, Apel … ich denke noch mal drüber nach.«

»Fertigen S' mir eine Liste an, bitte.«

»Wird gemacht.«

»Und wie lief das ab? Schaltete sich Edwin Erdner in das Gespräch ein?«

»Also, zuerst ging es gar nicht um Schwule, sondern um Frauen. Einer von den Stammtischbrüdern wusste zu berichten, dass die kleine Wolff-Lutter angeblich lesbisch ist.« Ledermacher sah den Kommissar neugierig an. »Stimmt das eigentlich?«

»Zu sexuellen Neigungen kann ich nichts sagen«, wich Aisner aus. »Wie begründete der Mann denn das Gerücht?«

»Die soll wohl eine Freundin zu ihren Eltern mitgebracht haben. Und die beiden sollen heftig geknutscht haben.«

»So, da schau her. Und dann ging es um Schwule?«

»Ja, plötzlich fiel dauernd der Name Manuel. Ich wusste gar nicht, wer gemeint war. Einen Stammgast haben wir jedenfalls nicht, der so heißt. Aber die meisten schienen zu wissen, um wen es ging.« Ledermacher seufzte. »Hinterm Tresen kriegst du natürlich nicht alles mit. Musst mal in der Küche nachsehen, mal Geld kassieren, Bier zapfen …« Einen Moment lang schien der Wirt den Blick nach innen zu richten, dann fuhr er fort. »Es hat mich nur genervt, dass am laufenden Band Schwulenwitze erzählt wurden. Als gäb's kein anderes Thema. Wahrscheinlich hatten sie es darauf abgesehen, jemanden zu provozieren. Und dieser Jemand – das war dann wohl Edwin Erdner.«

»War denn ausdrücklich von seinem Bruder die Rede?«

»Das weiß ich nicht. Ich war wie gesagt zwischendurch mal in der Küche oder abgelenkt.«

»Aber darauf hat der Erdner nicht reagiert? Wollte nicht mit den Stammtischbrüdern eine Prügelei anfangen?«

»Soweit ich's mitgekriegt habe, nicht, nein. Aber wie man hört, soll er ja seinem Bruder auch nicht besonders nahegestanden haben. Sagen Sie mal, Herr Kommissar – war das etwa der Edwin?«

»Was?«

»Na, das mit dem Manuel?«

»Die Ermittlungen dauern noch an.«

»Aber ein Unfall war das doch nicht, oder?«

»Ich kann Ihnen nur sagen, dass wir den Edwin Erdner derzeit aus einem anderen Grund suchen.« Dass sie ihn bereits gefunden hatten, brauchte er nicht preiszugeben.

Ledermacher gab offenbar auf. Noch einmal seufzte er. »Na, vielleicht hat dieses ganze Geläster den Erdner auch so dünnhäutig macht. So, dass er dann bei dem kleinsten Anlass ausgetickt ist. Da brauchte einer nur den Namen seiner Freundin zu nennen … das war dann wohl sozusagen der Tropfen, der das Fass zum Überlaufen gebracht hat.«

»Aber ob der Erdner sich tatsächlich durch die Schwulenwitze provoziert fühlte, können S' nicht genau sagen, gell?«

»Na, hundertprozentig weiß ich's natürlich nicht. Sie wissen ja –«

»– die Küche, die Kasse, der Zapfhahn. Ich weiß.«

»Ich mach Ihnen ja dann die Liste mit den Namen fertig. Und ich mache ein Kreuzchen an einen Namen, wenn ich glaube, dass Ihnen derjenige mehr sagen kann.«

»Das ist perfekt. Danke. Und schicken S' mir die Liste bitte an diese Kontaktdaten.« Damit reichte Aisner seine Visitenkarte über den Tresen.

»Ach – und, Herr Kommissar«, rief Ledermacher ihm hinterher, »kommen Sie gern mal abends auf ein Bierchen vorbei!«

»I trink momentan nur Wolfsmilch«, gab Aisner zurück. Im Hinausgehen stieß er gegen die Klapptafel, auf der die beiden Gerichte Wolfsmahl und Luchsmahl angepriesen wurden. Der Greis und Hobby-Rinderhalter, den er gestern im Luttertal gesehen hatte, spähte interessiert aus dem Autofenster auf die Speisekarte.

Jessica Henkel war schnell zu Edwin Erdners Kernanliegen vorgestoßen: Geld.

»Ich habe ihm hier und da mal ein bisschen ausgeholfen«, teilte Elisabeth Mansfield ihr mit.

»›Ausgeholfen‹!«, sagte ihr Ehemann, und es klang unverkennbar höhnisch. »Der faule Sack bringt selbst ja nichts zustande. Aber immer schön protzen, das muss sein!«

»Ich wäre dir sehr verbunden, Rudolph, wenn du dich da heraushalten könntest.«

Die Hausherrin maß ihren Mann mit einem kühlen Blick. Rudolph Mansfield verließ das Wohnzimmer, warf Henkel im Hinausgehen aber einen bedeutungsvollen Blick zu.

»Er ist mein zweiter Mann und kann gar nicht beurteilen, was der Junge als Kind durchgemacht hat«, fuhr Edwins Großmutter fort.

Henkel ermunterte sie mit einem Kopfnicken, mehr zu erzählen.

»Sein Vater hat sich nicht um ihn gekümmert. Genauso wenig wie um meine Tochter übrigens, Sabrina, Edwins Mutter. Für Bruno gab's immer nur Wald und Weide und Schafe. Aber als ich den Jungen dann öfter zu mir genommen habe, war es auch nicht richtig. Ich würde zu viel rauchen, hat er mir vorgeworfen, dieser undankbare Mensch. Als wenn ich in Gegenwart eines kleinen Kindes … na ja, egal. Sabrina hat sich jedenfalls gefreut.«

»Lebt Ihre Tochter noch in Deutschland?«

»Nein. Sie ist mit ihrem zweiten Mann nach Kanada ausgewandert.« Elisabeth Mansfield wurde plötzlich schweigsam. Jessica hatte in einer Akte etwas von Partydrogen und einem Motorradunfall gelesen. Sie würde nochmals nachschlagen müssen, denn von der Mutter erfuhr sie sicher keine Details.

»Sie haben sich also sehr um Edwin gekümmert«, nahm Henkel den Faden wieder auf. »Haben Sie auch seine Ausbildung unterstützt?«

»Ja, sicher. Wäre es nach Bruno gegangen, hätte der Junge sich kein Auto leisten können, höchstens irgendeine gemeingefährliche Klapperkiste. Aber – ich frage Sie – wie soll man hier auf dem Land von A nach B kommen, wenn die Busse nur jede Stunde fahren?«

Henkel nickte, wollte den Redefluss ihrer Zeugin aber vorerst nicht durch weitere Zwischenfragen stoppen.

»Na, jedenfalls habe ich ihm öfter was zugesteckt. Eigentlich fing das schon in der Kindheit an. Er hatte ja zu Hause kaum richtiges Spielzeug. Sein Vater sammelte schrumpelige Pflanzen oder schnitzte ihm mal was, wenn es hochkam. Was für ein Leben! So ein Junge braucht auch mal eine Carrerabahn oder eine Playstation, was Modernes eben, sonst wird er doch von den anderen abgehängt!«

»Dann war Edwin sicher gern bei Ihnen?«

»Ja, natürlich. Er wusste, wenn es zu Hause zu öde wurde, konnte er immer zu seiner Oma fliehen.«

»Hier wurde er ja auch ein bisschen verwöhnt, oder?« Henkel lächelte verbindlich, in der Hoffnung, dass ihr Gegenüber diese Frage nicht als Kritik auffasste.

Elisabeth Mansfield antwortete mit einer Gegenfrage. »Machen das nicht alle Großeltern?«

»Wahrscheinlich, das mag sein.« Wieder lächelte Henkel. Dann stellte sie die Frage, deretwegen sie gekommen war: »Was wollte Edwin am Sonntag von Ihnen?«

»Mich besuchen.«

»Hat er sie um Geld gebeten?«

Schweigen.

»Sie wissen vielleicht, dass seine Lebensgefährtin recht anspruchsvoll ist?«

Seufzen.

Henkel sah die Frau direkt an. Ihr war klar, dass sie etwas verschwieg.

»Sie erfahren es ja doch irgendwann«, sagte Elisabeth Mansfield schließlich. »Wenn nicht von meinem Mann, dann von Nachbarn.« Sie seufzte noch einmal, als müsste sie Anlauf nehmen zu der Aussage, die von ihr verlangt wurde. »Wir hatten Streit. Es wurde sogar ziemlich laut.«

»Was war der Grund?«

»Stellen Sie sich vor: Edwin redete von ›vorgezogenem Erbe‹! Ich habe ihm gesagt, er kann erben, wenn ich unter der Erde bin. Da hat er etwas sehr Gemeines gesagt, das möchte ich nicht wiedergeben.«

Henkel brauchte nicht viel Fantasie, um sich vorzustellen, was Edwin von seiner Großmutter gefordert haben konnte.

»Haben Sie ihm denn etwas gegeben?«

»Nein. Ich … ich wusste nicht so recht. Er hatte mich doch so gekränkt. Aber andererseits … der arme Junge. Ist ja nicht gerade mit einem Goldesel aufgewachsen.«

*Darüber,* dachte Henkel, *könnte man vermutlich streiten.*

»Also haben Sie ihm am Sonntag Geld gegeben?«

»Nein, habe ich nicht.«

Nachdem die Hausherrin Henkel verabschiedet hatte, fing Rudolph Mansfield sie an der Gartentür ab.

»Der Edwin, das ist eine furchtbar verwöhnte Göre!«

»Ihre Frau hat ihn immer unterstützt, nicht wahr?« Henkel hatte ihre Frage so neutral wie möglich formuliert.

»Ja! Das konnte sie von mir aus auch machen, solange sie mit wem anders verheiratet oder solo war. Als ihr erster Mann starb, war sie froh, dass sie das Enkelkind hatte. Ihre eigene Tochter, Sabrina, hat nämlich heiße Öfen und das flotte Leben vorgezogen, statt brav bei der Familie zu sitzen. Da war Elisabeth ein Segen für den Jungen. Aber umgekehrt auch.«

»Das war Ihnen ein bisschen zu eng, was?«

»Das können Sie wohl sagen! Und das ewige Scheinchen-Zustecken hat mir auch irgendwann gereicht. Schließlich war es ja auch mein Geld, das sie verbraten hat.«

»O – so viel hat sie ihm gegeben?«, sagte Henkel aufs Geratewohl.

»Ja, mit ihrer Witwenrente hätte sie ihm kein schneidiges Auto kaufen können!«

Henkel pfiff durch die Zähne.

»Und irgendwann habe ich ihr gesagt: Wenn du das so weitermachst, dann gehen wir zwei beide getrennte Wege, meine Liebe! Ich will von meinem Geld selbst was haben und nicht nur einem verzogenen Knaben den Alltag versüßen. Der noch nicht mal mein eigen Fleisch und Blut ist!«

»Ihre Frau hat ja offenbar auf Sie gehört.«

»Ja, das hat sie. Aber als dieser Nichtsnutz vor ein paar Tagen hier reinschneite – ich habe mich sehr gewundert, denn eigentlich sollte er unsere neue Adresse gar nicht haben – da wurde sie schon wieder weich. Ich habe das sofort gemerkt. Der weiß nämlich ganz genau, wie man Omas Herz erreicht, das glauben Sie mal. Wenn er auch sonst nichts kann – das kann er!«

»Ihre Frau sagte mir aber, dass sie ihm nichts gegeben hätte.«

»Weil ich noch rechtzeitig dazukam! Dieser schreckliche Mensch wollte schon von ihr erben. Das ist doch wohl die Höhe! Da habe ich ihm Beine gemacht. Das war dann hoffentlich das letzte Mal, dass er so was versucht hat.«

»Als er gegangen ist –«

»Geflogen ist er! Rausgeflogen, aber in ganz hohem Bogen!«

»Also als er sie dann verlassen hat – hat er da gesagt, wohin er wollte?«

»Wenn der es gewagt hätte, den Mund auch nur noch einmal aufzumachen …«

Hier würde Henkel nichts Neues mehr erfahren. Sie brach auf zum Kommissariat.

Dort erfuhr sie, dass man an den Zähnen von Manuel Erdners Hund, der ebenfalls getötet und den Hang hinuntergestoßen worden war, Stoffreste sichergestellt hatte. Diese hatten die Techniker mittlerweile einer Jacke Edwin Erdners zuordnen können. Damit verdichteten sich die Hinweise auf den Mörder.

## Freitag, drei Wochen später

Jessica und Alois saßen zusammen, um den Abschlussbericht zum Fall Arno Lengis / Justin Biedermann durchzugehen. Es war mühsam gewesen, Justin des Überfalls auf den *Krieger* zu überführen, denn sowohl er selbst als auch Artur Steinbrech stritten konsequent ab, zur fraglichen Zeit am Bauwagen gewesen zu sein. Sie gaben sich gegenseitig ein Alibi, indem sie gemeinsam am anderen Ende des Ortes Weidenkätzchen als Osterdekoration geschnitten haben wollten.

»Ich kann mir ihr Feixen genau vorstellen, als sie sich diese Lüge ausgedacht hatten«, knurrte Jessica. »Denn es war ja klar, dass wir ihnen das nicht abkaufen würden und dass wir wussten, dass sie das wussten.«

Aisner grantelte ebenso unwillig. »Im Wettbewerb *Back dir dein Alibi* einer der vorderen Plätze.«

Die Spaziergänger, die Lengis gefunden hatten, hatten zum großen Leidwesen der Kommissare niemanden sonst in der Nähe bemerkt. So war es beinah Zufall, dass die Tatwaffe schließlich entdeckt wurde. Es war der Stiel einer Axt aus dem Hause Biedermann, den Justin hinterher einfach wieder in den Werkzeugkeller einsortiert hatte. Fred Herkules, der die dreisten Lügen leid war, hatte es sich beinah zur Obsession gemacht, eine Liste infrage kommender Gegenstände aufzustellen und systematisch abarbeiten zu lassen. Angefangen bei stärkeren Ästen, die die Kriminaltechniker in der gehölzreichen Gegend um den Tatort herum einsammeln mussten, über jedes herausnehmbare Detail aus Arturs PKW bis hin zum Werkzeug, das im Bauwagen für den Betrieb des Bollerofens bereit lag, ließ Fred seine Leute Spuren sichern. Das Wort von der *Herkulesaufgabe* machte die Runde – »nur dass der Herkules aus dem Sprichwort es wenigstens selbst gemacht hat«, wie einer der Techniker murrte. Als genau dieser Mann schließlich Lengis' DNA auf der Axt nachweisen konnte, lobte er Fred für seine Unbeirrtheit und Hartnäckigkeit.

Den von zu Hause ausgebüxten Artur hatten sie tatsächlich im Bauwagen geschnappt. Die Kartons, mit denen Lengis ihn gesehen hatte, waren Umzugskartons mit Kleidungsstücken und Konservendosen gewesen.

»So schlau, dass sie den Krieger mit der Polizei in Verbindung gebracht hätten, waren sie nun auch wieder nicht«, brummte Jessica, und diesmal klang sie schadenfroh.

»I hätt nur zu gern gewusst, ob seine Mutter ihn gewarnt hat«, sagte Alois.

»Klar. Hat sie bestimmt. Sie hat uns ja selbst gesagt, dass sie sich für ihre Aussage hasst. Zu Hause hat sie's dann nicht ausgehalten.«

»Wie sie das Artur wohl verkauft hat? I wär nicht sicher, dass er oder sein Vater den Wortlaut der Aussage erfahren dürften.«

»O nein, ganz sicher nicht!« Jessica sah erschrocken auf. »Wenn Hagen Steinbrech erfährt, was seine Frau uns gesagt hat, bringt der sie um! Sie wird ihm erzählt haben, dass wir schon alles wussten und sie mit den Einzelheiten konfrontiert haben, die sie nicht mehr glaubhaft abstreiten konnte.«

»I bin so froh, dass sie allein zu uns gekommen ist«, sagte Alois und seufzte, wie bereits etliche Male zuvor.

Henkel kritzelte Anmerkungen in den Ausdruck des vorläufigen Berichts.

Nachdem das Telefon mehrmals geklingelt hatte und der Kollege am Empfang offenbar keine Anstalten machte, das Gespräch zu übernehmen, hob Aisner den Hörer ab. Die Nummer im Display sagte ihm nichts.

Nach den ersten Worten lächelte er wissend. »Herr Sonneborn! Sie wollen sicher Kollegin Henkel sprechen? Ach nein?«

Jessica war hochgefahren und fuchtelte mit der rechten Hand um ihr Ohr herum, um Alois zum Durchstellen des Anrufers auf ihren Apparat zu animieren.

Alois schaltete stattdessen den Lautsprecher ein.

»... interessiert Sie sicher auch«, war das, was Jessica vom Satz noch mitbekam.

»Haben Sie die Ergebnisse von der Schafweide?«, erkundigte sich Alois.

»Ja, die sind in dieser Minute eingetroffen.«

»Und?«

»Es war definitiv kein Wolf, der die beiden Schafe gerissen hat.«

»Und das können Sie zu 100 Prozent sicher sagen?«

»Ja.«

Aisner fiel etwas ein. Jessica reagierte jedoch schneller – ihr war die gleiche Idee gekommen. »Wenn wir die Fellprobe eines Hundes hätten, könnte man doch feststellen, ob er die Schafe angefallen hat, oder?«

»Ja, natürlich. Das ist ein relativ simpler DNA-Abgleich.«

»Dann sollten wir den machen lassen, nicht?« Sie wandte sich an Alois.

»Klar. Wir haben zwar Annika Steinbrechs und Klara von Traunsteins Aussagen, aber eine DNA-Übereinstimmung wäre der beste Beweis.«

»Wir hätten da auch noch den Dreck von Arturs Stiefeln«, überlegte Henkel laut, »der vermutlich von der Skandalweide stammt. Wäre da nur nicht dieser kleine Schönheitsfehler ...«

»... dass wir die Probe nicht offiziell, sondern im Vorübergehen genommen haben ...«

Ein Räuspern erklang aus dem Lautsprecher. »Eure letzten Worte habe ich nicht richtig verstanden – die waren nicht für mich gedacht, oder? Denn wenn ihr mich jetzt nicht mehr braucht, würde ich mich verabschieden. Ich ruf dich dann nachher noch mal an, Jess.«

Henkel schickte einen Luftkuss in Richtung des Telefons. Aisner vertiefte sich diskret in den Abschlussbericht.

# — Samstag —

Am späten Vormittag waren im fußläufigen Umkreis von Hartmanns Biohof kaum noch Parkplätze frei. Man hatte auf zwei großen Wiesen zusätzlichen Parkraum eingerichtet, doch der Andrang war wesentlich größer als erwartet. Zwei Sonderbusse, die in Bad Lauterbergs Innenstadt starteten, transportierten weitere Besucher zum Hof.

*Tag der Woll-Lust* stand auf einem großen Transparent, das zwischen zwei dicken, alten Eichen aufgespannt war. Angekündigt waren ›Aktionen und Produkte rund ums Schaf‹. Doch Ulf Hartmann hatte noch eine andere Absicht. Er hatte seinen ›Lammfromm‹-Jugendlichen nahegelegt, sich so unauffällig wie möglich zu kleiden und zu verhalten, denn Hartmann wollte sein Resozialisierungsprojekt der Öffentlichkeit präsentieren. Nicht nur Tagespresse und Online-Journalisten aus dem gesamten Landkreis Göttingen hatte er eingeladen, sondern auch Stadträte und die Damen und Herren aus der Parteipolitik.

Viele Neugierige waren genau deshalb gekommen: um die »schwierigen Jugendlichen« ungeniert aus der Nähe zu betrachten. Sie drängten sich vor der Bühne mit den Spinnrädern, probierten Lammwürstchen und übten sich im Wettstricken mit Nadeln der Stärke 12. Doch in Wirklichkeit warteten sie auf die Vorstellung der Schafrassen und auf die Schervorführung, denn die Präsentation der Tiere würden diese gefährlichen Jungs übernehmen, das hatte sich herumgesprochen.

Wer mit Hartmann bekannt war und etwas Geeignetes zu verkaufen hatte, hatte sich um einen Stand bemüht. Metzger (Lammfleischprodukte), Bäcker (die Brötchen dazu) und

Kräuterschnapsproduzenten (der Verteiler hinterher) hatten die größten Buden. Die Landfrauen (Schafs- und Ziegenkäse, Quarkspeise, Kräuterbutter, Häkelkissen, Topflappen und Makramee-Schafe) waren unter einem lang gestreckten Zelt untergekommen. Die Kreisjägerschaft hatte ihr Infomobil an zentralem Platz direkt neben dem Getränkestand aufgestellt. Etwas weiter am Rand hatte eine Schaffellverkäuferin ihre Bude, die darauf achtete, nicht in Sichtweite des Tierschutzverbandes zu agieren. Man konnte ja nicht wissen, wie stark die auf die Tränendrüse drücken würden.

»Ist der alte Schäfer gar nicht da?«, fragte Gregor Lautenbach, auf Stimmenfang für die Kommunalwahl am folgenden Tag, die Frau des Försters, die vertretungsweise Brunos Salbeilikör feilbot.

Die Frau schüttelte nur den Kopf und sagte, der werde heute nicht kommen.

»Der ist nach Rosdorf zu seinem Sohn gefahren«, gab Hein Hai Auskunft, der die Frage gehört hatte und besonders freundlich und hilfsbereit sein wollte. »Der sitzt doch da in U-Haft.«

»Na, damit kennst du dich wohl aus, Bürschchen, was?«, gab Lautenbach zurück.

So wäre es beinah doch zu Grobheiten gekommen, hätte nicht Ulf Hartmann, der zufällig in der Nähe stand, Heins Aufbrausen bemerkt und wäre eingeschritten.

Auch Constantin Lautenbach beteiligte sich an der Ausstellung. »Dass der Biobauer das nicht verhindert hat!«, ereiferte sich einer der Touristiker, die bei Wolff-Lutter im Garten über Anti-Wolfsmaßnahmen beraten hatten, gegenüber seinem Verbandskameraden. »Das grenzt ja an Erregung öffentlichen Ärgernisses!« Der andere, der Hotelier, stimmte eifrig zu.

Coco stand, bekleidet mit eng sitzender Lederhose und weitem weißen Rüschenhemd im Piratenlook, neben dem schmalen Tino, der ganz in grau gekleidet war. Über dem klassischen Oberhemd trug er eine voluminöse Fellweste. Die rechte Kragenspitze ging in eine Tierpfote über. Hinter ihrem Tisch hatten sie einen stabilen Metallbogen aufgestellt, der an beiden Seiten mit Wolfsmasken behangen war. Mitten auf dem Bogen war ein Schild angebracht, das in großen schwarzen Lettern auf silberfarbenem Grund verkündete: ›*Lebt eure Wollust!*‹ Die Buchstaben waren in einer Art opulenter Frakturschrift gemalt. Die Unterzeile ›*Luponar Göttingen: Gay Club & more*‹ war weniger verziert und kleiner, aber auch aus der Entfernung noch deutlich lesbar. Auf dem silberfarbenen Tisch, hinter dem die beiden Männer standen, waren Aufsteller mit Werbeprospekten für das Luponar platziert. Daneben lagen Bücher und Broschüren mit Titeln wie ›Homo Lover‹, ›Be Gay‹, ›Geiler Regenbogen‹, ›Schwul, aber richtig‹ und ›Sie liebt sie‹. Vor einer 30 Zentimeter hohen Bronzeplastik, die ein schwules Liebespaar zeigte, blieb ein kleiner Junge stehen. »Warum hat die Frau auch einen Penis?«, fragte er.

Coco Lautenbach grinste breit. »Weil diese Frau auch ein Mann ist.«

»Ist deine Frau auch ein Mann?«, wollte der Junge wissen und deutete auf Tino. Der nickte, während Lautenbach laut auflachte.

»Und mein Mann ist eine Frau!« Klara von Traunstein war von der Seite herangetreten und hatte den Wortwechsel verfolgt. »Guck, da kommt sie.«

Nora-Theres kam auf Krücken angehumpelt. Unter einer ausladenden Boshi hatte sie ihren Kopf zum Großteil verborgen. Sie trug ein dunkles Shirt mit auffällig langen Glockenärmeln, eine weich fallende Flanellhose und derbe Halbschuhe.

»Warum bist du denn der Mann von der Frau da?«, begrüßte der Junge sie. »Liebt ihr euch?«

Nora trat dicht neben Klara. »Ja, das tun wir.« Sie gab ihr einen langen Kuss auf den Mund.

Der Hotelier, der die Szene beobachtete, verlor die Kontrolle über seine Kinnlade. »Nora«, sagte er tonlos. »Die reizende Nora-Theres.« Er machte auf dem Absatz kehrt. »Was für ein Jammer!«

Auch Gregor Lautenbach mied die Nähe seines Sohnes. Er machte einen großen Bogen um den Bereich, in dem Coco seinen Stand aufgeschlagen hatte.

Eagle-Eye und Marvin hatten zwei Lammwürstchen ergattert und hockten sich gegenüber auf einen längs halbierten Holzstamm. Sie kauten eifrig, als jemand neben ihnen stehenblieb.

»Glaubt ihr, die FWG gewinnt die Wahl?«, fragte Sophie. Sie deutete mit dem Kinn zu Gregor Lautenbach.

»Sophie!« Eagle-Eye war so perplex, dass er vergaß, seine Würstchenpappe festzuhalten. Sie rutschte den Stamm hinunter, ohne dass er es bemerkte.

»Ich bleib noch ein bisschen hier sitzen«, murmelte Marvin zwischen zwei Bissen. Dann geschah, was er bezweckte: Eagle-Eye erhob sich und trat zu dem Mädchen, die beiden gingen nebeneinander her, bis sie unter einem riesigen Kastanienbaum standen.

Eagle-Eye hatte den näheren Umkreis mit den Augen abgesucht. Fynnland war nicht in Sicht. Was das wohl bedeutete? Er würde auf keinen Fall fragen. Denn die Antwort, das wusste er, konnte die falsche sein.

# Epilog

Die Leute im Ort mochten Natur nur als Zerrbild: als lieblichgrünen Hintergrund für sonnige Picknicks. Sie hatte sauber und nett zu sein. Eine Werbelüge. Bruno verachtete ihre Ignoranz. Künstliche Aromen, künstliche Intelligenz, gekünsteltes Gefühl. Wer keine Wildheit mehr in sich trug, war selbst nur noch Abziehbild.

Er jedoch, Bruno, kannte ihre Berührungsängste nicht. Er ekelte sich nicht vor Verwesendem, nicht vor Fauligem, nicht vor Aas, nicht vor zotteligem Haar, Mähne, Fell. Er wusste, dass Rachen sich aufsperren müssen, von Fall zu Fall. Wusste, dass Zähne, die gefletscht werden, nicht nach Maiglöckchenwiese duften. Er hatte das Wilde in Augen gelesen, hatte es immer zu deuten gewusst. Verkommen war nicht, was nicht gezähmt werden konnte. Verwöhntheit war es, die krank machte.

Bruno drang tiefer in den Wald ein. Da hinten, weiter, noch weiter, wo es endlich dunkel wäre, da wartete es auf ihn. Die Luft schwirrte vor Partikeln von Fell und Knochenabrieb und heimlicher Feuchtigkeit. Bruno sog sie tief in die Lungen. Er hielt inne, einen Mikromoment lang, stellte das Gehör auf Weite ein. Da war es wieder. Dieses durch Jahrhunderte getriebene Raunen, mit dem der Wald die rauschenden Nächte ankündigt.

Er floh nicht mehr. Er würde nie wieder fliehen.

# Gestatten, Karla!

Gestatten? Ich bin Karla Letterman, Autorin – und nun fehlen mir ausgerechnet die Worte zur Begrüßung… Wünsche ich wie die Bergleute »Glückauf«, oder rufe ich lieber norddeutsch-lässig »Moin!«? Ich kann mich nicht entscheiden. Denn mein Herz hüpft fröhlich im Harz und überschlägt sich vor Freude an der Ostsee! Meine Heimat ist Südniedersachsen; nach Schleswig-Holstein, das Bundesland der glücklichsten Deutschen, gehöre ich hin.

In Göttingen lernte ich das journalistische Handwerk, in Hamburg übte ich Philosophieren und Programmieren. Man sieht es nicht gleich, doch all das hat auch mit Krimis zu tun. Die Reporterin lernt recherchieren. Philosophie setzt Logik voraus. Und für die Fehlersuche bei der Software-Entwicklung braucht es detektivischen Spürsinn.

Irgendwie habe ich es mit der Alltagstauglichkeit hingekriegt. Doch eigentlich … eigentlich sind für mich die Tage zum Träumen, Menschen beobachten und Staunen da. Abends mache ich mich auf Recherchetour, und nachts, wenn die Welt mit all ihrem Klappern, Rattern, Schnattern und Rasseln innehält, fröne ich meiner Leidenschaft, dem Schreiben.

In meinen Krimis erhält der ermittelnde Kommissar Alois Aisner öfter ungefragt Tipps vom Sohn seiner Lebensgefährtin. Der Junge heißt zu seinem Leidwesen Eagle-Eye und schnappt beim Herumtreiben mit seinen Kumpels so manches Gerücht auf. Bei weitem nicht alles, was er hört, stimmt. Und doch macht Alois einen großen Fehler, wenn er ihn unterschätzt.

## Kontakt erwünscht

Als Autorin habe ich großes Interesse daran, zu erfahren, wie das zu Papier Gebrachte bei Ihnen, werte Leserinnen und Leser, ankommt. Wenn ich Sie für ein paar spannende und heitere Stunden aus dem Alltag entführen konnte, habe ich mein Ziel erreicht. Natürlich hoffe ich, dass Ihnen meine Protagonisten während des Lesens ebenso ans Herz gewachsen sind wie mir beim Schreiben. Wenn dem so ist, freue ich mich über jede Weiterempfehlung. Vielleicht finden Sie sogar einen kurzen Moment Zeit für eine Rezension. Ansonsten stehe ich Ihnen für Fragen oder Anregungen gern zur Verfügung und bin gespannt auf Ihre Rückmeldung. Sie erreichen mich über:


E-MAIL: KARLA-LETTERMAN@GMX.DE
WEB: KARLA-LETTERMAN.DE
FACEBOOK: FACEBOOK.COM/KARLA.LETTERMAN.AUTORIN

## Bisher erschienen

1. Aufl. 03/2018 · 212 Seiten · Taschenbuch, 12,5 x 19 cm
€ 9,95 (inkl. gesetzl. MwSt.) · auch als eBook erhältlich
ISBN 978-3-947167-15-9

Nie hätte Oberkommissar Alois Aisner damit gerechnet, in dem idyllischen Harzstädtchen Bad Lauterberg auf derart skurrile Leute zu stoßen. Schon an seinem ersten Arbeitstag kreuzen allerlei verdächtige Gestalten seinen Weg. Eine Gruppe Neonazis tritt immer dreister in der Öffentlichkeit auf und ängstigt Andersdenkende. Als Aisner den Tod einer alten Dame aufklären soll, die über brisante Papiere zur Hexenforschung verfügte, kommt allmählich Licht in die Machenschaften der rechten Gruppe. Es fehlt nur noch ein Puzzleteil, um den Ermittlungen zum Durchbruch zu verhelfen. Ausgerechnet Eagle-Eye, der Sohn seiner Lebensgefährtin, könnte den entscheidenden Hinweis geben. Aber der Zehnjährige schweigt, weil er selbst etwas zu verbergen hat.

1. Aufl. 04/2019 · 234 Seiten · Taschenbuch, 12,5 x 19 cm
€ 9,95 (inkl. gesetzl. MwSt.) · auch als eBook erhältlich
ISBN 978-3-947167-53-1

Mitte Mai, die Sonne strahlt, das Städtchen Bad Lauterberg macht sich frühlingsfein. Da explodiert mitten am Tag eine Autobombe und reißt eine Frau in den Tod. Große Aufregung bei der Kripo: Man kann sich keinen Reim auf den Anschlag machen und beginnt in verschiedenste Richtungen zu ermitteln. Bald gibt es jede Menge Spuren: Waren es aufgeflogene Schmuggler? Kompromisslose Historiker? Gewaltbereite Autonome? Frustrierte Studenten?

Oberkommissar Alois Aisner hält hartnäckig an einer besonderen Verdächtigen fest, einer durchgedrehten Informatikerin mit auffälligen Ticks. Ist sie nur zu intelligent, um sich fassen zu lassen, oder doch unschuldig? Da hat Aisners Stiefsohn Eagle-Eye eine denkwürdige Begegnung mit der Frau ...